KB013466

생의 2%

THE ONLY THING THAT MATTERS:
Book 2 in the Conversations with Humanity Series
by Neale Donald Walsch

Original English language edition published by Emnin Books.

Korean translation edition is published by arrangement with
Waterside Productions, Inc. through Danny Hong Agency.

내 안에서 나를
더 높은 곳으로 이끄는 것들

닐 도널드 월쉬 | 조은경 옮김

생의 2%

판미동

삶에는 이유와 목적이 있다.
모든 사람이 그 이유와 목적을 알고 싶어 하지만
대부분이 아직 그것을 제대로 이해하지 못했다.

지금까지 우리는 인류의 원초적 본능이
생존이라는 말을 들어 왔다.
하지만 그것은 결코 우리의 본능이 아니다.

차례

Part 1

삶을 여행하는 당신을 위한 영혼의 길 안내서

The only thing that matters

Part 2

생의 가장 소중한 2%를 찾아서

Part 3

생의 2%를 찾는 5가지 도구와 영원한 완성

God wants for you
what you want for you.

Part 1

삶을 여행하는 당신을 위한
영혼의 길 안내서

1
첫 번째 질문

삶을 여행 중인 당신에게.

당신이 여기 왔다는 사실이 놀랍다. 당신이 알기를 원하고, 하고 싶어 하는 무언가가 있을 것이다. 삶은 그것을 이해한다. 그래서 지금 당신은 이 책을 읽고 있는 것이다.

여기, 당신이 알고 싶어 하는 것이 있다.

세상 사람들의 98퍼센트가
중요하지 않은 일에
시간의 98퍼센트를 소비하고 있다.

당신도 이 98퍼센트의 일부였다. 하지만 더 이상은 아니다. 당신은 지금 이 순간부터 앞으로는 **중요한 단 하나**에 매진하는 데 시간을 쓰기로 결심했다. 문제는 '중요한 단 하나가 무엇인가?' 하는 점이다. 당신은 이 질문의 답을 찾고 싶을 것이다.

그러려면 **자아**를 깊이 탐구해야 한다. 당신은 놀랍고도 중요한 일을 시작하기 적합한 곳에 와 있다. 믿어도 좋다. 답을 찾기에 알맞은 장소를 찾지 못했다면 지금 이 자리에 있지도 않았을 것이다. 이 책을 집어 든 것이 우연이라고 생각하지 않았으면 좋겠다.

우연이라고 생각하지 마라. 대신 이렇게 생각하라.

'내 영혼은 지금 무슨 일을 하고 있는지 정확하게 알고 있어.'

그리고 또 이렇게 생각해 보라.

'정말 중요한 게 무엇인지도 이미 알고 있어.'

핵심은 답을 '찾는' 게 아니라 '기억해 내는' 것이다. 발견의 과정이 아니라 회복의 과정이며, 연구해야 할 자료가 아닌 되찾아야 할 자료다.

❊❊❊

여기에서 시작하자.

지금 이 순간 세상에는 범상치 않은 일이 벌어지고 있다. 당신도 잘 알 것이다. 당신은 수많은 도전에 직면해 있고, 그래서 혼란스러울 수 있다. 어쩌면 엄청난 격변을 겪는 중일 수도 있으리라. 그리고 다른 이의 삶에서도 같은 일을 목격하고 있을 것이다.

당신은 한동안 이 모든 일을 마음의 장난이라 여겼을 수도 있다. 특별한 사건이 아니라, 그저 조금 피곤하거나 너무 몰두하여 민감하게 반응한 것뿐이라고 치부할 수도 있다.

하지만 그날그날의 어려움이 첩첩이 쌓여만 가고, 난제가 몰려오고, 대면하고 치유해야 할 개인적인 일들이 쏟아지면 모든 것이 오해도, 과장도 아니라는 것이 확실해진다. 그때 당신은 아마 이렇게 물을 것이다. '왜 이런 일이 일어나는 거지? 내가 뭘 잘못하고 있는 걸까?'

여기에 답이 있다.

당신은 아무것도 잘못한 게 없다.

그리고 뭔가 아주 심상치 않은 일이 바로 지금 당신의 삶에, 그리고 온 세상에 일어나고 있다.

❊❊❊

이 상황을 에너지의 변화, 우주의 순환, 인류에 대한 점검 등 뭐가 되었든 당신이 원하는 대로 불러도 좋다. 그러나 지금 세상에 일어나고 있는 일은 (당신도 확신하겠지만) 분명 사실이다. 정서적으로, 물리적으로, 그리고 영적으로 삶을 건드리고 있다. 경중의 차이는 있겠지만 이런 일을 전혀 겪지 않고 사는 사람은 없다.

이는 전 세계적으로 벌어지는 현상이다. 사람들에게 물어보라. 대화를 나눠 보라. 어디서나 사람들은 "그렇다."고 말할 것이다. 요즘 삶이 혼란스럽다고, 보통 때보다 더 힘들고, 일반적인 선을 넘어섰다고,

이렇게 힘든 적은 없었다고 대답하는 사람도 있을 것이다.

여기에 위험이 도사리고 있다. 위험은 현재 일어나고 있는 사건이 아니라 그 사건을 당신이 어떻게 해석하느냐에 달려 있다. 지금 일어나는 일을 '나쁜 것'으로 간주하고 좌절감이나 두려움, 분노로 반응해 자신에게 독이 되도록 행동한다면 그것이 바로 위험이다.

가장 커다란 위험은 상황을 제대로 인식하지 못해 말 그대로 일생에 단 한 번뿐인 기회를 놓치게 될 거라는 것이다.

다행히 좋은 소식이 있다. 당신의 영혼은 그렇게 되지 않도록 열심히 막을 것이다. 바로 지금 이 순간 영혼이 그 작업을 하고 있다.

마지막으로 한 번 더 묻겠다.

지금 당신이 이 책을 읽고 있는 게 정말 우연이라고 생각하는가?

2
삶으로의 초대

삶은 당신을 사랑한다. 지금 당장은 그렇게 보이지 않을 수 있다. 이 말을 듣고 깔깔대며 웃을 수도 있으리라. 하지만 삶은 당신을 사랑하며 지원하고 있다. 그래서 당신은 바로 오늘 삶이 보내는 특별한 초대를 받은 것이다.

당신은 삶의 초대를 실제로 느낄 수 있을 것이다. 아침에 졸린 눈을 비비며 이제는 일어나야 할 때라고 느낀 적이 가끔 있을 것이다.

그런 느낌을 받아 본 적이 없는가? 특별한 일이 일어난 것도 아니다. 알람시계가 울린 것도, 누군가 방에 들어와 당신을 자극한 것도 아니다. 그런데 그냥 내면에서 '이제 일어날 시간이야.' 하고 깨닫는다.

아마 요즘 당신은 내면에서 일어나는 조용한 흥분을, 어서 뭔가를 준비해야 한다는 초조한 느낌을 감지할 수 있으리라. 그것은 나지막한

톤으로 부드럽게 끊임없이 속삭이는 이러한 내면의 목소리에 대한 반응이다.

'꼭 이런 식일 필요는 없어'

❊❊❊

그 목소리는 옳다. 당신의 삶이 돈이나 인간관계, 건강, 가족 혹은 이 모든 것이 복합적으로 관련된 문제와 걱정에 못 이긴 비명의 연속이어야 할 이유가 없다. 또한 이 세상이 정치, 경제, 상업, 환경, 생태, 문화 그리고 종교를 모조리 삼켜 버리는 연속적인 재난의 도가니가 되어야 할 필요도 없다.

특별할 것도 없는 어떤 평범한 순간, 왠지 모든 것이 엉망이 되어 버린 것만 같은 꺼림칙한 느낌이 든다. 그 목소리에 귀 기울여 보라.

'꼭 이런 식일 필요는 없어.'

이건 단순한 바람이 아니다. 당신의 인식이 말하고 있는 것이다.

❊❊❊

당신의 인식은 성장하고 있다. 그것이 바로 지금 삶에서 일어나고 있는 일이다. 그리고 지금 당신은 인식의 목소리를 듣고 있다.

정확하게 말해서 인식이 '성장'하는 것은 불가능하다. 인식은 있는 그대로일 뿐 더 커지거나 성장하지 않는다. 인식은 영혼 속에 있는데, 그 영혼이 더 커지거나 많아지지 않기 때문이다. 영혼은 항상 일정한 모습으로 존재하며 지금도 같은 모습을 유지하고 있다.

다만 커지는 것은 **마음**이다. 이해를 돕기 위해 이렇게 정리하겠다. 인식은 영혼 속에 있고, **주목**은 마음속에 있다.

따라서 현재 삶에서 일어나고 있는 일을 다르게 표현하자면, 당신은 지금 인식에 **좀 더 주목**하고 있는 것이다. 단순히 인식하는 것과(대부분의 사람은 영혼이 인식하는 것을 무시한다.) 영혼의 인식에 주목하는 것은 다르다.

이 두 가지를 합친 것을 **의식**이라고 부를 수 있다. 마음이 영혼에 주목할 때 마음과 영혼은 똑같은 자료를 다루고 보유하며, 똑같은 관점에서 처리한다. 이 상태를 '완전히 의식하는 것'이라 말한다. 그러니 영혼의 인식이 마음이 집중하는 것과 만날 때 의식이 확장된다고 할 수 있다.

❊❊❊

지금부터 잘못된 해석으로 초래될 수 있는 위험에 대해 이야기하겠다. 의식이 확장되면, 삶의 모든 국면에 대해 느끼는 민감성도 함께 높아진다. 이렇게 되면 삶의 모든 것이 당신에게 미치는 영향도 커지고, 모든 것이 당신이 평화를 누리지 못하게 방해하는 것처럼 느껴질 수 있다. 방금 전에는 어려움 없이 받아들였던 똑같은 종류의 경험이 지금은 아주 '무겁게' 느껴지기 때문이다. 그러면 아마도 당신은 무슨 일이 일어나고 있으며, 왜 더 이상은 같은 일을 쉽게 처리하지 못하는지 의아해할 것이다.

모든 것이 실은 매우 간단하다. 당신의 능력이 줄어든 것이 아니다. 오히려 당신은 그 어느 때보다 능력이 있다. 다만 더 많은 것에, 다양한 방식으로, 더 많은 주의를 기울이라는 삶의 부름에 민감하게 반응하고 있을 뿐이다.

한 가지 덧붙일 것은 당신이 인식할 수 있게 된 자료(신기술 덕분에 오늘날의 10대는 한 번의 클릭으로 불과 몇 년 전 미국 대통령이 알 수 있는 것보다 더 많은 양의 정보를 얻을 수 있게 되었다.)보다 더 많은 정보가 존재하며, 현재 이로 인한 도전에 직면하게 되었다는 사실이다.

그뿐이 아니다. 모든 곳에서 한꺼번에, 경제 · 정치 · 사회적 체계는 물론 심지어 기상 체계까지 그 어느 때보다 시스템이 심하게 붕괴된 것처럼 보인다.

지금 당신은 여러 가지 악재가 겹친 상황의 한가운데 있다. 에너지가 팽창되고, 더 많은 것을 목격하며, 이 시대를 흥미진진하게 만드는 부정적인 사건이 급속히 증가하는 현상이 한꺼번에 일어나고 있다.

매우,

흥미진진한,

시대.

이에 대해 영적 지도자 메리 오말리는 간결하지만 이런 놀라운 말을 던졌다.

"걸림돌이 실은 디딤돌이다."

❊❊❊

많은 사람이 삶에서 일어나는 사건을 걸림돌로 받아들이는 이유는 그들이 지금 어디로 가고 있는지 전혀 모르기 때문이다. 그들은 자신이 가야 할 길에 장애물 따위가 없다는 것을 알지 못한다.

삶은 사람들이 걷는 길에 갑작스럽고 무자비하게 장애물을 턱 하니 던져 놓지 않는다. 애초에 장애물이 놓인 길을 사람들이 걷고 있다고 보는 편이 맞다.

왜 그럴까? 사람들은 왜 우회로 투성이에 위험과 함정 그리고 걸림돌이 널려 있고 결국에는 막다른 곳으로 이어지는 길을 걸어갈까? 방향을 잘못 제시받았거나 형편없는 지도를 보면서 가기 때문이다.

올바른 길이라는 말을 듣고 택한 것은 그들이 추구하는 길이 아니다. 그래서 세상 사람들의 98퍼센트가 시간의 98퍼센트를 전혀 중요하지 않은 일에 소비하고 있는 것이다.

이를 바꾸면, 삶도 바뀔 것이다.

3

당신은 이미 모든 것을 알고 있다

당신은 이미 알고 있다. 존재의 가장 깊숙한 영역에서 당신이 알아야 할 것을 인지하고 있다. 이 책을 읽는 목적은 당신이 모르는 무엇인가를 찾기 위해서가 아니라, 이미 알고 있는 것을 상기시키기 위함이다. 따라서 당신은 분명 자신이 알고 있는 사실을 인지하고 있을 것이다.

'자신이 알고 있다는 사실을 인지하는 것'은 **중요한 단 하나**에 초점을 맞춘 삶을 살아가는 데 있어서 중대한 진전이다. 지금까지 그 사실을 망각했을 수도 있지만, 당신을 이곳으로 이끈 최초의 기억 덕분에 모든 것을 바로잡을 수 있게 되었다. 그 최초의 기억은 당신이 알고 있다는 것을 인지한 것이다. 이제 당신은 (기억하고 있는 것을 지금까지 기억해 왔기 때문에) 자신이 알고 있는 것을 인지하고 있음을 기억한다.

앞으로 떠날 여정에서도 이만큼 중요한 다른 기억이 많을 것이다. 영혼이 지금 이 자리로 ('영혼의 지식'이라 불리는) 기억을 불러와 당신의 마음과 만나게 한 것이다. 아마도 당신은 이 기억을 추적하고 싶을 것이다.

❊❊❊

'안다는 사실을 인지하는 것'의 영향력은 매우 강력하다. 자신이 알고 있다는 것을 인지하고 기억하면 무기력함, 절망, 불운에서 즉시 자유로워진다.

일단 자신이 알고 있다는 사실을 인지하면, 당신은 그것이 무엇인지 구체적으로 알고 싶어질 것이다. 즉 당신의 마음이 영혼이 알고 있는 것을 알고 싶어 할 거라는 의미다.

가장 깊은 인식은 당신의 영혼 속에 자리 잡고 있다. 인식은 지식에서 비롯되는데, 진정한 지식은 영혼에서만 얻을 수 있기 때문이다. 마음은 지식으로 오인되는 경험을 저장하는 장소다.

이제 당신은 다음과 같이 질문할 것이다.

"그렇다면 내가 가진 이 모든 지식에 어떻게 접근할 수 있을까?"

좋은 질문이다. 이것은 매우 중요한 질문이다. 그 답은 무엇일까. 당신이 이미 보유하고 있는 삶에 대한 정보(하지만 지금은 그 정보를 갖고 있다는 사실이나 그 정보에 접근하는 방법을 잊어버린 상태다.)를 복구하는 가장 간단한 방법은 그 기억을 다시 상기시키는 것이다.

다르게 표현하면 그 정보를 불러와서 당신의 생각 앞에 놓는 작업이다. 이 작업을 하는 방식은 다음 두 가지다.

첫 번째는 외부에서 정보를 모으는 것인데, 지금 당신이 하고 있는 것처럼 보이는 방법이다. 두 번째는 내면의 정보를 모으는 것으로, 이것이 지금 당신이 실제로 하고 있는 방법이다. 첫 번째 방법을 실행하고 있는 것처럼 보이지만, 실제로 당신은 두 번째 방법을 행하고 있는 것이다.

A Soul Knowing

당신은 알아야 할 모든 것을 이미 알고 있으며
자신이 안다는 사실도 인지하고 있다.

❊❊❊

당신은 지금 이 자리에서 자기 자신과 만나라는 요청을 받고 있다. 정확히 그 일을 하기 위해 지금 여기에 왔다.(단순히 이 책을 읽는 것뿐 아니라, 이 세상에 태어난 목적이 그렇다는 의미다. 이 책을 통해 당신은 가장 특별한 방식으로 자기 자신과 만나게 될 것이다.)

당신이 이미 알고 있지만 가끔 잊어버리는 것이 하나 있다. 우연히 일어나는 일은 아무것도 없고, 우연의 일치라는 것도 없다는 사실이다.

그 이유는 정확히 지금 이 순간 당신의 삶에서 이 책을 만난 것이 충격이 아니라는 사실을 당신이 알고 있기 때문이다.

물론 충격을 주려는 의도는 아니었다. 충격이 아닌 확신을 심어 주려는 의도였다. 바로 지금 이 순간 확신하게 되었다면, 그것은 매우 시의적절한 일이다. 당신 삶의 에너지, 상황 그리고 환경이 지금까지 당신이 알아 온 전부를 부정하지는 않는다 해도 이에 대해 심각한 의문을 품게 했기 때문이다.

그게 아니라면 전부를 부정해 버리든가.

하지만 전부를 부정하지는 마라.

제발

그러지 말기를.

그렇게 하는 것은 당신에게 도움이 되지 않을 것이다.

하지만 이 방법은 효과가 있을 것이다. 이 순간으로 좀 더 깊숙이, 완전히 들어온다면 이 경험은 도움이 될 것이다.

영혼은 언제나 다음에 무엇이 당신에게 도움이 되는지 알고 있다. 그것을 믿으라. 바로 이런 이유로 다음에 벌어질 일은 다음번에 일어나는 것이다.

4

어디를 향해
갈 것인가

자, 그다음엔 무슨 일이 일어날지 **지켜보라**. 아마 당신은 지금부터 일어나는 일을 믿지 않을 것이다.

당신이 이 책을 쓸 것이다.

"말도 안 되는 소리. 나는 이 책을 읽고 있는 거지, 쓰고 있는 게 아니라고."

아마 당신은 이렇게 대답하리라.

아, 물론 그 말이 맞다. 하지만 잠시 기다려 보라.

곧 마법이 일어날 테니.

✻✻✻

'우리는 모두 하나'라는 말을 들어 본 적이 있는가? 분명히 들어 봤을 것이다. 혹시 이 말이 진실이라면 어떻게 될지 생각해 본 적이 있는가? 단순히 개념에서 그치는 게 아니라 현실에서 정말 일어난다면?

이 말은 사실이다.

실제로.

정말로.

실질적으로.

당신 외엔 아무도 없다. 다양한 형태의 당신이 이 책의 저자가 된다.

처음에는 이를 '말도 안 되는 소리'라고 생각하는 사람이 매우 많다. 현실적으로 가능한 생각으로 받아들이기에는 너무 추상적인 이야기라고 보는 것이다. 하지만 좀 더 넓게, 큰 맥락에서 보면 가능성이라는 영역에서 적어도 가장 바깥쪽 영역에는 포함될 수 있다.

한번 살펴보자. 우리는 모두 '똑같은 물질'에서 생성되며, 동일한 최초의 근원으로부터 진화해 왔다. 이렇게 비유해 보겠다. 바다가 처음 생겨나고 확장된 이래로, 바다는 물방울이 아닌 다른 무엇으로도 창조되지 않았다. 바다에서 비롯된 물방울 하나는 바다와 동일하다. 형태가 매우 작을 뿐, 물방울이 바로 바다다. 바다가 아닌 물방울은 존재할 수 없다. 바다에서 비롯된 물방울은 모두가 하나, 즉 바다다.

그러므로 바다에서 나온 물방울은 다른 물방울에게 "우리는 모두 하나야."라고 말할 수 있다. 그러면 두 번째 물방울이 이렇게 말할 것이다. "그렇고말고. 각자 개별적으로 하나의 물방울이 되었다고 해서 우리가 서로 외의 다른 것이라는 의미는 아니지. 개별화된 하나의 물방울 외의 다른 것도 아니고 말이야. 우리는 모두 똑같아. 개별화된 형태의 바다야."

인간도 마찬가지다. 우리는 모두 같은 존재다. 다만 개별화되었을 뿐이다. 우리 인간은 우리가 비롯된 것에서 분리되지 않으며, '서로 외의 다른 것'이 아니다.

A Soul Knowing

우리는 모두 같다. 단지 개별화되었을 뿐.

❄❄❄

이제 당신은 '흠, 좋아. 세상을 아주 멋지게 하나의 모델로 표현했어. 하지만 그걸 일상의 삶이라는 현실에서 실제로 행동에 옮길 방법은 없어.'라고 생각할 것이다.

그렇게 생각한다 해도 충분히 이해한다. 사실은 그렇지 않다 해도 어쨌든 우리는 분리되어 개별화된 존재로 보인다. 또 우리 모두가 똑같은 질료에서 비롯되었다고 해도, 우리는 분명 분리된 존재로서 행동한다. 심하게 분리된 존재처럼 굴어서, 우리의 다양한 부분이 각기 다른 부분에게 우리 중 오직 하나만 있다고 말한다면, 그 다른 부분들이 비웃을 것이다.

그리고 만약 우리가 모두 하나라고 주장한다면, 우리의 다른 부분들이 단순히 우리를 비웃는 선에서 그치지 않을 것이다. 우리를 어딘가 다른 곳에 따로 떼어 놓고서, 나머지 부분을 결코 오염시키지 못하게 할 것이다. 그렇게 해도 차단하지 못한다면? 우리의 다른 부분들은 다른 조치를 취해야 할 것이다.

왜 그런 걸까? 나쁜 영화에서나 볼 수 있을 법한 이 모든 불길한 일이 존재하는 이유는 뭘까? 우리는 모두 하나라는 생각이 세상의 모든 계획을 망쳐 버리기 때문이다.

세계 경제를 망가뜨린다.

어떻게 나아가야 하나?

세계 정책도 망가뜨린다.

어떻게 계속해서 진행하나?

세계 사회를 붕괴시킨다.

어떻게 해결해야 하나?

그리고 분명 전 세계의 신학도 전복시킬 것이다. 그렇다면 어떻게 대처해야 할까?

우리가 진실이라고 생각했던 모든 것이 진실이 아닌 것이 되어 버리고, 진실이 아니라고 생각했던 모든 것이 진실이 될 것이다. 그렇다면 우리는 어떻게 우리 자신을 옹호할 수 있을까? 올바른 것을 위해 어떻게 싸울 수 있을까? 진실이 아닌 일을 위해 스스로 죽이고 있다고 생각한다면, 올바른 것을 위해 서로를 죽이는 일은 어떻게 정당화할 수 있을까?

❊❊❊

그렇다면 아마 우리는 이 모든 것을 포기해야 할지도 모른다. '우리는 모두 하나'라는 문장을 지워 버려라.

우리가 말한 것을 잊어버려라.

그저 다른 누군가가 써 놓은 글을 읽고 있다는 기분으로 이 책을 대하라. 처음 읽을 때는 그 정도로 충분하다. 안전한 방법이니 최소한 지금은 그게 더 나을 것이다. 이 문제는 잠시 뒤로 미뤄 둘 수도 있다. 기초 공사를 좀 더 다진 후 다시 이야기할 수도 있다.

하지만 그게 아닐 수도 있다. 그럼 어디 한번 두고 봐야 할까?

아니다. 지금 해야 한다. 인식을 통해 단 하나의 맥락이 만들어지고, 바로 그 안에서 중요한 단 하나가 삶의 경험으로 떠오르기 때문에 기필코 해야 한다. 그러니 우리가 여기에서 끝내기 전에, 당신은 우리 모두는 하나라고 느껴지는 감각으로 들어오라는 초대를 받을 것이다. 왜냐하면 당신이 이 책을 쓸 것이기 때문이다.

하지만 아직은 아니다.

❊❊❊

자, 그럼 이제 원래의 독서 형식으로 돌아가자. 다른 누군가 이 책을 썼고, 당신은 읽고 있다고 가정하는 형식으로 말이다. 그리고 원래 질문으로 돌아가자. 중요한 것은 무엇인가? 그리고 만약 당신이 중요한 것에만 집중한다면, 나머지 삶은 어떻게 될까?

시간의 98퍼센트를 소비하던 일에 집중하지 않으면서 당신은 어떻게 세상을 살아가겠는가? 동굴에서 살겠는가? 수도원에 들어갈 것인가? 심미주의자가 되겠는가? 1960년대 반문화주의를 부르짖던 수천 명의 히피들이 전통적 가치에 환멸을 느껴 공동체를 이루고 살았던 것처럼 '탈퇴자'가 되겠는가?

그럴 수는 없다. 우리가 지금 여기에서 말하고자 하는 바는 도망치거나, 모든 생산적 활동을 포기한 채 명상의 세계에 빠져들라는 것이 아니다. 삶이 의도하는 것에 다시 초점을 맞춰, 언젠가는 98퍼센트의 시간을 정말 중요한 일에 쓰고 있다고 말할 수 있게 하자는 의미다.

놀라운 것은 이 일이 실현돼도 당신의 행동 자체는 그리 많이 바뀌지 않을 거라는 점이다. 세상 모든 사람이 이 책을 읽고 이에 동의해 98퍼센트의 시간을 정말 중요한 일을 하는 데 보낸다고 해도, 사람들이 하는 활동은 그리 많이 바뀌지 않을 것이다.

사람들은 여전히 아침에 일어나 일터에 가거나 생존할 방법을 찾을 것이다. 사랑할 누군가를 찾고, 또 사랑받으며 결혼하고, 아이를 가질 것이다. 계속해서 달리고, 뛰어오르고, 춤추고, 노래하고, 웃을 것이며 스스로 즐거운 시간을 보낼 방법을 찾고, 밤낮으로 기뻐하고 행복해질 방법을 모색할 것이다.

사람들이 하는 일이 그리 많이 변하지 않는다면, 갑자기 그들에게 중요해지는 것은 무엇일까?

답은 사람들이 하는 일 그 자체가 아니라, 사람들이 왜, 그리고 어떻게 그 일을 하는지에 달려 있다. 영혼이 바라는 곳으로 인도해 어떤 특정 결과를 만들어 낸다면 바로 그것이 중요한 것이다. 삶 자체가 바라는 결과 말이다.

당신의 행위 방식이 더 커다란 목표에 도달하는 것을 촉진시킬 때, 바로 그때가 중요한 순간이다.

A Soul Knowing

당신이 행하는 것이 중요한 게 아니라

왜, 그리고 어떻게 하는지가 중요하다.

하지만 인간이 무엇을 성취하려 하는지 모른다면, 그들이 하고 있는 일은 목표를 달성하는 데 촉진제 역할을 하지 못한다. 그들이 도달하고자 하는 더 큰 목표를 알아야 한다. 그런데 바로 거기에 문제가 도사리고 있다. 대부분의 사람들은 자신이 무엇을 하고 있는지 모른다.

결코 경멸하려는 의도가 아니다. 사실을 아주 간명하게 표현한 것뿐이다. 대부분의 사람들은 그들이 하고 있는 여행의 특성에 대해 거의 아무것도 모르며, 원하는 행선지에 도달하는 방법에 대해서는 더욱 오리무중이다.

사람들이 매일 하고 있는 일은 더욱 큰 목표를 향해 움직이거나 그로부터 멀어지게 만드는 데 중요한 역할을 하는데, 사람들 대부분이 어디를 향해 가야 할지 모른다. 이에 대해 한 코미디언은 이렇게 비꼬기도 했다. "조심하지 않으면 출발하지도 못하고 그 자리에서 끝나게 될 것이다." 오늘날 지구상에는 필사적으로 어딘가에 도달하고 싶어 하지만, 실은 어디로 가고 있는지 모르는 사람들이 수십 억 명이나 있다.

❊❊❊

당신이 어디로 가고 있는지 명확하게 알기 위한 첫 번째 단계는 지금 어디에 있으며, 누구와 함께 시작할 것이며, 왜 여기에 있는지 확실하게 아는 것이다.

당신은 지금 이 세상, 지구에 있다.

그런데 여기에서 무엇을 하고 있는가? 핵심이 무엇인가? 삶의 목표는 무엇인가?

중요한 단 하나에 초점을 맞춘 매일의 삶을 살아가기 위해서는 중요한 단 하나가 무엇인지 결정해야 하고. 그 전에 당신은 먼저 위의 질문에 답해야 한다. 뒤이어 나올 몇 개의 장에서 이에 대해 깊이 있게 탐구할 것이다.

다음 페이지를 읽어 가며 이것이 당신의 마음이 진정으로 욕망하는 탐색 작업이라는 점을 알아 두길 바란다. 오랫동안 당신의 마음은 앞뒤가 전혀 맞지 않고 이해할 수도 없는 삶을 이해하려 노력해 왔다. 이제 영혼의 지식 덕분에 비로소 당신은 삶에서 일어나는 모든 일을 삶의 이치에 맞게 돌아가는 새로운 맥락 속에 놓게 될 것이다.

* 지금 이 시점에서 인내심을 발휘하기 어렵고, 앞으로 진행될 탐색 작업에 참여하고 싶지는 않지만 당신이 중요하게 여기고 행하는 98퍼센트에 초점을 맞춘 삶의 모습이 어떤지 바로 알고 싶다면, Part 2는 건너뛰고 Part 3으로 가라. 한 가지 당부하고 싶은 것이 있다. 당신은 아마도 Part 2로 돌아와서 5장부터 18장을 깊이 읽게 될 것이다. 중요한 단 하나를 만드는 삶의 전체 구성 작업을 Part 2에서 기술하고 정의할 것이기 때문이다.

Part 2

생의 가장 소중한 2%를 찾아서

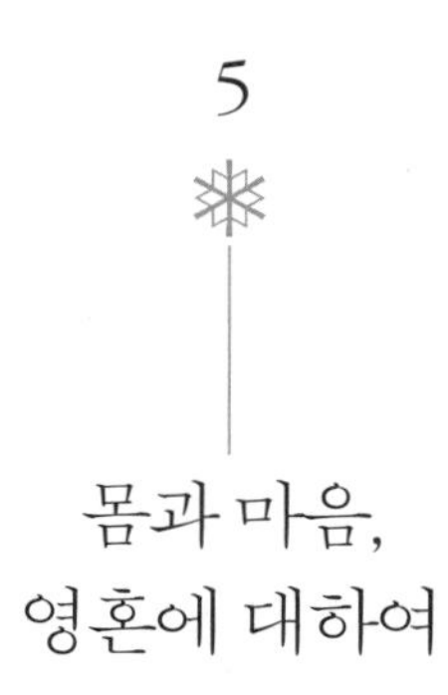

5 몸과 마음, 영혼에 대하여

이 탐색 작업에 깊숙이 들어가기 전에 일단 한발 물러나 기본적인 개념에 대해 살펴보도록 하자. 먼저 당신은 지금 여행을 하고 있다. 단순히 탄생에서 죽음으로 가는 여행이 아닌, 탄생 훨씬 이전에서부터 죽음에 이르고 난 이후에도 오랫동안 지속되는 여행이다.

당신의 마음은 자기 자신을 찾는 이 여행의 중요성과 그 결과를 거의 이해하지 못한다. 어느 정도는 알 수 있겠지만 결코 깊이 이해할 수는 없다.

그럴 능력이 없거나 비효율적이어서 그런 것일까? 그렇지 않다. 다만 여행 자체에 대한 정보가 마음에 거의 주어지지 않았기 때문이다.

우리는 간접적인 방법으로 그 정보에 대해 배운다. 선배나 스승이 함께 앉아 우리가 알아야 할 필요가 있는 모든 것을 말해 주지 않아서가 아니라(사실 그들 역시 우리와 마찬가지로 선대로부터 받은 정보가 없다.) 우리의 예술이 그 간극을 메울 수 있도록 최고의 작업을 해 주었기 때문이다.

인간의 문화는 자기 자신을 찾는 경험에 대해 이야기한다. 우리에게는 풍부한 방식으로 자신에 대해 이야기해 주는 문화와 신비 철학이 필요하다.(학교에서 음악과 드라마, 예술 그리고 기타 창의적 표현과 같은 '문화적 활동'를 없애고, 꽉 찬 교실에서 오로지 역사에만 눈을 돌리게 만드는 분위기가 우리가 누구인지 왜 우리 자신인지를 느낄 수 있는 감각에 치명적인 타격을 주는 이유가 바로 여기에 있다.)

미국 시인 엠 클레어는 우리가 하는 여행의 본질을 포착해 이런 작업을 해 왔다. 다음은 그녀의 시다.

아주 오래전 집을 떠나왔고,
이제는 나의 얼굴을 알아볼 수 없네.
나는 생명의 보트를 만들어
드넓은 바다로 떠났지.
나는 손을 흔들었네.
바다는 내가 감당할 수 있는 것과
감당할 수 없는 것 모두를 줄 거라는 걸
아는 모든 이들에게.
그들은 손을 흔들었고
나는 드넓은 바다로 향했네.

내 생명의 보트에 몸을 싣고
영혼과 가슴으로 보트를 만들었지.
그리고 아무것도 모르는 채
드넓은 바다로 그 배를 밀어 넣었지.
그렇게 집을 떠나왔네.
오랜 세월이 흐른 지금
나는 내 얼굴을 알아보지 못하네.
하지만 나는 안다네.
집
집은 나를 기억한다는 걸.

—「오랫동안 바다에서」

❊❊❊

앞서 말했듯 마음은 자신을 찾는 이 여행의 중요성과 그 결과를 거의 이해하지 못한다. 여행 자체에 대한 정보가 거의 주어지지 않았기 때문이다. 우리의 역사와 물리적 과학에 대한 간단한 기록에는 진정 중요한 형이상학적 지식 또는 영적 지식이 포함돼 있지 않다. 그나마 주어진 것도 오류투성이다.

하지만 그 모든 것이 이제 여기에서 끝날 것이다.

❊❊❊

당신은 첫째, 삶이라는 여행의 목적, 둘째, 여행이 향할 길, 셋째, 여행의 목적지를 기억하기 위한 자아 탐구 작업을 위해 마음을 이곳으로 데려왔다.

당신의 기억은 몇 가지 기본 사항에서 시작할 것이다. 하지만 먼저 한 가지 요청할 것이 있다.

당신의 영혼이 마음에게 하는 요청이다.

이것은 '기본 사항'이기 때문에 이어지는 몇 페이지에서 읽게 될 내용 대부분이 '해묵은 이야기'처럼 들릴 것이다. 그래도 인내해 주기 바란다.

당신이 이미 알고 있는 것을 상기하는 작업은 결코 나쁜 일이 아니다. 대부분의 사람들이 어쨌든 이미 알고 있는 것은 적용시키지 않는다는 점을 기억해야 할 필요가 있다. 지금쯤 기억을 되살리는 작업은 아주 좋은 일이 될 것이다.

그리고 아마 완전하게 기억할 수 없는 작은 정보도 한두 가지 있을 것이다. 그런 것을 기억해 내면 모든 것을 바꿀 수 있다.

그러니 부디 인내해 주기 바란다.

그럼 이제 그 기본 사항에 대해 말하겠다.

❇❇❇

당신은 당신의 몸이 아니다.

당신의 몸은 당신이 소유한 것이다.

당신은 당신의 마음이 아니다.

당신의 마음은 당신이 소유한 것이다.

당신은 당신의 영혼이 아니다.

당신의 영혼은 당신이 소유한 것이다.

그렇다면 당신은 누구인가?

당신은 이 모든 것의 총체다. 이 모든 것을 소유한 다정하고, 배려심 있으며, 섬세하고 연민할 줄 아는 지각 있는 존재다. 몸, 마음, 영혼에는 각각의 목적이 있는 동시에, 이 세 가지 모두의 의제를 돕는 기능이 있다.

자신을 탐구하는 이 여정에서 몸, 마음, 영혼의 삼인조는 앞으로 당신의 총체라고 불릴 것이다. 영혼의 의제를 실천하는 동안, 마음은 당신의 총체가 현재 육체화된 상태로 생존할 수 있게 보장하는 역할을 한다. 몸은 마음이 하는 일을 돕기 위해 물리적 환경에서 자료를 모은다. 그리고 그 안에 마음의 추상적인 생각이나 개념, 마음의 결정을 물리적 형태로 놓아 둔다. 영혼의 기능은 누가 진실하고 무엇이 진정한 실체인지 알기 위해, 여러 가지 측면을 가능한 한 많이 경험하는 것이다. 영혼은 이 목표를 달성하기 위해 몸과 마음, 영혼이 스스로를 두는 물리적 환경을 이용한다.

A Soul Knowing

당신은 몸과 마음 그리고 영혼의 총체다.

당신의 이 세 가지 측면은 각기 목적과 기능이 있다.

그러나 의제를 가진 것은 오로지 영혼뿐이다.

❊❊❊

당신의 마음은 영혼의 의제(삶의 의제)에 대해 아는 것이 거의 없다. 안다 해도 틀린 정보다. 마음이나 몸은 영혼과 함께 작업하지 않는 한, 삶의 의제를 제대로 도울 수 없다.

지금 만약 영혼이 아는 것을 몸이 모르고 있다면, 당신은 삶이 다른 방향으로 끌려간다고 느낄 수 있다. 그리고 당신이 이 세상에 있는 목적을 완전히 무시하지는 않을지라도 결국은 타협하게 될 수 있다.

이것이 사실상 오늘날 대부분의 사람들이 처한 상황이다.

❊❊❊

당신이 삶의 실질적인 목적에 기여하는 삶을 살기 원한다면, 마음은 자신의 데이터베이스(영혼은 이미 알고 있는 자료)를 이동시켜야 한다. 그러면 당신은 거기에서 경험을 만들어 낼 수 있다. 영혼은 지식을 보유하지만, 마음은 당신이 현실이라고 부르는 경험을 만들어 낸다.

당신의 총체가 물리적 영역으로 들어가는 이유가 바로 여기에 있다. 그것은 바로 총체가 완전한 지식을 가졌다는 것을 경험하기 위해서다. 그러나 마음의 데이터가 영혼의 인식을 포함하지 않으면, 마음이 계속 만들어 내는 경험은 영혼이 아는 것을 표현하지 못할 것이며, 당신의 총체를 돕지도 않을 것이다.

따라서 당신이 지금의 현실(즉 당신 안에 저장된 정보)로 만들 '데이터베이스'가 두 가지 다른 장소에 존재하며, 여기에 각기 다른 방법으로 접근할 수 있다는 점을 이해하는 것은 매우 중요하다.

삶의 난제는 대부분의 사람들이 이 점을 모른다는 데서 비롯된다. 설사 안다 하더라도 하나의 지식의 샘에서 다른 곳으로 초점을 옮기는 방법을 아직 배우지 못했기 때문에, 이 두 가지 정보를 합치기는 더욱 어렵다.

다시 말하면 삶에 대한 데이터는 당신의 총체 안에 있는 '기억' 속에 있다. 기억은 물리적 기억과 형이상학적 기억으로 나뉜다. 우리는 물리적 기억을 경험, 형이상학적 기억을 지식이라고 부른다. 물리적 기억은 더 많은 경험에 대한 욕망을 만들어 내고, 형이상학적 기억은 이전 경험과는 다른, 지식에 근거한 특정 종류의 경험을 원한다는 의지를 드러낸다.

❊❊❊

물리적 기억은 마음에, 형이상학적 기억은 영혼에 자리한다. 마음은 그때까지 몸과 마음이 보유한 모든 경험에 대한 기억을 포착하고, 분류하고, 정리하고 표현한다. 영혼은 당신이 누구이며, 어디에 있고, 또 왜 거기 있는지에 대한, 그리고 영원한 삶의 다른 측면에 대한 모든 지식을 보관한 장소다. 그리고 여기서는 그 지식을 당신의 인식이라고 부른다. 즉 지식과 인식은 동의어다.

앞서 설명했듯 이 두 가지 '데이터 은행'의 총합을 의식이라고 부른다. 당신도 분명 '의식 함양'이라는 표현을 자주 들어 봤을 것이다. 이는 영혼의 무한한 지식이나 생에 대한 인식을 포함시키기 위해, 마음의 데이터베이스(제한된 경험의 창고)를 확장시킨다는 뜻이다.

경험과 인식의 총합은 의식이다.

당신의 의식 수준은 물리적 삶에서의 경험뿐만 아니라, 형이상학적 삶을 얼마나 경험했느냐에 따라 달라진다. 이 형이상학적 삶의 지식은 바로 영혼의 인식 속에 존재한다.

그러다가 어느 순간 현재의 경험(이전 경험에 대한 기억이 아니라 지금 하고 있는 경험)과 그 순간에 대한 인식이 합쳐질 때, 마음의 욕망과 영혼의 의지는 비로소 하나가 된다.

마음과 영혼이 합쳐지는, 실로 하늘이 내려 준 결합이 이루어진 것이다. 그리고 신이 하나로 맺어 준 것을 인간이 갈라놓을 수는 없다.

A Soul Knowing

현재의 경험과 현재의 인식이 합쳐질 때

마음의 욕망과 영혼의 의지는 하나가 된다.

6

기억의 데이터 불러오기

우리가 다루는 주제가 추상적인 개념을 다루는 대학 강의처럼 들렸다면 사과하겠다. 하지만 만약 당신이 **중요한 단 하나**에 초점을 맞춘 삶을 살기 원한다면 알고 싶어 할 주제다.

알아 두면 좋은 정보가 하나 더 있다. 인간의 마음은 영혼이 보유한 모든 지식을 단 한 번에 가질 수는 없다는 사실이다.

마음의 회로는 놀랍도록 정교하다. 그러나 영혼이 알고 있는 데이터의 총합에 잠깐이라도 노출되면 모두 다 말 그대로 '타 버릴' 것이다. 이는 집으로 들어오는 모든 전기를 하나의 전기 배출구로 끌어오려는 시도와 비슷하다. 달리 표현하자면 스펀지 하나로 바닷물을 모두 빨아들이려는 것과 유사하다.

그런데 그 스펀지를 자주 짜서 머금고 있는 물을 되도록 빨리 배출시킨다면? 그러면 계속해서 스펀지로 바닷물을 빨아들일 수 있다.

이것은 마음이 작동하는 방식을 간단하게 표현한 것이다. 마음의 능력은 한정되어 있다. 하지만 영혼의 힘은 무한하다. 마음의 '스펀지'는 영혼의 지식에 접근해 이를 '빨아들일 수' 있다. 하지만 한 번에 빨아들일 수 있는 양이 한정돼 있기 때문에, 들어가는 정보 양이 너무 많으면 과부하에 걸린다. 이를 피하기 위해 마음은 '스스로 짜내는' 작업을 해야 한다. 그래서 마음은 예전에 '알았던' 것 중 일부를 '잊어버리는' 것이다.

이것이 바로 정확히 당신에게 일어나는 일이다.

❊❊❊

지금 당신이 하고 있는 일은 마음이 잊어버렸던 것, 방출해 버린 것, 알았던 것을 다시 회수하는 작업이다. 현재 당신이 듣고 있는 것의 상당 부분(현재 당신이 '기억하고 있는 것')이 '항상 알고 있었던 것'처럼 보이는 것은 이런 맥락에서다.

지금 여기에 '새로운 것은 전혀 없는' 것처럼 느껴질 것이다. 그러나 당신이 기억하는 것을 '새롭게' 하면, 그것을 다시 얻게 될 때 마음에 아주 이로운 정보를 갖게 될 것이다. 그 정보는 당신의 삶에서 지금 이 시점이 매우 중요하다는 것을 증명할 것이다.

이는 마음이 작동하는 또 다른 방식이다. 마음은 당신에게 지금 어떤 정보가 필요하며, 당신이 지금 이 순간 어떤 데이터를 원하는지 알아내고, 수백만 가지 기억(당신의 컴퓨터 속에 저장되어 있지만, 그 존재조차 잊어버린 수많은 파일들)에 접근해, 정확히 당신에게 필요한 것을 불러낼 수 있다.

그래서 마음은 알 필요가 있는 것은 꺼내고, 급하게 필요하지 않은 것은 뒷선반에 놔둔다. 다시 컴퓨터로 비유하자면, 마음은 현재 컴퓨터에 열려 있는 파일에 데이터를 더하면서, 동시에 운영 체계를 원활하게 작동시키기 위해 쓰지 않는 다른 파일을 닫는 것이다.

역사 속에는 자기 안경도 제대로 찾지 못하는 진짜 천재(아인슈타인, 에디슨, 스타이너 등)들의 이야기로 가득하다. 그들은 우주의 열쇠는 찾을 수 있으되, 자기 집 열쇠는 어디 있는지 찾지 못하는 사람들이었다. 이런 사람을 두고 우리는 종종 정신이 딴 데 팔려 있다고 말하는데, 아주 정확한 표현이다. 마음이 딴 데 가 있어 특정 데이터를 잊어버리고, 그 자리에 데이터가 스스로 훨씬 중요하다고 판단하는 것을 놔둘 수 있다.

기억을 많이 하면 할수록 당신은 더 많은 기억을 잊어버리게 될 것이다. 이 현상이 당신의 삶에 어떤 식으로 나타나며, 매일 어떤 영향을 미치는지는, 당신이 어떤 데이터를 보유하기로 선택하느냐에 달려 있다.

스포츠 경기 점수나 최근 개봉된 인기 영화의 줄거리와 등장인물, 또는 최신 비디오 게임에서 당신을 승리로 이끌 필승 전략을 기억하는 게 영혼의 속삭임보다 더 중요하다고 생각한다면, 영혼의 말이 전하는 지혜를 전혀 들을 수 없을 것이다. 듣지 못하니 당연히 가질 수도 없다.

결국 당신이 무엇에 집중하느냐에 따라 삶의 질이 결정될 것이다.

A Soul Knowing

당신이 무엇에 집중하느냐에 따라 삶의 질이 결정된다.

❄❄❄

마음의 능력은 한정되어 있지만 영혼은 무한하다. 따라서 마음이 영혼의 데이터를 검토하길 원할 경우, 이런저런 작은 조각들이 필요할 것이다. 당신은 이런 조각들을 때때로 '삶'이라고 부른다.

마음은 하나의 삶에서 그다음 삶으로 영혼의 지식을 들여와 천천히 경험으로 만들고, 이 지식을 마음속에 '기억'으로 간직한다. 마음은 영혼과 함께 일생을 여행하고, 다음 생에서도 그러할 것이다.

(놀랐는가? 잠깐만 기다려 주길 바란다. 잠시 후 모두 설명할 것이다.)

어떤 사람의 마음이 이전 삶의 데이터를 회수하면(방대한 양의 일화에서 나온 증거를 보면, 이런 일이 흔히 일어난다는 것을 알 수 있다.) 외견상으로 현재 삶의 경험을 뛰어넘는 기술, 능력, 지혜와 통찰력을 발휘하게 된다. 우리는 이런 사람을 두고 종종 '천재'라고 부른다.

❊❊❊

주어진 생의 시간 내에 마음과 영혼이 결합하면 의식이 확장되어, 자기 자신을 찾는 여정이 더욱 잘 이해될 것이다. 관점이 바뀌어 시야가 매우 넓어질 것이다.

하지만 경험과 지식이 결합하기 전까지는 살면서 이해되지 않는 일이 매우 자주(아마 거의 항상) 일어날 것이다. 당신이 마음의 데이터만 사용하고 있다면(대부분의 사람들이 거의 이렇게 하고 있다.) 그 상황을 이해하려 아무리 노력해도 답답할 가능성이 크다.

그러면 당신은 이리저리 책을 뒤지고, 이 강의에서 저 강의로 전전하고, 설교란 설교는 다 찾아 듣고, 각종 강연과 멘토를 찾아다니며 답을 구하려 할 것이다.

좋은 소식은 더 이상 그렇게 피곤하게 다니지 않아도 된다는 것이다. 이제는 어디 가서 무언가를 찾으러 노력할 필요가 없다. 필요한 모든 것은 바로 지금 당신 안에 있다. 필요하다면 얼마든지 손쉽게 꺼내 쓸 수 있다.

그렇다. 이것은 뉴에이지 사상의 만트라(기도, 명상 때 외우는 주문 — 옮긴이)이자 고대 스승들의 가르침이기도 한 '당신이 찾는 모든 것이 당신 안에 있다.'는 메시지다. 그러니 이런 질문도 해야 한다. 정말 그게 진실이라면, 사람들의 일상은 왜 맨날 이 모양 이 꼴인 걸까? 왜 세상에는 위기가 계속되는 걸까?

다시 말하지만 세상 사람의 98퍼센트가 시간의 98퍼센트를 중요하지 않은 일에 쓰고 있기 때문이다. 그들은 영혼의 지혜를 무시하고 있다. 영혼의 지혜를 모르거나, 필요할 때 그들이 알고 있는 것에 접근하는 방법을 모르기 때문이다. 사람들은 '멋진 게임'에 대해 이야기하지만, 정작 게임을 잘하는 방법에 대해서는 알지 못한다.

당신이 이 경우에 해당한다 해도, 앞으로는 다를 것이다. 영혼의 지혜를 무시하지 않는다면, 당신은 그런 입장에 처한 사람들을 도울 수 있는 표현을 금방 기억해 낼 것이다.

그런 이유로 바로 지금 이 자리에 당신이 오게 된 것이다.

7
삶이 곧 신이다

이쯤이면 당신은 이미 몇 가지 중요한 데이터에 접근했을 것이다. 거기에 한 가지를 더하겠다. 지금 당신이 걷고 있는 이 여정은 **성스러운 목적**을 달성하기 위한 **신성한 여정**이다.

'신성한'이나 '성스러운'이라는 표현을 퇴행적인 것으로 받아들일 수도 있다. 이런 표현을 듣고 싶어 하지 않는 사람들은 즉시 "안 돼!"라고 외치며 신음을 뱉어 낼 수도 있다. 한때 '신성함'과 '성스러움'을 열정적으로 받아들였으나, 지금은 기성 종교와 교리에서 멀어진 사람들에게는 특히 도전적인 표현으로 느껴질 것이다.

그러나 여기서 말하는 여행과 그 목적은 기존 종교나 신학 교리와는 전혀 상관없다. 사실 신학에서는 이것을 이단이라고 부를 것이다.

'성스러운 목적'은 고사하고 어떤 종류든 신성한 존재를 믿어 본 적이 없는 사람에게도 신성한 여행과 성스러운 목적을 논하는 일은 쉽지 않은 도전이 되리라.

한 가지 공통점은 있다. 무신론자, 불가지론자 그리고 적대자 모두 삶은 믿는다. 삶은 모든 인간이 공통적으로 하는 경험이기 때문이다. 이곳으로 오라는 초대에 "안 돼!" 소리가 나오게 만드는 장황함은 이제 잊어버리자. 그리고 "오, 세상에." 하고 감탄하게 만드는 내면의 지혜로 곧장 들어가 보자.

❊❊❊

'삶'은 어떤 개인의 신념이나 특정한 믿음 체계보다 더 크다. 삶은 모든 존재에 생기를 불어넣는다. 어디에서나 그 에너지를 찾을 수 있다. 이 에너지 없이는 아무것도 없으며, 언제나 존재했던 모든 것이 이 순간에도 있고, 앞으로도 삶으로부터 생겨날 것이다.

삶은 분명히 일어나고 있는 그 무엇이다. 삶은 모든 사람들의 내면에서, 사람들의 모습으로 그리고 사람들 주변에 나타난다. 따라서 아무도 삶의 존재를 부인할 수 없다. 남아 있는 유일한 난제는 삶의 의미론뿐이다.

우리가 삶을 '신'이라고 부르기로 결정하면, 삶이라는 여행은 **신성한 여정**이 된다. 어떤 단어를 사용해서 하나의 현상을 설명하는가라는 간단한 문제일 뿐이다.

그러니 '신'이라는 단어가 여행하고 있는 당신을 멈추게 한다면,

'신'이라는 단어를 볼 때마다 '삶'이라고 바꿔 읽으라. 그런다 해도 의미는 바뀌지 않을 것이다. 그리고 '성스러움'이라는 단어에 거부감이 든다면 대신 '삶을 섬김'이라는 표현으로 바꿔 보라. 또 '신성함'이라는 단어가 불편하면 '중요함'이라는 단어를 사용해도 된다.

현재 당신은 삶을 섬기는 목적을 달성하기 위해 **중요한 여행**을 하고 있다. 여기서 불확실한 게 있다면 여행의 목적이 무엇이냐는 것이다. 이제 삶이 그만의 고유한 지성을 갖추고 있다는 점을 확실히 알게 될 정도로, 당신의 기억은 확장되었다.(우주가 돌아가는 데 '지시'는 필요하지 않다. 살아 있는 것의 가장 작은 세포도 재생하고 생존하기 위해 무엇을 해야 하는지 정확하게 알고 있다.)

언뜻 보기에도 삶은 형언할 수 없을 정도로 장려하게 설계되었으며, 그 기능은 불가해할 정도로 정교하고 세련되었다는 것을 알 수 있다. 모든 사건과 결과는 그 설계의 일부다.

또한 당신의 직관도 삶의 진정한 본질과 기초가 되는 에너지는, 어떤 결과를 만들어 내려는 삶 자체의 특별한 의도로 인해, 해당 방향으로 초점이 맞춰지고 인도될 수 있다고 말해 준다. 그리고 당신은 삶 그 자체가 표현하고자 하는 근본적인 지성의 일부이므로, 특별한 의도로 그 특별한 결과를 만들어 내기 위해, 삶의 에너지에 초점을 맞추도록 조정할 수 있다.

중요한 곳에 집중하는 삶은 이 모든 것을 이해하는 데서 시작된다. 결코 전부가 아닌 시작일 뿐이다. 당신은 그저 그 방법만 잘 기억하면 된다.

당신은 지금 여기에서 그 작업을 하고 있다.

A Soul Knowing

지금 당신이 하고 있는 여행은

성스러운 목적을 달성하기 위한 신성한 여행이다.

❄❄❄

지금 이 순간 당신은 스스로를 이끌어 내, 내적으로 알고 있는 것을 외적으로 표현하고 있다.

여기서 하는 경험이 오래전 어딘가에 두고 못 찾고 있다가 이제야 찾은 당신의 일기를 읽어 보는 것과 아주 흡사해도, 놀라지 않길 바란다. 새로운 단락을 읽어 나갈 때마다 실은 당신이 이미 알고 있는 내용이라는 걸 감지할 것이다.

이런 인식을 보유하는 것은 당신의 영혼이다. 그리고 이제 마음이 영혼에게 다시 소개되고 있다.

물론 영혼이라는 말도 많은 사람들이 거부하는 단어 중의 하나다. 심지어 인간에게 영혼이란 없다고 믿는 이들도 많다. 영혼이 있다고 믿어도 영혼이 무엇이며, 무슨 일을 하는지 전혀 모르는 경우가 대다수다.

영혼의 기능은 무엇인가? 그리고 목적은? 우리는 마음이 무슨 일을 하는지 안다. 몸이 하는 일도 알고 있다. 그렇다면 영혼은 무슨 일을 하는가?

❊❊❊

영혼을 일종의 '의식'으로 보는 사람들이 있다. 아니면 한쪽 편에 서서 선의를 갖고 지켜주지만, 기능하는 방법은 불분명한 '수호자'나 '천사' 비슷한 것으로 생각할 수도 있다.

그리고 자신에게 영혼이 있고, 이 영혼은 의제를 갖고 있다는 걸 느끼지만, 그 의제가 무엇인지 혼란스러워하면서 경험하게 될(또는 경험할 필요가 있는) 것보다 더 많은 골칫거리, 어려움, 박탈감에 시달리는 사람들이 있다.

또한 영혼이 존재한다는 것을 알지만, 그 의제에 대한 옛이야기에 갇히길 원하지 않는 사람들도 있다. 당신은 마음을 일깨워 영혼의 진정한 의제와 관련된 지식을 받아들이게 할 준비가 되어 있다. 바로 지금 그렇게 하고 싶은 충동이 내면 깊은 곳에서 일어날 것이다. 당신의 삶을 바라보고 '꼭 이런 식일 필요는 없어.'라고 속삭이는 측면이 위와 같은 생각을 하고 있을 것이다.

물론 당신의 귓가에 속삭이고, 신성한 여행을 인도하고 있는 것은 당신의 영혼이다. 영혼은 길을 인도할 뿐만 아니라 길을 보여 주고, 만들어 낸다.

하지만 어느 길이라고 직접 가리키지는 않는다.

영혼은 이것저것 명령하고 요구하는 독재자가 아니다. 그러므로 몸과 마음이 영혼과 같은 길을 가지 않을 수도 있다. 이것이 바로 자유의 본질이다. 하지만 다른 측면에서 보면 이것이 하나의 삶에 일종의 합병증을 유발할 수도 있다.

8

불멸하는 에너지

삶에서 가장 큰 합병증은 몸과 마음, 영혼이 제각기 다른 방향으로 길을 갈 때 생긴다. 당신의 총체를 좀 더 잘 알면 합병증이 어떤 식으로 발생하는지 이해하는 데 도움이 된다.

지금부터 들어가는 설명은 좀 더 복잡할 것이다. 하지만 일단 알아보기로 결심했으니 집중하기 바란다. 그래야 여행이 끝났을 때 당신의 삶도 완전히 바뀔 수 있다.

이건 결코 과장이 아니다. 매우 이성적이고 합리적인 추론이다.

❄❄❄

이 여행이 복잡하다는 것을 알았으니, 짧게 나눠서 설명하겠다. 복잡하고 거대한 정보를 작은 조각으로 나누면, 훨씬 가벼운 마음으로 쉽게 소화할 수 있을 것이다. 마음이 둔해서가 아니라 가끔은 휴식을 취해야 하기 때문이다. 그러니 당신도 필요하다면 언제든 멈춰서 잠시 휴식을 취하도록 하라. 단락 사이의 ❊ 표시를 만날 때마다 쉬어도 좋다.

❊❊❊

멈추는 지점을 자연스럽게 만나면 아마도 쉬고 싶어질 것이다. 그럴 땐 잠시 멈추고 마음을 이완시켜라. 방금 읽었던 내용을 조용히 사색해도 좋다.

금방 읽은 것을 당신의 말로 일기장에 다시 적어 보는 것도 괜찮다. 기록은 놀라운 도구다. 이는 당신이 사색하는 바를 손쉽게 접근할 수 있는 곳에 놔두는 작업이라 할 수 있다. 이렇게 하면 몇 달 뒤 서가에서 뽑아 다시 읽는 책보다, 훨씬 더 개인적인 의미가 있을 것이다. 또한 사람들은 책을 다시 읽기보다는 자신의 일기를 훨씬 더 자주 보는 경향이 있다. 여기에서 얻은 생각을 자신의 말로 표현해 적은 것을 1년 후에 읽어 보면, 이 책보다도 훨씬 당신의 마음에 강렬하게 다가올 것이다.

한번 시도해 보라.

❊❊❊

여기 기록된 내용에서 메모해 둘 것이 하나 더 있다.

이 책에 실린 여러 가지 형이상학적 개념을 좀 더 쉽게 흡수하고 숙고하는 작업을 돕기 위해, 광의의 개념과 특정 아이디어가 원처럼 한 바퀴 돌아서 반복되는 경우가 있다는 것을 알게 될 것이다. 군더더기 같이 보이는 이 중복 현상은 결코 우연히 만들어진 게 아니다.

❊❊❊

앞서 말한 아이디어 중 한 가지를 소개하겠다. 이것은 많은 사람들이 전혀 고려하지 않거나 미처 생각하지 않는 부분이지만, 실은 매우 중요한 아이디어다.

당신의 영혼은 하나의 정체(正體)로서 신성한 여정을 시작한다. 하지만 몸과 마음은 영원한 여행에서 현재의 특별한 '다리'로서 정체성이 설정된다.

어떤 사람은 이를 두고 영혼은 영원히 살고, 몸과 마음은 죽는 것으로 해석한다. 사실 일반적으로 세상의 전통적인 종교에서는 삶과 죽음에 대해 그런 식으로 해석하는 경우가 많다. 하지만 이는 정확하지 않은 설명이다.

실은 영혼이 죽지 않는 것처럼 몸과 마음도 죽지 않는다.

❊❊❊

그렇다. 몸과 마음은 결코 죽지 않는다.

이는 아마 어떤 사람들에게는 놀라운 정보일 것이다. 이에 대한 언급이 필요 이상으로 절제되어 있을 수도 있다. 삶에서 가장 덜 알려지고 밝혀지지 않은 측면일 가능성도 있다. 그런데 모순되게도 이것이 삶에서 가장 중요한 부분일 수 있다.

어째서 그럴까? 왜 이것이 중요할까? 그 이유는 완전히 새로운 맥락에서 당신이 누구이며 왜 여기에 있는지를 보기 때문이다. 당신이 삶에서 중요한 단 하나에 초점을 맞추려면, 이것을 이해하는 것이 매우 중요하다.

세상 사람들의 98퍼센트가 시간의 98퍼센트를 중요하지 않은 일에 보내는 이유는 그들이 누구인지, 왜 이곳에 있는지를 잘못 이해하고 있기 때문이다. 그들은 영혼은 영원히 살지만 몸과 마음은 죽는다고 받아들여 왔다.

하지만 우리가 세 가지 부분으로 나뉜 존재라는 것을 이해하고 몸과 마음은 절대 죽지 않는다고 받아들이면, 삶에서 우리가 보는 모든 것이 바뀐다. 그러니 지금부터 몸과 마음, 그리고 영혼의 복잡한 특성과 관계를 깊이 있게 알아보도록 하자.

A Soul Knowing

영혼이 죽지 않듯, 몸과 마음도 죽지 않는다.

❋❋❋

이제 새로운 아이디어를 제시하고 진지하게 탐구를 시작하는 단계에 도달했다. 이 길을 가면서 어쩌면 다음과 같은 질문을 던지고 싶은 충동이 일 수도 있다.

"아주 흥미롭군. 하지만 이게 대체 무슨 소용이 있는 거지? 이렇게 난해한 문제가 내 삶의 현장과 경험에 무슨 의미가 있다는 거야?"

나중에 그렇게 말할 기회가 있을 것이다! 하지만 지금은 한번 더 인내심을 발휘하기 바란다. 이 책에서 계속 언급할 주제인 진정한 '당신', 지금 여기 있는 존재인 당신을 제대로 알고 이해하기 전까지는 정녕 무엇이 중요한지 결정할 수 없으니, 지금은 인내해야 한다. 이제부터 '당신'의 진정한 특성에 대해 아주 간단하게 이야기하겠다.

❋❋❋

당신의 영혼을 포함해 삶의 모든 것은 물리적이다. 아마 당신은 가볍게 '눈에 보이지 않는 것'은 '물리적이지 않다'고 생각할 것이다. 하지만 보이는 것과 물리적인 것이 같지는 않다. 보이지 않는 많은 것들 또한 물리적이기 때문이다.

영혼의 존재를 전적으로 받아들이는 사람들은 대부분 영혼이 불멸한다는 데 동의한다.('천국' 혹은 '지옥'에서 영원히 지낼지의 여부는 특정 종교의 논리에 따라 달라질 수 있지만, 영혼이 영원히 존재한다는 데에는 주요 종교에서도 이견이 거의 없는 듯하다.)

대부분의 사람들이 전혀 들어 보지 못한 것은, 영혼과 달리 몸과 마음을 구성하는 본질적인 에너지 형태는 바뀔 수 있지만, 결코 사라지지 않는다는 점이다.

따라서 몸과 마음을 '형태 변환자'라고 부를 수 있다. 몸과 마음은 그 형태를 영원히 바꿀 수 있다. 영혼은 몸과 마음을 형성하는 본질적 에너지를 그 도구로 사용한다. 즉 영혼의 요청에 따라 몸과 마음은 그 형태를 변환하는 작업을 할 수 있다.

망치질로 시뻘겋게 달궈진 강철을 새로운 형태로 만드는 과정을 생각해 보라. 달궈진 강철은 얼마든지 형태를 바꿀 수 있고, 틀에 부은 다음 차갑게 식혀 딱딱하게 만들 수도 있다. 몸과 마음을 구성하는 에너지도 '시뻘겋게 달궈졌을 때' 강철처럼 '형태를 바꿀 수' 있다. 형이상학의 언어로 표현하자면 빛과 함께 밝게 빛날 때 본질의 에너지는 본질적 상태를 발산한다.

❊❊❊

에너지 진동이 주파수를 바꿀 때(몸과 마음의 에너지가 물리적 영역으로 이동할 때) 몸과 마음의 형태가 바뀐다. 이 에너지 진동의 일정한 주파수는 몸 전체 또는 어느 한 부분을 인간에게는 보이지 않게 만들 수 있다. 마음(몸의 일부분인 뇌와 혼동하지 않기 바란다.)이 바로 좋은 예다. 마음은 보이지 않지만 감지할 수 있다. 마음은 뇌를 활성화시키는 에너지 보따리다.

마음이나 몸은 '죽음'이라 불리는 현상 다음에는 보이지 않게 되지만(몸은 일반적으로 묻히거나 화장되고 마음은 그저 사라진다.) 그렇다고 존재하지 않는다는 의미는 아니다.

시신이 부패하면서 천천히 형태가 변하거나 화장을 해서 재가 되면, 나머지 물리적 세계에 훨씬 더 빨리 흡수되므로 몸은 분명 존재한다는 것을 논리적으로 설명할 수 있다.

우리는 이것이 몸의 전부라고 생각한다. 몸이 줄어들어 부패하거나 재가 되고 나면, 전에 존재했던 것의 나머지만 남을 뿐이라고 말한다. 그것은 잔여물일 뿐이다. 사실 한 사람의 '유해'란 글자 그대로 눈에 보이는 형태로 '남은 것'이다. 이것은 인간이라는 육체적 존재를 구성하는 최소한의 에너지다. 이 에너지는 단순히 눈에 보이는 주파수 범위 안에서 계속해서 진동하는 물리적 에너지의 일부라는 의미다.

당신의 물리적 에너지 중 가장 커다란 부분은 '죽음'의 순간 그 진동이 변화해 육안으로는 보이지 않게 되는 것이다.

❊❊❊

심지어 지금도 당신의 일부분 중 보이지 않는 곳이 있다. 흔히 몸 주변에 생기는 에너지 장이라고 일컫는 '아우라(기운)'를 볼 수 있다고 주장하는 사람들이 있다. 이 아우라는 실은 몸의 일부분이다. 이는 몸에 일반적으로는 보이지 않는 부분이 있음을 뒷받침해 주는 예다.

죽으면 몸과 마음은 즉시 변형되기 시작한다.

이 과정을 좀 더 깊이 있게 이해하려면 벽난로 속에서 타고 있는 통나무를 생각해 보면 된다. 통나무의 에너지가 방출되면서 이전에 통나무였던 에너지의 대부분이 눈에 보이지 않게 변한다. 그리고 쉽게 감지할 수 있는 빛, 열기, 연기라는 새로운 에너지 형태로 바뀐다. 그 다음 통나무의 잔여물이 남는데, 우리는 그것을 재라고 부른다.

이 재는 이전에 그보다 훨씬 더 컸던 물리적 물체의 질량 중 5퍼센트 정도밖에 되지 않는다. 그렇다면 통나무의 나머지 부분에는 무슨 일이 일어난 걸까? 그 에너지가 '죽었다'고 말할 수 있을까? 아니, 그렇지 않다. 에너지는 결코 죽지 않는다. 그저 단순히 형태를 바꿀 뿐이다. 통나무의 나머지는 '연기가 되었'거나 열기와 불빛으로 변화한 것이다.

❊❊❊

당신의 몸과 마음도 똑같은 방식으로 변형된다. 몸과 마음이었던 본질적 에너지 중 가장 커다란 부분은 형태를 바꿔 당신의 총체의 일부분, 즉 나머지 중에서 가장 작은 부분으로 계속 존재한다.

이것은 당신이 남기기로 선택한 자신의 총체 중 일부분이다. 이것 역시 계속 존재하지만, 차원 중에 존재하지 않을 뿐이다. 당신은 이 부분을 지니길 원하지 않는다. 더 이상 그럴 필요가 없다. 자아의 일면 중 이 부분과는 끝난 것이다. 그래서 언제 어디서나 존재하는 특별한 차원에 그것을 남긴다.

당신과 함께하는 것이 영혼을 조력한다. 몸과 마음 중 이런 부분은 나중에 영혼의 지시에 따라 자신을 다시 만들어 낸다. 이것은 현재의 표현과 차원에서 스스로 재구성해 당신에게 돌려줘, 이 삶을 새로이 살 수 있게 한다. 아니면 다른 표현과 차원에서 다른 사람이 되어 '다른' 삶을 살게 재구성할 수도 있다.(이를 환생이라고 부른다.)

하지만 이 모든 일이 일어나도 영혼의 정체성은 절대 바뀌지 않으며, 앞으로도 변화하지 않을 것이다. 몸과 마음의 본질적 에너지만이 새로운 삶의 표현으로 재구성된다.

A Soul Knowing

에너지는 죽지 않는다. 다만 형태를 바꿀 뿐이다.

9

눈송이, 나무, 우주의 공통점

방금 들은 것을 마음이 알도록 일깨우는 작업을 특히 어려워하는 사람들이 있다. 예수를 비롯한 수많은 스승들이 우화와 이야기를 통해 영원한 수수께끼에 대해 이야기하려 한 이유가 바로 여기 있다. 우리도 똑같은 작업을 할 것이다.

다시 한 번 언급하지만 이는 인간의 마음이 너무 약하거나 발달하지 못해서가 아니다. 그보다는 잘못된 정보가 너무도 많이 마음에 전달되었고, 이것을 삭제하기 전에는 새롭게 추가되는 방대한 정보를 수용할 공간이 사실상 없기 때문이다.

당신에게 삶에 대한 옛이야기, 삶이 어떤지에 대한 기존의 생각 중 상당 부분을 삭제하라고 요청하겠다. 죽음이란 무엇이며 어떠한 것인지, 신은 과연 누구인지에 대해 지금까지 해 왔던 생각을 삭제하고 새로운 이야기를 위한 공간을 마련해 주기 바란다.

이제 새로운 이야기를 받아들이는 데 도움이 될 우화를 소개하겠다.

눈송이 이야기

옛날 옛적에 사라라는 이름의 눈송이가 있었다. 눈송이 사라에게는 샘이라는 눈송이 동생이 있었다.

사라와 샘은 좋은 삶을 살았지만 언젠가 죽을 거라는 사실, 녹아서 사라져 버릴 날이 온다는 것을 두려워했다. 그러던 어느 날 눈의 천사가 그들에게 나타났다. "눈송이는 영원해. 그걸 아니?" 천사는 이렇게 말한 다음 설명하기 시작했다.

"역사상 최초의 눈송이는 바로 오늘 떨어지는 눈송이야. 하나하나에 개성이 가미된 물리적 형태를 띠고 하늘에서 떨어지지. 똑같은 눈송이는 하나도 없어, 눈송이 역사상 똑같은 눈송이는 단 하나도 없었단다.

각자의 개성으로 디자인된 눈송이들은 모두 표현할 수 없을 정도로 아름다워. 모든 사람이 천국에서 떨어지는 눈송이의 정교한 화려함에 취하지. 그래서 눈송이가 떨어질 때 그들은 숨 막힐 듯 멋진 광경을 지켜보며 밖에서 이리저리 뛰어다니는 거야.

땅에 떨어지면서 눈송이는 서로 뭉쳐. 뭉쳐서 하나의 커다란 덩어리가 된 눈송이의 집합체를 사람들은 간단하게 '눈'이라고 부르지. '눈송이가 합쳐진 저 커다란 덩어리를 좀 봐.'라고 말하지는 않잖아. 그저 '저 눈 덮인 산을 좀 봐.'라고 하지. 개별적인 눈송이들을 그저 하나로 보는 거야. 눈송이들은 하나와 하나가 모인 거야."

천사는 계속해서 말을 이어갔다.

"곧 태양이 나와 눈이 녹으면 눈송이들도 하나하나 사라져. 아, 영원히 없어진다는 말이 아니라 형태가 바뀔 뿐이야. 이제 눈송이들은 물이 되어 반짝거리는 물웅덩이에서 파문을 일으키거나 작은 시내가 되어 함께 흐르지.

태양이 계속 마법을 부리면 그 물도 곧 사라져 버려. 아니, 사라지는 것같이 보이지. 하지만 사실은 그것도 형태를 바꾸는 것일 뿐이야. 증발해서 눈에 보이지 않는 증기가 되어 대기 중으로 날아가는 거지. 그리고 하늘에서 응축되면 다시 눈에 보여. 구름이 돼서 말이야.

증기가 점점 더 모이면 물기를 머금은 구름이 짙어지지. 그러면 곧 물기는 비가 되어 땅으로 떨어져. 온도가 낮으면 떨어지는 비는 다시 눈송이로 변하지. 그러니 눈송이의 역사에서 똑같은 눈송이는 하나도 없는 거야."

이야기를 들은 사라와 샘은 너무도 기뻤다. 갑자기 모든 것이 수정처럼 맑고 선명해졌다.

이렇듯 눈에서도 삶의 순환과 당신의 이야기를 보게 된다.

❊❊❊

당신이 존재하지 않았던 적은 결코 없다. 앞으로도 그런 상황은 절대 발생하지 않을 것이다. 모든 것의 개별적인 면이 육체화된 존재로서, 당신은 하늘에서 나타난다. 모든 육체화는 영예로우며 절대적으로 다르지만, 그럼에도 우리 모두는 같은 존재다. 그래서 우리 모두는 하나의 본질로 합쳐진다. 그것은 바로 당신이 '인간'이라고 부르는 특별한 삶의 표현이다. 그리고 각각의 본질은 다시 보이지 않는 상태가 되어 하늘로 돌아간다.

당신은 '여전히 이곳에 있다.' 그저 '더 이상 눈에 보이지 않을' 뿐이다. 눈에 보이지 않지만 그래도 당신은 존재한다. 완전히 인식하고 의식하는 형태로, 완전한 육체화를 통해 모두 다 볼 수 있는 상태로 돌아갈 때까지 말이다.

여기에 위대한 비밀이 숨어 있다. 당신은 '물리적'이다. 그저 가끔 덜 물리적인 때가 있을 뿐이다. 눈송이도 물리적이다. 눈일 때, 물일 때, 증기일 때도 물리적이다. 수증기나 습기일 때도 마찬가지다. 전혀 보이지 않고 완전히 투명할 때도 역시 물리적이고, 구름에서 비가 되어 지상으로 떨어질 때도 물리적이다. 태양이 비치는 구름 바로 밑에서 빙점에 도달하면 결정으로 변해 다시 눈송이가 된다.

눈송이는 실로 놀라운 여행을 마친 것이다. 형태를 바꾸고, 또 바꾸고 계속해서 변형해 마지막에는 다시 눈송이로, 이전에 눈송이였을 때와는 판이하게 다르지만 여전히 본질은 같은 눈송이가 된다.

당신도 이런 놀라운 여행을 했다. 성스러운 목적을 지닌 신성한 여행을 말이다.

❊❊❊

몸과 마음이 영혼과 함께 남아 있다는 사실은 죽음에 가까운 경험을 한 사람들의 증언을 통해 입증된다.

이런 사람들은 종종 '저쪽 편'으로 '넘어갔을 때' 일어나는 모든 일을 마음이 인식하고 있었다고 말한다. 심지어 그때 최고로 건강한 몸 상태를 경험했다고 말하는 이들도 있다.

하지만 몸은 결코 '무겁지' 않았다고 한다. 마치 땅에 떨어지는 눈송이, 증기처럼 가볍고 아직 결정체가 되지 않은 눈송이처럼 말이다.

'먼저 간' 사랑하는 사람들을 만나고 인사를 받았다고 말하는 이들도 많다. 그들이 만난 사랑하는 이들도 모두 최고로 건강한 상태였지만, 증기처럼 가벼운 몸으로 나타났다고 한다.

여기에서 요점은 모든 물리적 삶의 표현은 변형될 수 있으며, 세상의 모든 생명이 이런 능력을 갖고 있다는 것이다.

불가능한 이야기라고 말하고 싶은가? 하지만 사실이지 않은가?

"안 돼요."

앨리스가 소리쳤다.

"그런 불가능한 일은 믿을 수 없어요!"

"너는 충분히 연습을 하지 않은 것 같구나."

눈의 여왕이 말했다.

"나는 매일 30분씩 연습했어.

아침 식사 전에 불가능한 일을

여섯 가지나 믿어 본 적도 있는 걸."

—『거울 나라의 앨리스』, 루이스 캐럴

❊❊❊

당신은 삶이 영원히 계속된다는 것을 상상하기가 여전히 어려울 것이다. 하지만 삶은 끝없이 계속된다.

우리 주변에서 그런 사례를 찾아볼 수 없다는 점을 감안해, 마음은 영원한 삶에 대해 이해하려 여러 가지 방법을 모색한다. 그런데 정말 그런 경우는 없는 걸까?

나무의 진실

수년 째 창문가에 앉아 바깥에 서 있는 나무를 바라보면, 형태만 바뀔 뿐 결코 죽지 않는다는 것을 알게 될 것이다.

아마 당신은 "맞아. 하지만 나무도 어디에선가 시작되었어. 씨앗에서 시작됐지."라고 말할 수 있겠다. 그런데 그 씨앗은 어디에서 왔는가? 다른 나무에서 왔다? 그렇게 말할 수도 있겠지만, 그게 실은 똑같은 나무라면 ?

한 그루의 나무가 있다. 이 나무는 씨앗에서 성장해 나무가 됐다. 나무는 계속해서 자라고 또 자란다. 그렇게 수백 년 동안 성장하다 더 이상은 자라지 않고, 당신이 '죽음'이라고 부르는 상황을 맞이하게 된다. 그러나 나무는 죽지 않았다. 씨앗을 만들어 내는 일을 포함해 어떤 과정을 겪을 뿐이다. 그리고 그 씨앗이 새로운 나무가 되는 것이다. 그런데 이렇게 태어난 나무들이 정말 새로운 나무인가? 아니면 똑같은 나무가 새롭게 시작하는 것인가?

한 그루의 나무가 가장 높은 곳까지 자라 성장의 한계에 도달하면, 나무는 스스로 땅에 떨어진다.(궁극적으로 성장을 중단한다.) 하지만 그 전에 나무가 떨어뜨린 씨앗은 다른 무엇이 아니다. 바다의 물방울 하나가 대양 자체의 일부분이듯, 씨앗은 그 나무의 일부분이다. 우리 모두는 똑같지만 다른 모습을 한 것에 각기 다른 이름을 부여할 뿐이다.

나무가 씨앗을 떨어뜨린다는 것은 나무 자신을 땅에 떨어뜨리는 것이다. 그렇게 땅에 떨어진 씨앗이 스스로 땅속에 파묻혀 다시 성장하는 경험을 한다. 그렇게 큰 나무는 '다른 몸이 된 것처럼' 보이지만, 실은 똑같은 '몸'으로 작아졌다가 다시 커졌을 뿐이다. 그렇게 변형을 겪는 것이다.

이 생명의 순환 작업 중 일부분을 건너뛰는 일도 가능하다. 나무의 가지를 잘라 물속에 넣으면, 거기에서 새로운 뿌리가 나올 것이다. 이것을 다시 땅에 심는다.

그렇다면 여기에서 또 다른 나무가 생성된 것인가? 아니면 기적 중의 기적으로, 한 나무의 일부를 잘라 다시 심어서 성장한 똑같은 나무인가? 한 그루의 나무가 끝나고 다른 나무가 시작되는 곳은 어디인가? 이 나무들이 물리적으로 분리되어 있다는 것은 그들의 본질이 정확하게 똑같지 않다는 의미인가?

❊❊❊

인간의 이해력에는 한계가 있는 까닭에 우리는 물리적으로 분리되어 있으면 그것이 본질적으로도 다른 것이라고 생각한다. 그런데 만약 본질의 단계에서 차이가 없다면 어쩌겠는가?

차이가 없다.

이것이 바로 영원한 삶이 의미하는 바다.

영원한 삶은 존재하는 삶의 모든 형태로 만들어졌다. 하늘의 별과 행성에서부터 태양계 전체까지, 전 우주가 그러하다. 사람, 눈송이, 나무에서부터 생태계 전체 그리고 그 안에 있는 모든 것, 삶의 각 일면은 삶의 영원한 존재라는 사실, 그리고 각각의 단계에 맞는 의식에 따른 에너지의 본질을 경험한다.

하나의 눈송이에서 다른 눈송이로, 하나의 나무에서 다른 나무로, 하나의 태양계에서 다른 태양계로, 하나의 '육체화'된 개체에서 다른 육체화된 개체로, '하나의 삶'에서 다른 삶으로 옮겨 가는 이 본질은 무엇인가?

그것은 끊임없이 변화하며 **존재하는 유일한 것**이다. 보이지 않지만 우리가 **삶 자체**라고 부르는 표현을 통해 반복해서 개별화하여 보이게 만드는 **신성함**이다. 다시 태어난 하나의 영혼이다. 증식해 나가는 **유일한 하나**, 다시 형성된 모습의 신이다.

처음 시작할 때도 있었고, 지금도 있으며, 앞으로도 존재할 끝없는 세상이다.

그것은 바로 당신이다.

10

멀리 돌아가는 것과 잘못된 길을 가는 것

"아주 시적이군. 유익한 말이긴 하지만 그게 나와 내 삶, 내 고통, 도전, 어려움 그리고 무엇보다 내 기쁨과 대체 무슨 상관이 있다는 말이지? 지금 이걸 내 삶과 연관지을 수 있을까? 그럴 수 없다면 이에 대해서는 더 이상 논하고 싶지 않아. 나는 삶이란 무엇이며, **중요한 단 하나**에 대해 듣고 싶어. 보편적인 우주론을 알기 위해 지금 여기에 있는 게 아니라고." 당신은 이렇게 말할 수 있으리라.

이 시점에서 인내하지 못한다 해도 이해한다. 얼마든지 그런 반응을 보일 수 있다. 당신은 지극히 정상적이다. 오랫동안 인간의 마음은 그렇게 작동해 왔다. 들어서 유익한 것을 듣지 못하게 잡아끄는 방식으로 말이다. 그래서 우리는 겉으로 '괜찮아' 보이는 것이 항상 득이 되지는 않는다는 것을 알게 된다.

여기에서의 논점은 당신의 **영혼과 삶 자체의 기본적인 본질**은 재구성되었을 뿐 동일하다는 것이다. 즉 당신과 다른 모든 것들은 **하나**다. 형태와 구성이 다르지만 **본질의 단계**에서는 동일하다.

방금 당신이 습득한 정보는 지금 당장 실용적으로 써먹을 데가 없는 것처럼 보일 것이다. 하지만 기다려 보라. 이 여정의 백미가 지금 막 시작되었다.

❊❊❊

시간을 통해 움직이는 '여행하는 동지'를 몸, 마음, 영혼이라고 부르고, 이 세 가지가 당신의 총체를 구성하며, 영혼은 똑같은 형태로 영원히 존재하지만 몸과 마음은 형태를 바꾼다는 점을 단순히 기억하는 것 외에 더 해야 할 일이 있다.

영혼과 마찬가지로 당신의 몸과 마음이 영원히 존재한다는 사실은 삶에 완전히 새로운 맥락을 만들어 낸다. 그리고 삶의 이유와 방식에 엄청난 영향을 미친다. 이는 몸과 마음, 영혼이 당신에게 모두 똑같이 동등한 부분이므로, 이 세 가지를 함께 사용해야 한다고 암시하기 때문이다. 이것은 몸, 마음, 영혼을 일반적으로 이용하는 방식과 다르다. 사실 대부분의 사람은 이 세 가지를 동시에 사용하지 않는다. 그런 사람의 숫자는 지구상의 전체 인구에 비교하면 매우 적다.

주요 원인은 일반적으로 사람들이 최소한 기능적인 면에서 몸과 마음을 삼원 체제의 일부로 간주하지 않기 때문이다. 개념적으로는 받아들일지 모르나 기능적으로는 아니다. 하지만 몸과 마음은 분명 **당신의 총체**인 **삼원 체제**의 한 부분이다. 이런 사실을 알면 신성한 여행을 하는 중 당신의 영혼은 길에 놓인 장애물을 치워 '여정을 인도하고', 영혼과 마찬가지로 자유 요소인 몸과 마음도 당신이 걷고 있는 영원한 길에서 그만큼 중요하다는 점을 이해할 수 있다.

세 가지 모두 동등한 자유 요소이기 때문에 길을 가는 데 반드시 영혼을 따라야만 할 필요는 없다. 이는 매우 중요한 정보다.

❄❄❄

앞선 장에서는 우화와 이야기를 들어 설명했는데 이번에는 비유를 들어 보겠다. 사전을 찾아보면 비유란 "어떤 사물, 특히 추상적인 것을 표현하거나 상징하는 것"이라고 정의되어 있다. 신성한 여정만큼 추상적인 것도 없을 테니 여기에서는 비유를 쓰는 게 유용할 듯싶다.

삶이라는 여정의 비유

이제부터 할 사물과 세상에 대한 상징적 이야기에서는 당신의 몸과 마음, 영혼이 길을 따라 걷는 장면으로 시작한다. 그것은 바로 **영혼의 길**이다. 영혼만 이 길을 지나서가 아니라 영혼이 안내하기 때문에 그와 같은 이름이 붙었다.

영혼이 길을 안내한다고 해서, 동료들이 반드시 그 안내를 따라야 하는 것은 아니다. 그래서 몸과 마음은 가끔 이 길에서 방향을 틀어

길가에 있는 숲으로 향하거나 다른 모험을 찾아 나서기도 한다.

당신이 오로지 몸과 마음만으로 구성되었다고 생각하면, 얼마간은 활개를 치며 숲속을 마음껏 거니는 일이 재미있을 것이다. 하지만 곧 당신은 그저 몸과 마음뿐이 아닌, 그 이상의 훨씬 더 큰 존재라는 것을 깨닫는다. 그러면 훨씬 더 큰 존재가 가야 할 곳으로 가면서 너무 많은 시간을 쓰고 있다는 사실을 감지하게 된다.

미국의 시인 로버트 프로스트는 널리 알려진 작품을 통해 이런 감정을 놀라울 정도로 멋지고 예리하게 포착해 냈다.

숲은 아름답고, 어둡고, 깊지만
나는 지켜야 할 약속이 있네.
잠들기 전에 먼 길을 가야 하리.
잠들기 전에 먼 길을 가야 하리.

—「눈 내리는 저녁 숲가에 서서」

❊❊❊

당신의 약속이 당신과 당신의 자아에 영향을 미쳤다. 이 삶을 보이는 것 이상으로 소중하게 여기고, 보이는 것 이상으로 더 많이 삶 속에 있으며, 당신이 받은 것 이상을 이 삶에 주겠다는 약속이다. 그렇게 해서 삶의 표현이 확장되고 더불어 삶 자체가 확장될 것이다. 삶을 통해 삶 이상의 것을 만들어 내는 것이 바로 삶의 기능이기 때문이다.

이 모든 일의 일부로서 당신의 약속은 마음 단계가 아니라, 당신이 태어나기 전의 영혼 단계에서 시작되었다. 물론 '약속'이라는 단어는 어떤 아이디어를 이해하기 위해 사용된 인간의 용어다. 더 정확한 단어로는 '과정'을 꼽을 수 있다. **삶 자체**를 반드시 계속되게 하기 위해, **삶 자체**가 이용하는 과정이다. 이 과정은 당신의 신성하고 자연스러운 인식의 한 부분으로서 물리적 존재인 당신에게 암호화된다.

❊❊❊

인간이 삶 자체의 근본적인 과정을 잊거나 무시하면, 본질적으로 모든 인간이 욕망하는 곳으로 가는 최단 경로인 영혼의 길에서 벗어나게 된다. 여기서의 모순은 영혼의 길에서 벗어나는 순간, 인간은 아무 곳에도 가지 못한다고 불평한다는 점이다.

이것은 몸과 마음이라는 자유 요소가 미치는 실질적인 영향이다.(몇몇 종교에서 이를 자유 의지라고 부른다.) 이제 당신은 이 모든 일에 대한 조사가 왜 여기에서 이렇게까지 자세하게 이루어졌는지 알고 있다. 이것은 보편적 우주론의 신비 철학 이상으로, 삶의 일상적인 현장에 미치는 영향에 대한 이야기다.

좋은 소식은 몸과 마음의 관점에서만 봤을 때는 '아무 데도 가지 못하는' 것처럼 보이지만 그건 사실이 아니라는 점이다. 분명 당신은 어딘가에 접근하고 있다. 하지만 영혼의 길에서 '벗어나 방황하고' 숲속을 헤맸기 때문에 멀리 돌아가는 중이다.

멀리 돌아가는 것과 잘못된 길을 가는 것은 다르다.

이는 모든 사람이 반드시 기억해야 할 아주 중요한 점이다. 이 점을 인식하면 절망 대신 희망을 가질 수 있다. 정말이지 멋진 일이다. 절망이 눈먼 맹인이라면 희망에는 눈이 있다.

A Soul of Knowing

멀리 돌아가는 것과 잘못된 길을 가는 것은 다르다.

이제 당신은 한때 당신이 그러했듯이, 영혼의 길에서 벗어나 방황하다 깊은 숲속에서 자신을 발견한 다른 사람들을 볼 수 있을 것이다. 앞서 경험한 이들은 덤불을 마구 밟아 놓고, 좀 더 쉬운 길로 돌아오기 위해 서두르다 무심결에 나뭇가지를 꺾기도 했다. 그러면서 당신에게 자세히 보면 올바른 길로 돌아올 방법이 있다는 것을 보여 준다.

그러니 길을 잃은 것같이 느껴져도 계속해서 앞으로 나아가면 다시 길을 찾을 수 있다. 그 길을 따라 난 신호를 주의 깊게 살펴봐야 한다. 물론 그 신호를 식별해 내는 것은 쉽지 않은 일이 될 것이다.

이것도 그 신호 중 하나다. 알아보겠는가? 여기서 당신의 인식이 보여 주는 것에 주목하고 있는가?

11

영혼의 길 위에서

친애하는 당신에게.

방금 당신이 들은 것은 그저 말장난이 아니라는 점을 명심하기 바란다. 이 진술은 수많은 사람들, 아마도 대부분의 사람들이 경험했을 인간의 조건을 비유적으로 표현한 것이다.

어떤 사람들은 자신이 가길 원하는 곳으로 향할 때, 멀리 돌아가는 것을 '길을 잃는다'거나 '방향 없이' 가는 것처럼 느낀다고 말했다. 이런 일은 신성한 여행을 하는 중에 얼마든지 일어날 수 있다. 여행의 초창기든 말미든 당신은 이런 느낌을 적어도 한 번 이상은 받게 될 것이다.

여기에 한 가지 비유를 더하겠다. 그러면 무슨 일이 벌어지고 있는지 좀 더 선명한 그림을 그릴 수 있으리라.

삶이라는 여정의 두 번째 비유

당신이 하고 있는 여행이 숲속뿐만 아니라 산악 지형을 걷는 하이킹이라고 상상해 보자. 오르막길을 갈 때는 힘이 들겠지만, 여기에는 이 도전을 즐겁고 신나는 것으로 만들어 주는 확실한 길이 있다.

'도전'이 모두 다 부정적이고 힘들기만 한 것은 아니다. 삶에서 어떤 도전은 흥미진진하며 놀라울 정도로 보람찰 수 있다. 그러나 당신이 영혼의 길에서 한참 벗어나 방황하며 험한 숲을 뚫고 산 정상으로 올라가려고 할 경우, 힘들고 고통스러운 여행이 될 수 있다.

그런 경우 당신은 셰르파에게 도움을 받을 수도 있다.

영혼이 바로 셰르파 역할을 한다.

❊❊❊

이 등반에서 당신의 영혼이 셰르파 역할을 하는 데는 분명하고 합당한 이유가 있다. 영혼은 이미 정상에 올라갔다 내려온 적이 있기 때문에 어떻게 돌아오는지 알고 있다. 그것도 가장 빠른 길을 말이다.

사실 영혼은 지금 산 정상에 있다.

그렇다. 영혼은 헤매지 않는다. 영혼은 이미 몸과 마음이 가고자 하는 곳에 가 있다. 영혼은 신처럼 이미 그림을 그려 놓고 언제나 완성된 상태로 있다. 아무것도 필요로 하지 않는다. 그저 영혼만의 경험으로 알기를 간단히 선택할 뿐이다. 이점에서 영혼은 정확하게 신과 같다. 사실 영혼은 개별화된 신이다.

따라서 몸과 마음, 영혼이 결합된 **당신의 총체**는 여행자인 동시에 목적지이기도 하다. 총체의 한 부분은 여행 중이고 또 다른 부분은 이미 그 여행의 행선지에 도착해 있다. 이 여행의 목적은 영혼이 이미 당신에 대해 알고 있는 것을 경험할 수 있게 하는 것이다.

자아를 세 부분으로 나눔으로서 당신은 자신의 진정한 정체성을 반복해서 아는 동시에 경험할 수 있다. 당신의 몸과 마음은 생애마다 다른 형태를 취하지만, 영혼은 변치 않고 본래의 유일한 형태를 유지한다.

몸과 마음이 다른 형태를 취하는 목적은 영혼에게 끝없이 색다른 표현을 제공하기 위해서다. 이를 통해 영혼은 신과 주기적으로 재결합을 경험하고, 바로 그 순간 몸과 마음은 영혼과 반복적으로 재결합을 경험한다.

영혼이 거시적인 수준에서 하는 일은 몸과 마음 역시 거시적 수준에서 행하고 있다. 모두가 매일의 생활이라는 형태로 **같은 여행**을 하고 있다. 몸과 마음, 영혼은 각기 저만의 방식으로 우주를 횡단하는 중이다.

엄밀히 말해 이 여행에서 영혼이 당신을 직접 목적지로 안내하지는 않는다. 다만 목적지에서 당신을 부르고 있을 뿐이다. 영혼은 몸 그리고 마음과 연결될 때 막다른 길에 난 덤불을 헤쳐 길을 만드는 식으로 계속해서 당신에게 길을 보여 줄 것이다. 하지만 앞서 언급했듯 절대 당신에게 그 길을 선택하라고 강요하지는 않을 것이다.

왜냐하면 영혼은 정상으로 가는 길이 단 하나만 있는 게 아니며, 정상에 오르는 '옳은 방법'이란 것도 없다는 점을 알기 때문이다. 물론 좀 더 빠른 길은 있을 수 있다. 하지만 '빠른 길'이 '옳은 길'이라는 의미는 아니다. 그저 단순히 '더 빠른 길'일 뿐이다.

A Soul Knowing

정상으로 가는 길이 단 하나만 있는 것은 아니다.

정상에 오르는 올바른 방법이란 없다.

❊❊❊

더 빠르다고 해서 덜 힘든 것도 아니다. 그저 단계마다 좀 더 직접적이고 의미 있는 진전을 이루기 때문에 시간과 에너지를 적게 들인다는 의미다.

여기서 빠르다는 용어는 이 세상에서의 시간에서 사용된다. 인간으로서 한 개인이 완성에 도달하기까지 신성한 여행에 걸리는 개월 수나 햇수를 의미한다.

완성이야말로 이 여행의 목적이다.

❊❊❊

완성이란 목표다.

계획이다.

열망이고, 소망이며 욕망이다.

목표, 목적, 의도 그리고 야망이다.

힘들여 얻은 성공이자 성배다.

이제 해야 할 일은 확실해졌다.

어떻게 완성에 도달하느냐다.

완성은 어떤 '모습'일까?

영혼의 의제가 신성한 여행에서 완성되는 것이라면(사실 그렇다.) 삶에서 진정 중요한 단 하나의 질문이 남는다.

지금 내가 하고 있는 일이 영혼의 의제에 도움이 되게 하려면 어떻게 해야 하나?

12

완성을 경험하기

바로 그거다. 신성한 여행을 완성하는 것이 바로 영혼의 의제다. 몸, 마음 그리고 영혼이 신성한 여행을 완성하는 경험을 통해서만 당신의 총체는 성스러운 목적을 달성할 수 있다.

우리는 그 목적에 대해서는 아직 이야기하지 않았다. 그리고 **중요한 단 하나**에 대해서도 다루지 않았다.

한 번에 하나씩 알아보자.

하지만 이 점은 알아 두기 바란다. 영혼의 의제, 신성한 여행, 성스러운 목적은 모두 똑같은 다이아몬드를 구성하는 일면이다.

❄❄❄

몸과 마음은 혼란스러움에 매일 비명을 지른다.

'볼 게 너무 많아! 할 일도 너무 많고! 기뻐할 일, 두려워할 일, 신나할 일, 걱정할 일, 관여할 일, 시간을 할애해야 할 일이 너무나도 많아! 도대체 어디에 초점을 맞춰야 하지? 어디에 집중해야 해?'

이런 몸과 마음의 외침에 매일 답하는 것이 영혼이다. 영혼은 당신의 총체에게 어디에 초점을 맞추고 집중해야 할지를 말해 준다.

하지만 몸과 마음이 '가야 할 길'이라는 논리에 항상 설득되는 것은 아니다. 우선 몸과 마음의 입장에서는 영혼의 길을 따라 여행하는 것이 항상 재미있어 보이지는 않으며, 눈 오는 저녁에 아무도 가지 않은 숲속을 헤치고 다니는 것처럼 멋진 모험이 아닐 수 있다. 그래서 영혼의 길이 지루해 보일 수도 있다.

그러나 '신성한' 여행으로 묘사된 이 여정에서 세속이 추구하는 쾌락과 즐거움을 찾을 수 없다는 의미는 아니다. 개인이 삶의 짜릿함이나 인간으로서 경험할 수 있는 모든 즐거움을 맛볼 수 없다는 뜻은 결코 아니라는 말이다.

오히려 그 반대다. 걱정이 점점 줄어들어 종국에는 아무것도 두려워하지 않게 될 것이다. 그래서 당신은 삶을 완전히 충만하게 살 수 있게 될 것이다.

그런데 어떻게 사는 것이 '완전히 충만한' 것인가? 충만한 삶은 어떤 모습인가? 성취감으로 가득한 삶이 충만한 삶일까? 명성이나 재산을 얻은 삶? 가족의 사랑을 얻은 삶? 자녀를 훌륭하게 키우고 즐거운 여행을 보낸 삶? 많은 일을 하고 경험한 삶? 도대체 정확하게 '충만한 삶'이란 무엇인가?

위의 모든 것을 초월해 최고의 만족을 가져다주는 삶이 충만한 삶이다. 그것은 바로 영혼의 길을 따라 걷는 삶이다.

❊❊❊

영혼의 길을 따라 가다 보면, 당신이 그 길에서 '벗어나 방황'을 했더라면 실행했을 많은 일을(전부는 아니지만) 하고 있는 자신을 발견하게 될 것이다. 그러나 이번에는 다른 이유에서 완전히 새로운 방식으로 하고 있을 것이다. 즉 영혼의 형이상학적 **본질**이 몸과 마음을 통해 물리적으로 완전히 표현되는 방법을 만들어 낼 것이다.

형이상학적 본질이 물질적으로 표현될 때 **경험과 인식은 하나**가 되고, **당신의 총체**는 완성에 이른다. 그 순간 상상할 수 있는 최고의 기쁨, 신성함을 아는 행복감이 당신 안에 흐르게 될 것이다.

A Soul Knowing

본질이 표현되고, 표현이 경험될 때

당신의 총체는 신성함을 안다.

중요한 정보를 알려 주겠다. 이 과정은 일회성으로 끝나지 않는다. 이는 한 번의 육체적 삶에서 자주 일어날 수 있다. 사실 단 하루에도 몇 번이고 일어날 수 있다. 이런 일이 매 순간 일어나도록 완벽한 조건을 만들고, 그 순간을 영적으로 경험하게 하는 것이 영혼의 의제다. 그리고 그것이 '충만한 삶'이다!

❊❊❊

영혼의 의제에 반드시 집중해야 한다는 것을 당신은 이미 알고 있을 수 있다. 하지만 그것이 당신 개인에게, 이 세상에서의 행복에 얼마나 중요한지는 확실하게 알지 못할 수도 있다.

그렇다. 이것은 단순히 영적 행복만이 아닌 육체적, 심리적, 정서적, 사회적, 재정적 행복까지 의미한다.

완성에 이르는 것보다 더 빨리, 더 풍부하게 안전, 건강, 번영, 행복 그리고 내면의 평화를 가져다주는 것은 없다. 지금까지 당신이 들어온 것과는 정반대가 아닌가? 아마 이와는 달리 많은 것에 집중해야 한다는 말을 무수히 들어왔을 것이다.

행복해지려면 남자(또는 여자)를 잘 만나야 한다, 차를 사라, 일자리를 구해라, 집을 사라, 배우자를 얻어라, 아이를 가져라, 더 좋은 일과 집을 찾고, 승진을 하고, 손자와 손녀를 보고, 희끗한 머리카락과 사무실, 그리고 근사한 은퇴 기념 시계를 얻으라고, 병을 얻으면 묏자리를 마련해 두고, 그러고 나서 가는 거라는 말을 들어 왔을 것이다.

신의 명령에 복종해야 하고, 신의 뜻을 따르고, 그의 법을 좇고, 말씀을 퍼뜨리고, 신의 심판에 직면했을 때 자비를 구하기 위해 신의 분노를 두려워해야 한다고, 하지만 당신이 저지른 잘못에 따라 자비를 얻지 못하고 영원히 지옥불 속에서 참을 수 없는 고통을 견디게 될 수도 있다는 말을 계속해서 들어 왔을 것이다.

이런 말도 들어 봤을 것이다. '적자생존, 승자에게 전리품이 돌아간다, 착한 사람들은 언제나 꼴찌다, 장난감을 제일 많이 가진 자가 이긴다, 나부터 살고 봐야지, 목적이 수단을 정당화한다, 돈은 나무에서 열리지 않는다, 부모님 말을 얌전히 잘 들어야 한다, 색칠할 때 선 밖으로 삐져 나가면 안 된다, 자업자득이다.' 등등.

이뿐만이 아니다. '천국으로 가는 길은 하나뿐이니 제대로 사는 게 좋을 거다, 우리는 세상과 등지고 있다, 관청을 상대로 싸워 봤자 소용없다, 공연히 튀는 행동 하지 마라, 꿩 먹고 알 먹고 할 수는 없다, 김칫국부터 마시지 마라.' 등의 말도 무수히 들어 봤을 것이다.

이밖에도 당신의 마음은 매일의 현실을 만들어 내는 수많은 메시지로 가득 차 있어, 이 세상에 있는 진짜 이유로부터 아주 멀리 떨어져 있다. 그런 상황에서 삶의 기쁨이나 흥분을 찾을 수 있을지 의아할 따름이다.

❊❊❊

지금 당신은 중요한 단 하나는 위의 말들과 전혀 상관 없다는 말을 듣고 있다. 잃어버린 퍼즐 조각 하나는 당신이 영혼의 신성한 여행에서 어떻게 완성에 도달하느냐에 중점을 둔다. 정말 그게 진실일까?

물론이다. 얼마든지 그럴 수 있다. 사실 그렇다.

영혼이 원하는 곳으로 간다고 해서 당신이 좋은 삶을 거부하게 만드는 것은 아니니 걱정하지 말라. 영혼의 의제를 완성하면 몸과 마음이 즐기고자 당신에게 보내는 모든 신호를 감지하게 될 것이다. 결코 삶의 어떤 면을 위해 다른 면을 포기해야 하는 게 아니다.

그 점을 믿고 영혼의 의제에 집중하고 그것을 완성하는 일에 온 힘을 다하라. 그러면 삶의 나머지가 당신이 욕망하는 것뿐만 아니라 필요하다고 여기는 모든 것을 알아서 처리할 것이다. 삶이 스스로 알아서 삶을 돌볼 것이다.

좀 더 설득력 있게 말하자면 다음과 같다.

"무엇을 먹을까?"
"무엇을 마실까?"
"무엇을 입을까?"
하고 물으며 돌아다니지 마라.
먼저 그의 나라를 찾으라,
그러면 이 모든 것이 너희에게 더하시리라.

—마태복음 6장에서

'그의 나라'와 '신성한 여행의 완성'은 같은 경험을 의미한다. 이 두 가지 어구의 문제는 최근 들어 아무도 당신에게 이 경험이 무엇이며, 거기에 도달하는 방법에 대해 제대로 설명하거나 말해 주지 않았다는 것이다.

❊❊❊

천국은 어떤 물리적인 장소가 아니라 존재의 상태다. 이는 존재가 '완성'된 상태를 의미한다. 그러므로 위의 두 어구는 여기서 서로 교환적으로 사용된다.

문자 그대로 '천국'이란 인간이 되어야 할 것, 해야 할 일, 특정한 순간 내면의 평화, 완전한 사랑, 절대적 행복을 경험하기 위해 무엇인가를 해야 할 필요가 없는 상태에 있는 것을 의미한다. 존재하는 모든 것 그리고 인간이 욕망하는 모든 것이 바로 지금 이 순간, 여기에 완전히 존재하고, 표현되며, 경험될 수 있기 때문이다.

A Soul Knowing

천국은 물리적인 장소가 아니라 존재의 상태다.

당신은 완성되었다.

영혼의 의제는 당신의 총체를 바로 이 완성의 상태로 불러들여 '당신'이라 불리는 삶의 일면이 신성이라 불리는 삶의 일면을 표현하고, 경험하고, 반추하고, 입증하고, 개인의 것으로 만들 수 있게 한다.

이것은 당신의 원초적 본능이다.

❊❊❊

대부분의 화학적 혹은 생물학적 생명체에 있어 생존은 원초적인 본능이다. 생존하기 위해 꽃은 태양을 향해 몸을 돌린다. 마찬가지로 살아남기 위해 새는 더 따뜻한 기후대로 날아가고, 살기 위해 거북이는 껍질 속으로 목을 집어 넣으며, 같은 이유에서 사자는 포효하고, 방울뱀은 꼬리를 흔들어 소리를 낸다.

하지만 인간에게 그리고 우주에서 자아의식을 진화시킨 지각을 지닌 생물에게 생존은 원초적 본능이 아니다. 이런 존재들의 원초적 본능은 **신성함**이다.

원초적 본능이 생존이라면, 당신은 불타는 집의 화염을 피해 도망칠 것이다. 하지만 그 안에서 아기 울음 소리가 들린다면 당신은 불꽃 속으로 뛰어들 것이다. 그 순간에는 당신의 생존이 중요하지 않다.

내면 깊숙한 곳에서 무언가가, 표현하기 어렵고 이름 붙일 수 없는 그 무언가가 이 순간 당신을 불러내, 당신이 진정 누구인지를 가장 높은 수준에서 보여 준다.

이런 일을 한 사람들은 나중에 언론과 인터뷰를 할 때 그저 간단하게 본능에 따라 행동했을 뿐이라고 말한다. 하지만 그들의 행동은 분명 생존에 반대되는 것이므로 이를 단순히 생존 본능이라고 할 수는 없다. 그 순간 그들은 두려움을 몰랐다. 그들의 **진정한 실체**는 그 순간 생존이 중요한 게 아니라는 걸 알고 있었다. 진정한 실체는 생존은 보장된다는 걸 안다. 그들이 생존할 것인가에 대해서는 의심할 여지가 없다. 핵심은 '어떻게 생존할 것인가? 어떤 형태로? 왜? 무슨 목적으로?'라는 질문에 있을 뿐이다.

자아실현의 순간에는 이것만이 삶의 유일한 질문으로 남는다. 그리고 자아실현의 순간, 마음과 영혼은 하나가 되어 답한다.

지금 당장 움직이라고.

❊❊❊

인간으로서 당신의 원초적 본능은 **완전한 존재**인 당신이 **완전히 기억되고, 재생되고, 재통합되고, 신성함과 다시 만나 하나**가 될 때 나타난다.

당신 안에 있는 가장 작은 세포조차 당신 몸의 구성원이다. 그러므로 물리적 생명의 모든 요소는 신의 몸을 구성한다. 마음의 경험과 영혼의 지식이 결합해 의식을 고양시킬 때, 인간은 다시 한 번 신의 몸을 이루는 구성원으로서 자신을 경험하려 한다. 따라서 그들은 다시 구성원(Re-Membered)이 된 것이다.

이것이 바로 완성이다.

13

결코 멈추지 않는 진화

당신의 총체는 완성을 경험하면서 순수한 황홀감을 느낀다. 당신의 정신이 위대한 영(靈)과 재결합해 하나가 되기 때문이다.

이것이 바로 **성스러운 재구성**이다. 집으로 돌아가는 것이다.

앞서 나온 엠 클레어의 시를 상기해 보자.

그리고 아무것도 모르는 채
드넓은 바다로 그 배를 밀어 넣었지.
그렇게 집을 떠나왔네.
오랜 세월이 흐른 지금
나는 내 얼굴을 알아보지 못하네.
하지만 나는 안다네.

집
집은 나를 기억한다는 걸.

❊❊❊

이 성스러운 인식은 어느 순간에나 일어날 수 있다. 한 개인의 삶에서 수많은 순간 경험할 수도 있다.

이런 일을 가능하게 만드는 것이 신성한 여행의 특징이다. 이 여행은 순환적이고, 어떤 현상이 계속 확장되는 단계에서 반복적으로 시작되고 완성된다. 이 과정은 학교에서 한 학년씩 진급하는 것과 매우 흡사하다. 가령 3학년이 되면 1, 2학년 때 알게 된 것을 다시 접하게 되어, 그것을 적용할 기회가 생긴다. 그리고 전에는 경험하지 못한 것들, 새롭고 더 큰 도전에 직면하게 된다. 더 많은 것을 터득할 기회인 것이다.

이 비유는 유용하기는 하나 완전하지는 않다. 삶은 학교가 아니며, 당신이 배워야 할 것은 아무것도 없기 때문이다.

A Soul Knowing

당신이 배워야 할 것은 아무것도 없다.

❊❊❊

씨앗을 품고 있으며, 장차 예정된 것이 되는 데 필요한 모든 암호를 가지고 있는 창밖의 나무처럼, 장차 되어야 할 모든 것이 되기 위해 필요한 모든 것을 아는 상태로 당신은 이곳에 왔다.

암호화 작업의 일환으로 당신에게는 나무보다 더 높은 수준의 의식이 주어졌다. 그러나 몇 가지 면에서 당신은 나무와 비슷하다. 무엇보다 단계별로 성장한다는 점에서 나무와 유사하다. 나무의 나이테처럼 당신 삶의 각 시기는 성장에서의 일정한 기간을 나타낸다.

나무도 무수히 많은 나이테를 가지듯 당신은 하나의 **성장의 장**을 마무리하고, **새로운 성장의 장**을 시작할 수 있다. 한 번의 삶에서 수백 번이라도 할 수 있다. 그리고 사실 당신은 이 작업을 이미 했다.

또한 매번 완성할 때마다 새롭게 확장된 의제가 확립됐다. 이는 당신을 위해, 당신 스스로 했다.

지금 이 순간 당신이 하고 있는 일이 바로 이것이다.

그것 말고 다른 무슨 일이 벌어지고 있다고 생각하는가?

잔인하고 무정한 세상에 살고 있다고 생각하는가? 삶이 당신에게 불친절하고, 당신으로 하여금 저항하게 만들었는가? 자신이 인정받지 못하고 보상도 받지 못하며 심지어 무가치한 존재라고 여겨지는가?

전혀 그렇지 않다. 오히려 그 반대다. 당신은 깊이 인정받고, 풍부한 보상을 받으며, 가치를 매길 수 없을 정도로 매우 소중하기 때문에 삶이 당신에게 지금 이런 초대를 하는 것이다. 당신은 이미 완성에 도달했고, 또 다시 해냈기 때문에 지금은 그다음 단계로 올라서고 있다. 그렇게 계속해서 앞으로 나아갈 것이다.

이것이 영혼의 의제이다. 사랑받는 이 과정을 진화라고 부른다. 당신이 살아 있는 증거가 되는 과정이다.

❊❊❊

진화는 결코 멈추는 과정이 아니다. 그러므로 완성은 무엇인가가 끝난다는 의미가 아니다.

당신이 완성에 도달하는 즉시 영혼은 그보다 더 큰 경험을 품고 상상하기 때문에, 신성한 여행에서 '완전한 완성'이란 있을 수 없다. 그렇다고 답답해할 이유는 없다. 당신 또한 이 과정이 끝나기를 염원하지 않을 것이다. 보다 높은 신성의 단계로 진화하며 느끼는 행복은 궁극적인 끌림이다. 삶이 더 나은 삶을 끌어당기고, 신이 신을 스스로 잡아끄는 행위다. 그것이 바로 당신 안에 있는 신성함의 충동이다.

❊❊❊

당신의 원초적 본능인 **신성한 충동**은 어떤 순간이든 당신이 될 수 있는 모든 것이 되게 하기 위해 존재한다. 길을 걷는 동안 밟는 모든 단계, 삶의 매 순간 당신을 끌어당기는 내면의 느낌이다. 그것은 가장 고원한 진실, 가장 위대한 사랑, 가장 심오한 지혜, 무한한 연민, 깊은 이해, 크나큰 용서, 장고의 인내, 가장 힘센 용기, 그 모든 것 또는 신성함의 일면이 될 수 있다. 또한 신성함은 헤아릴 수 없이 다양한 방법으로 무한하기 때문에 수많은 또 다른 일면이 될 수 있다.

❊❊❊

11장의 제목이 '삶에서 가장 중요한 질문'이었고, '어떻게 하면 지금 내가 하고 있는 일이 내 영혼의 의제에 도움이 되게 할까?'가 그 질문의 내용이었다는 것을 당신은 기억할 것이다.

똑같은 질문을 다르게 표현하면 '지금 이 순간 나를 통해 그다음으로 멋진 방식을 이용해 신성함을 표현할 방법은 무엇일까?'가 된다.

진정한 창조를 실행하는 것, 자유 의지를 제대로 경험하고, 신 자체로서 신을 찾는 것. 이것이 바로 당신의 답이 될 것이다.

❊❊❊

당신이 신이라고 정의하는 존재가 신이다. 당신이 사랑이라 부르는 것이 사랑이며, 당신이 진실이라고 하는 것이 진실이다. 당신이 부여하는 의미 외에 다른 의미를 가지는 것은 존재하지 않는다.

당신은 절대적인 것이 없는 세상에서 살 수 있는가? 그런 세상에서는 당신이 결정을 내린다. 스스로 결정하고 선언한다.

그런 왕국에서 당신은 창조자다.

이것이 바로 천국이다. 모든 것이 당신을 위해 결정되는 곳이 아니라, 당신이 모든 것의 결정을 하는 곳이 바로 천국이다. 그곳이 진정한 천국이다. 다른 누군가에게 경의를 표하는 곳은 천국이 아니다. 당신 자신을 왕으로 대우하는 곳이 천국이다.

당신은 그런 왕국에서의 삶을 살 수 있는가? 가장 낮은 곳에 처한 자가 아니라 가장 높은 곳에 거하는 자로 대우받는 것을 견딜 수 있겠는가?

이런 말로 당신을 묘사하는 것이 신성모독처럼 들리는가? 그렇다면 여기 좋은 소식이 있다. **가장 높은 존재**를 정의하고 묘사하는 데 당신은 배제되지 않고 포함된다.

A Soul Knowing

천국은 당신이 다른 누군가에게 경의를 표하는 곳이 아니라
당신 자신을 왕으로 대접하는 곳이다.

❄❄❄

태초에 말씀이 있었고, 그 말씀이 육체가 되어 우리와 함께 살았다. 수백만 년 동안 수천 번의 순간에 아도나이, 알라, 브라만, 엘로힘, 갓, 하리, 여호와, 크리슈나, 로드, 라마, 비슈누, 야훼 등 수백 가지 방법으로 그 말씀이 표현되었다.

하지만 그 수백 가지 방법에 당신은 포함되어 있지 않다.

이 여행을 시작할 때 삶 자체가 당신에게 특별한 초대장을 보냈다고 했다. 이제 그 초대가 질문의 형식으로 밝혀질 것이다.

당신은 지금이라는 황금 같은 매 순간, 당신이 누구인지에 대한 가장 원대한 비전 중 그다음의 원대한 형태로 자신이 새롭게 재창조되도록 허용하겠는가?

당신 안에서, 당신으로서 그리고 당신을 통해 신성함에게 신성함 자체를 알고, 그 자체를 보여 주는 경험을 의식적으로 부여하겠는가?

❊❊❊

당신은 선함, 자비, 연민 그리고 이해다.

당신은 평화이자 기쁨이며 빛이다.

용서이고 인내이며, 강인함, 용기,

필요할 때 도와주는 자, 슬플 때 위로해 주는 자,

상처받았을 때 치유해 주는 자,

혼란스러울 때 가르침을 주는 스승이다.

당신은 가장 심오한 지혜이자 가장 고원한 진실,

가장 넓게 아우르는 평화이자 크나큰 사랑이다.

당신은 이러하다.

삶의 많은 순간, 당신은 자신이 이런 존재임을 안다.

이러한 것들이 항상 그러하듯

지금 스스로 언제나 이런 존재임을 알기로 선택하라.

—『신과 나눈 이야기 1』

14

표현하지 않으면 경험할 수 없다

지금까지 여기서 말한 사항에 암시적인 것은 없다. **신성을 표현하는 과정**에서 관계없거나 중요하지 않은 것을 은연중에 비쳐서는 안 된다.

'영적' 측면의 삶을 포함해 삶의 모든 것은 '행위'와 관련되어 있다. 모두가 항상 무언가를 하고 있다. 뭔가를 하지 않고 있는 것은 불가능하다. 잠을 자고 있을 때조차 심장이 뛰고, 머리카락이 자라고, 꿈을 꾸며, 심지어 문제를 해결하는 등 몸과 마음은 무엇인가를 하고 있다.

당신은 항상 무엇인가를 바쁘게 '하고' 있다. 문제는 '완전히 의식이 있고 깨어 있을 때 당신은 무엇을 바삐 하는가?'가 아니라, '어떻게 그 일을 하며, 왜 하는가?'이다.

이 질문의 답은 어떤 특정한 일이 일어나는 이유를 받아들이는 당신의 관점에 따라 달라진다. 혹여 당신이 관찰자의 입장에 지나지 않는다 해도, 그 일에서 당신의 역할을 어떻게 설정하느냐에 따라 답이 달라진다.

(사실 '단순한 관찰자'란 없다. 양자물리학에 의하면 '관찰되는 것 중 관찰자에게 영향받지 않는 것은 없다.' 이는 단순히 무엇인가를 일정한 방식으로 관찰하기만 해도, 관측 대상에 영향을 미친다는 의미다.)

그러므로 삶에서 어떤 사건과 관련해 당신이 그저 관찰만 하든 좀 더 적극적으로 가담하든 간에 항상 이 점을 기억하라. '행위'는 당신이 누구인지를 보여 주지, 창조해 내지는 않는다.

이 점과 관련해 대부분의 인간은 그 반대로 행동한다.

❊❊❊

당신이 누구인지, 자신을 경험하려는 시도가 바로 영혼의 길을 가는 것이다. 일생 동안 당신은 계속 **자아실현**을 위해 움직인다. 당신이 누구인지 보여 줄 때 자아실현이 이루어지고, 신성한 여행을 완성하며 성스러운 목적이 달성된다.

다시 말하지만 이 일은 살면서 아주 많이 벌어질 수 있으며, 실제로도 그렇다.

당신은 종종 신성함의 품성을 표현했다. 아마 당신이 겸손해서(또는 문화 차이 때문에) 신성함을 구현한다고 말하거나, 그런 식으로 표현하는 것이 꺼려질 수 있다. 하지만 장미를 달리 뭐라고 부르겠는가? 장미는 장미다. 당신이 훌륭하게 행동한 경우는 무수히 많다.

그리고 인류 진화의 주기 속의 이 특별한 시간 동안, 당신이 그 어느 때보다 모든 것에 섬세한 감성을 지니고 삶에서 의식을 확장해 나아갈 때, 신성함을 보이는 일이 때로는 당신이 '가장 쉬운 길'이라 일컫는 것과 항상 같지는 않음을 이해하는 것이 중요하다.

앞서 언급했듯 어떤 사람은 일이 '쉬울 때'보다 '힘든 도전에 직면했을 때' 좀 더 많은 기쁨을 느끼고 더욱 많은 목표를 달성한다. 그런 경우 쉬운 것은 더 나은 것도 아니고, 더 빠른 것도 아니다.

아마 삶은 당신에게 최단 경로가 가장 빠른 길은 아니라는 걸 이미 가르쳐 줬을 것이다.

❊❊❊

영혼의 길이 도전이 적은 길은 아닐 수 있다. 하지만 당신이 이전에 한 선택과 결정의 결과로, 지금 있는 곳에 근거해 당신의 총체가 가기로 결정했으므로 그 길은 언제나 '가장 좋은' 길이 될 것이다.

영혼은 삶의 성스러운 목적에 근거해, 당신이 그다음번에 경험하기로 선택한 자아의 가장 고원한 표현이 이루어지게 할 때를 '최고'라고 정의한다.

물론 목적이 있다. 영혼의 영원한 여행, 현재 삶의 주기는 목적 없이는 존재하지 않는다. 그런 일이 일어나는 데는 이유가 있다.

삶에는 목적과 이유가 있다. 사람들 모두 그것이 무엇인지 알고 싶어 한다. 하지만 대부분은 아직까지 삶의 목적과 이유를 확실히 이해하지 못했다.

당신의 영혼은 결코 부질없는 시도나 헛된 노력을 하지 않는다. 확실한 목적 없이 시간과 공간을 영원히 헤치며 나아가는 일은 하지 않는다. 영혼은 아주 명확한 목표를 가지고 있다.

성스러운 목적이 달성될 때 당신의 영혼은 신성한 여행을 완성하며, 그 일은 단계마다 이루어진다고 했던 것을 기억하라.

그러면 이제 성스러운 목적에 대해 이야기해 보자.

A Soul Knowing

당신이 신성함을 표현하기 전까지는 그것을 경험할 수 없다.

성스러운 목적은 신성함이 삶을 이용해 스스로 표현하게 만드는 것이다. 그러기 위해서 신성함은 그 자체가 신성한 일면의 모든 것임을 경험해야 한다.

다시 말해 신은 스스로를 경험하기 위해 삶을 이용하고 있다는 뜻이다. 신성함은 그 자체를 표현해야만 경험될 수 있다. 신성함을 상상할 수 있고, 생각할 수 있으며, 영혼에 의해 인식 속에 보유할 수도 있다. 하지만 그러려면 신성함이 표현되어야 한다. 그 전까지는 단순한 개념일 뿐이다. 표현되지 않으면 경험할 수 없다.

사랑에 대해 이야기하고, 상상하고, 생각할 수 있으며, 개념적으로 사랑을 하나의 아이디어로 품을 수 있다. 하지만 사랑을 표현하지 않으면 경험할 수 없다.

연민에 대해 이야기하고, 상상하고, 생각할 수 있으며, 개념적으로 연민을 하나의 아이디어로 품을 수 있다. 하지만 표현하지 않으면 연민을 경험할 수 없다.

이해도 마찬가지다. 당신은 이해에 관해 이야기하고, 상상하고, 생각할 수 있으며, 개념적으로 하나의 아이디어로 보유할 수 있다. 그러나 이해를 표현하기 전까지는 결코 경험할 수 없다.

용서에 대해 말하고, 상상하며, 생각하고 개념적으로 용서를 품을 수 있지만, 표현하기 전까지는 용서를 경험할 수 없다.

❊❊❊

마음의 이해를 돕기 위해 삶의 측면 중 성(性)을 사례로 들어 보자. 당신은 성에 대해 이야기할 수 있고, 상상하며, 생각해 보고, 개념적으로 알 수 있다. 그러나 그것을 표현하지 않으면 경험할 수 없다.

신성함은 이런 것들의 총체이자 그 이상의 것이다. 신성함은 인내이며 친절, 선함, 자비, 용인, 관용, 지혜, 명료함, 온화함, 아름다움, 이타적 특성, 고결함, 박애, 관대함, 그리고 그 밖의 것들을 포함한다.

이 모든 것을 상상하고, 생각하며, 개념상으로 그 아이디어를 보유할 수 있다. 하지만 이 모든 것을 당신 안에서, 당신을 통해, 당신으로서 표현하지 않으면 신성함을 경험한 게 아니다.

삶이 기회를 주지 않으면 당신은 결코 이러한 것들을 경험하지 못할 것이다. 삶은 매일 이런 일을 한다. 사실 이것이 삶 자체의 목적이다.

그러므로 삶이 당신에게 도전과 어려움, 특별한 조건이나 환경 그리고 당신에게서 최고의 것을 끌어내는 데 가장 이상적인 상황을 안겨 줄 때, '판단하지 말고, 비난도 하지 마라.' 어둠을 몰아내는 빛이 돼라. 그러면 진정 당신이 누구인지 알게 될 것이고, 당신이 접촉하는 모든 이들 또한 당신의 빛을 받아 그들이 누구인지 알게 될 것이다.

* * *

'신은 삶을 이용해 신 스스로를 알게 한다.'는 아이디어가 분명 당신에게 새롭지는 않을 것이다. 하지만 신이 왜 이런 방식으로 일하는지에 대해서는 궁금할 것이다.

그 이유를 설명해 주겠다. 신은 영적 영역 내에서 신인 모든 것을 경험할 수 없다. 영적 영역에는 신이 아닌 것이 없기 때문이다. 영적 영역은 신의 총체가 존재하고, 사랑, 완전함의 총체가 존재하는 곳이다. 오로지 신성함만이 있기 때문에 그야말로 놀라운 곳이다. 바로 당신이 천국이라고 부르는 곳이다.

하지만 조건이 하나 있다. 그곳에는 신이 아닌 것은 아무것도 없다. 그리고 신이 아닌 것이 없는 곳에서는 신적인 것을 경험할 수 없다.

❊❊❊

당신도 이와 같다. 당신이 아닌 것이 없으면, 당신은 자신을 경험할 수 없다. 마찬가지로 무엇이든 그 반대의 것을 품는 맥락이 없으면 그 어떤 것이든 경험할 수가 없다.

'어둠'이 없다면 '빛'을 경험할 수 없다. '아래'를 경험하지 않으면 '위'는 의미가 없다. '느림'이 없다면 '빠름'은 전혀 의미가 없는 단어일 뿐이다.

마찬가지로 '작은 것'이 있어야 '큰 것'을 경험할 수 있다. 그래야 무엇이 큰지 말할 수 있고, 상상할 수 있으며, 개념화할 수 있다. 하지만 그러려면 작은 것이 있어야 한다. 작은 것 없이 큰 것을 경험할 수는 없다.

'유한함'도 '무한함'이 없다면 정말로 경험했다고 말할 수 없다. 신학 용어로 설명하자면, 우리는 개념적으로 '신성'을 알 수 있지만 경험상으로 알 수는 없다.

그러므로 당신이 누구이며 당신이 경험하고자 선택하는 것과 '불화'하는 것처럼 보이는 모든 사람과 삶의 사건들(지금 벌어지는 것이든 과거의 사건이든)은 당신을 위해 가장 높은 근원에서 만들어 보낸 선물이다. 이 선물은 당신이 진정 누구인지 완전하게 경험할 수 있는 **맥락의 장**에서 자신을 찾는 작업을 가능케 한다. 이와 함께 창조 작업을 하는 영혼의 협력적 과정을 통해 만들어진다.

신성은 『신과 나눈 이야기』에서 다음과 같이 멋지게 선언한 바 있다.

나는 너에게 오로지 천사만 보냈다.

이제 기억해야 할 말이 있다.

당신이 하고 있는 영원하고 신성한 여행에는 목적이 있다. 그렇다. 바로 **신성함 자체**가 세운 목적이다.

신성한 목적은 신의 현실을 확장하는 것이다.

❊❊❊

간단하게 말해 신은 삶이라고 불리는 과정을 거쳐 성장한다. 신이 바로 이 과정이다.

신은 삶 자체의 과정이면서 그 결과다.

그래서 신은 **창조자**이자 동시에 **창조된 존재**다. **알파이자 오메가요, 시작이자 끝이고, 움직이지 않는 동력이며, 감시를 받지 않는 감시자**다.

복잡하게 표현해 보면 신은 '성장'할 수 없다. 신이었던 모든 것, 지금 존재하고 앞으로도 존재할 모든 것이 **바로 지금** 존재하기 때문이다.

시간도 공간도 없다. 그렇기 때문에 무엇인가가 성장할 시간이 없고, 성장할 수 있는 공간도 존재하지 않는다.

삶의 주기는 어디서나 동시에 발생하고 있다. 인간의 마음이 신의 '성장'이라고 부르고 싶어 하는 것은 그저 개별화를 이룬 신의 경험이 점점 더 개별적으로 변하듯이, 신이 스스로를 점점 더 많이 경험하는 일일 뿐이다. 이것을 진화라고 한다.

진화는 자신으로부터 **스스로 분열하는 총체**(스스로 분리하는 것과 혼동되지 않는)로 인해 이루어지는데, 그 과정 중에 자신을 좀 더 작고 유한한 형태로 다시 만들어 낸다.

존재는 유한하기 때문에 총체의 무한한 의식, 인식, 그리고 경험을 보유할 수 있는 유한한 형태란 없다. 하지만 개별화된 형태는 각기 **신성함 자체**의 특별한 면을 반영하기 위해 특별하게 설계되었다. 퍼즐을 맞추듯 이렇게 조각 난 면들을 모두 한데 모으면, 그 조각들이 만들어 내는 그림이 나온다.

그것이 바로 신이다.

모든 조각 하나하나가 그림의 일부이며, 다른 조각보다 더 낫거나 못난 조각은 없다.

이제 그림이 그려지는가?

❊❊❊

어떤 생명체는 본질을 스스로 알 수 있는 수준의 필수적 본질(모든 것에서 나오는 야생의 에너지)을 부여받았다.

'자아의식'이라 불리는 이것은 특정 생명체에만 내재된 특성이다.

인간의 생명은 의식과 경험의 '확장'이 가능하도록 설계되었다. 사실 인간의 의식은 그 자신이 총체의 일부분이라는 것을 다시 알아차리는 지점까지 확장될 수 있다.

예를 들어 예수는 "나와 아버지는 하나다."라고 말했다. 예수는 신과 자신의 관계를 완벽하게 이해했다. 그가 빠진 상태에서 퍼즐이 만들어 내는 그림은 완성될 수 없다는 것을 이해했다. 예수가 바로 완성이었다.

우리 모두 마찬가지다.

조각이 한 개만 없어도 퍼즐은 완성되지 않는다.

자아를 완전하게 의식하는 경험은 개별화된 일면이 성장하는 게 아니라, 사실은 개별화된 형태 하나하나가 바로 신성함 그 자체라는 것을 인식하는 과정에서 일어난다.

각각의 조각들은 자신이 **퍼즐 그 자체**지만, 그저 나뉘어 있을 뿐이라고 인식한다.

A Soul Knowing

신은 삶 자체의 과정이자 결과다.

❊❊❊

높은 수준의 자아 인식을 가능케 하는 이토록 놀라운 생리학적, 심리적, 신학적 변환은 우주에 사는, 지각을 가진 모든 종(種)의 신기원적 역사 중에서도 오로지 단 한 번만 일어난다. 그리고 정확하게 이 일이 지금 인류에게 일어나고 있다.

이 책의 첫 장에서 우리는 '지금 이 순간 세상에는 범상치 않은 일이 벌어지고 있다.'고 했다. 그건 결코 농담이 아니었다.

15
모든 것이 작동하는 방식

인류가 탄생해 **고도로 진화된 존재**의 우주 공동체를 이룬 이야기는 이미 완성되어 **항상 이 순간**에 아로 새겨진다.

모든 일은 시간이 있는 공간과 없는 공간에서 이미 일어났다. 그것을 응시하고 있는 인식의 눈으로, 그 이야기를 다시 목격하는 일만 남았을 뿐이다. 그 이야기의 진실을 밝히는 것은 그 일의 목격자이자 증인인 바로 우리다.

❊❊❊

위 내용을 완전히 이해하기 위해 당신이 가장 좋아하는 영화 DVD를 가지고 오라. DVD 안에는 이미 영화 전체가 들어 있다는 점을 기억하고 있으라.

DVD를 플레이어에 넣고 이야기가 펼쳐지는 것을 볼 때 당신은 그 모든 일이 이미 벌어졌다는 것을 안다. DVD 플레이어는 그 안에서 영화를 만들어 재생시키는 것이 아니라, 이미 만들어진 영화를 보여 주고 있을 뿐이다. 완성된 형태의 극히 일부분을 화면에 프레임 단위로 투사하는 것이다. 당신은 DVD 디스크 안에 이미 모든 이야기가 들어 있다는 것을 아는데도, 영화를 보고 있으면 마치 그 일이 프레임 단위로 실제 일어나고 있는 것처럼 느낀다.

빨리 감기를 하면 실시간이 아닌, 더 빠른 속도로 장면을 볼 수 있다. 우리는 현실에서도 즐거운 일을 하고 있을 때는 시간이 얼마나 빨리 날아가 버리는지 알고 있다.

반대로 느린 동작으로 영화를 볼 수도 있다. 이와 유사하게 많은 이들이 자신의 삶에서 중요한 순간을 맞이할 때는 모든 것의 속도가 느려지는 것 같았다고 말할 것이다.

이는 삶에서 정확하게 무슨 일이 벌어지고 있는지 마음이 쉽게 받아들인다는 것을 잘 보여 주는 사례다.

과거에 존재했으며 현재도 앞으로도 존재할 모든 것이 바로 지금 이 순간 존재한다는 것을 알아 두기 바란다. 우주는 이야기로 가득하다. 모든 일은 이미 일어났다. 그저 우리가 다시 한 번 목격해 주기만을 기다리고 있을 뿐이다.

현실에서 이 현상을 보고 싶은가? 그렇다면 밤하늘을 쳐다보라. 당신은 이미 발생한 일을 보고 있다. 하늘에서 반짝이는 별들은 아주 오래전, 몇 만 광년 전부터 반짝이고 있었다. 당신은 이미 발생한 일을 바라보고 있는 것이다.

이렇게 해서 당신은 지구에 나쁜 일은 벌어지지 않을 거라는 것을 알게 된다. 행성 단위로 완전히, 전적으로 재앙이 될 만한 사건은 없다는 의미다. 유성이 떨어져 폭발하는 바람에 죽는 일은 생기지 않을 것이며, 우주의 대변동으로 인간이 멸종되는 일도 없을 것이다. 그런 일이 벌어질 거라면 진즉 벌어졌을 테고, 지금 우리가 인간의 형태로 그것을 지켜보지도 못할 것이다.

여기서 우리가 삶을 바라본다는 사실은, 삶이 계속되고 있다는 증거다. 이것이 명확하게 이해되지 않는다면, 그 유일한 이유는 아마 당신이 '미래'가 있다고 생각하기 때문일 것이다. 그러나 '미래'는 지금이다. 오로지 **지금 이 순간**이 있을 뿐이다. 그러니 우리의 '미래'가 우리의 종말을 쥐고 있다면, **지금 이 순간**은 결코 존재하지 않을 것이다!

❊❊❊

둥근 곡선의 DVD 테두리를 현미경으로 관찰해 보면, 분자보다 작은 입자들이 뭉쳐서 마치 소용돌이 치는 은하수처럼 보인다. 작은 입자에서 은하수가 보인다니 역설적이지 않은가?

은하수가 신의 '가정용 비디오 모음집'에 꽂힌 수백만 장의 DVD(Divine Visions Demonstrated, 신성한 비전의 재현) 중 하나라면, 너무 터무니없는 상상일까?

이해하기 어려운가? 충분히 그럴 수 있다. 실제 물리적으로 그렇다고 믿지는 않아도 이런 식의 표현은 비약이 심하다고 생각할 수도 있겠다. 하지만 물리학자들이 수학 공식을 이용해, 우주 전체를 설명할 수 있다고 선언했다는 점에는 흥미를 느낄 수 있을 것이다. 그리고 비디오 디스크에 수록된 모든 것이 디지털 데이터, 즉 수학이라는 점은 이미 알고 있을 것이다. 그림이 아니라 디지트(digit, 0에서 9까지의 아라비아 숫자—옮긴이), 즉 배열 방식과 공식을 이용해 그림을 만들어 내는 것이다.

그래도 별로 흥미가 생기지 않는다면 셰익스피어의 다음 말을 한번 음미해 보기 바란다.

> 호레이쇼, 세상천지에는 자네의 철학에서 꿈꾸어 온 것 이상이 있다네.
>
> —『햄릿』 1막 5장

❊❊❊

자, 그렇다면 과거에 존재했고 지금도 존재하며 앞으로도 있을 모든 것이 바로 지금 존재한다는 것을 인지하는 게 당신에게 무슨 의미가 있을까? 소수에게만 알려진 지식이라는 것 외에 이 정보에는 과연 어떤 가치가 있을까?

가치가 있다. 우리는 이 정보로 인해 모든 것이 어떤 식으로 바뀌든

간에 모두 괜찮을 것이라는 점을 알게 되었다. 그 증거는 당신이 여전히 이 자리를 지키며, 당신의 '드라마'가 현재 '진행 중'이라는 것을 지켜보고 있다는 것이다.

한 번 더 상상해 보자. 당신이 아치형으로 생긴 영화사 자료실에서 옛날 필름으로 만들어진 영화를 보고 있다고 상상하자. 고전 영화를 보는데, 결말을 포함해 원래와는 완전히 다른(당신이 처음에 본 영화에는 포함되어 있지 않은) '테이크(take, 영화에서 카메라를 중단시키지 않고 한 번에 찍는 장면이나 부분—옮긴이)'가 담긴 필름을 보게 되었다고 가정하는 거다.

아니면 브로드웨이의 어두운 극장 뒷좌석에 앉아 있는 상황이라고 해도 좋다. 주목받는 화제의 연극이 상연을 시작한 지 2주가 지났는데, 극작가와 연출가가 의도한 대로 만들어지지 않았던 장면을 다른 방식으로 실험하는 무대를 보고 있다고 상상해도 좋으리라.

이제 당신의 삶도 이와 같다고 가정해 보자. 당신이 원하는 대로 만들어지는 장면을 상상해 보라. 한 장면을 다른 방식으로 연출할 기회가 있다면 정말 멋지지 않을까?

DVD 비유에서 나온 '소수만 아는 지식'에서 밝혀진 사실은 당신에게는 그 장면을 다시 연기할 기회가 있다는 것이다. 모든 장면, 특정 장면, 혹은 당신이 원하는 종류의 장면을 다시 연기할 수 있다.

배반의 장면을 다시 연기하고 싶은가? 분노의 장면을? 자기 발견의 장면? 실패의 장면? 완전히 실현되지 않은 무한한 기쁨의 장면을 원하는가?

당신은 어떤 장면이든 반복해서 원하는 만큼 연기할 수 있다. 그것이 바로 과거에 항상 존재했고, 지금도 존재하며, 앞으로도 존재할 모든 것이 바로 지금 존재한다는 사실을 아는 것의 목적이다. 우주의 모든 가능성은 동시에 존재하며, 이번에는 당신이 어떤 것을 경험하기를 원하느냐를 지금 장면을 통해 결정하게 된다.

'세상에, 전에 여기 와 본 적이 있는 것 같은데?'라는 느낌을 받고 놀란 적이 없는가? 프랑스어에서 온 데자뷰라는 말은 '이미 본 적이 있는'이란 뜻으로, 과거에 일어난 사건이나 경험을 기억하는 현상이다.

그럴 수 있다.

삶을 자신이 주연인 연극으로 생각하는 것이 아마 새롭게 다가올 수 있겠다. 하지만 앞서 언급한 극작의 대가 셰익스피어에게는 전혀 새롭지 않았다. 그는 다음과 같이 말했다.

모든 세상이 무대이고
남녀 불문하고 모든 사람이 연기자다.
퇴장할 때가 있는가 하면 등장할 때도 있다.
그리고 한 사람은 그의 생애에 여러 가지 역할을 연기한다.

—『뜻대로 하세요』 2막 7장

❊❊❊

자 그럼 이제 당신이 매일 경험하는 삶의 한 장면이 어떻게 펼쳐지는지 살펴보자.

여기에 그 예가 있다.

어느 순간 신성한 목적이 당신을 통해 '인내'라고 부르는 신성함의 일면을 경험한다고 하자.

이때 신성함의 대리자인 영혼이 한 순간, 한 시간 또는 하루를 만들어 모든 것이 완벽하게 진행되게 해서, 인내심을 전혀 필요 없게 만드는 것이 목적의식에 맞는 일일까? 아니면 다른 영혼들과 함께 어떤 상황, 조건, 사건 또는 환경을 조성해, 그 안에서 인내심을 보일 기회를 만들어 그것을 경험하고 인내하게 하는 게 더 목적에 부합할까?

이때, 마음은 '아! 알겠어.'라고 말할 것이다.

그리고 우리는 신성한 목적이 당신이 가장 쉬운 길이라고 부르는 것을 영혼이 항상 받아들이게 하지는 않는다는 것을 알게 되었다. 그래도 신성한 여행의 완성을 경험하는 데는 여전히 영혼의 길이 가장 간단하고, 빠른 길일 것이다. 당신은 삶의 어떤 특정 장면에서 자신이 원하는 것을 연기할 선택권을 가지고 있다. '가장 쉬운 길' 또는 '가장 빠른 길'을 선택할 수 있다. 삶의 모든 장면을 어떻게 연기해 낼지, 당신은 자신이 원하는 대로 결정할 것이다.

A Soul Knowing

과거에 항상 존재했고, 지금도 존재하며

앞으로도 존재할 모든 것이 바로 지금 존재한다.

❄❄❄

결국 당신은 가장 빠른 길이 가장 기쁜 길이라는 사실을 알게 될 것이다. 가장 힘든 도전에 응하면 그에 걸맞게 보상도 커질 것이기 때문이다. 그리고 당신 앞에 도전 거리를 던져 주는 것도 삶의 기능이다. 새겨듣기 바란다. 고난이 아니라 도전이다. '도전'이라는 단어는 '역경'의 동의어가 아니다. 도전한다고 해서 꼭 역경에 부딪치는 것은 아니기 때문이다. 도전이라는 단어의 사전적 의미는 다음과 같다.

- 도전: 어떤 것의 진실에 대한 물음으로, 그것을 입증하기 위해 암묵적인 유혹이 종종 따라옴.

그러므로 삶에서 도전은 역경이 아니라 물음이다. 가장 힘든 도전은 가장 심원한 질문을 던진다. 그것은 바로 '당신의 진실은 무엇인가? 그 증거는 무엇인가?'이다.

당신이 받아들인 생각, 취하는 단어, 행동이 모두 이 질문에 대한 답이다. 그것이 당신의 진실이고, 그에 대해 당신이 내놓은 증거다.

16

삶의 복잡함 걷어 내기

이제 당신이 알고 이해해야 할 중요한 사항을 말하겠다. 이 내용을 소화하지 못하면 이 여정이 매우 비관적으로 느껴질 수도 있다.

오래된 인류의 관점과 전통적인 종교적 관점에서 보면 신은 인간이 더 나은 존재가 되고 영혼을 정화하기 위해 고통을 이용하기 바란다. 고통은 좋은 것이다. 고통을 이용해 신에게 신뢰를 얻거나 점수를 딸 수 있다. 특히 고통을 묵묵히 감내하며 신에게 '바친다면' 말이다.

인간의 성장과 배움이라는 측면에서 고통은 필요한 부분이다. 더욱 중요한 것은 신의 관점에서 볼 때 고통은 인간이 잘 이용하면 보상받을 수 있는 수단이라는 점이다.

이런 신념을 바탕으로 만들어진 종교가 있다. 이 종교에 의하면 어떤 한 존재가 나머지 모두의 죄를 대신해 죽음으로써 모든 존재가 구원받았다. 인류의 나약함과 간악함 때문에 신에게 진 '빚'을 이 하나의 존재가 갚았다.

이 종교의 교리에 의하면 신은 인간의 나약함과 간악함 때문에 상처받았고 이를 올바로 잡기 위해서는 누군가가 고통을 감내해야 한다. 그렇지 않으면 신과 인류는 화해할 수 없다. 그래서 구원의 경험으로서 고통이 설정되었다.

'자연스러운' 원인에 의해 인간이 겪는 고통은, '자연스럽지' 않은 특정 상황에서의 죽음으로 경감되지 않는다. 동물의 고통은 자비를 베푸는 마음에서 '자연스럽게' 죽음을 맞이하기 전에 끝낼 수도 있지만, 인간의 고통은 그렇지 않다. 오로지 신만이 인간의 고통이 끝날 때를 결정할 수 있다.

다음은 이런 가르침에서 도출된 결과다. 인간은 신의 의지를 실현하기 위해, 그리고 내세에 신의 분노를 사지 않기 위해, 오랫동안 상상할 수 없는 고통을 감내해 왔다. 어떤 사람이 늙고 병들어 생사의 기로에서 끝없는 통증에 시달리며 극심한 고통을 겪고 있는데도, 삶이 그에게 무엇을 가져오든 기필코 견뎌 내야 한다고 생각하는 수백만의 사람이 있다.

인간은 자신의 고통 혹은 생명을 다른 사람이 끝낼 수 있도록 도울 권리가 없다고 선언하는 법을 만들기도 했다. 아무리 괴롭고 삶의 희망이 없다 해도, 고통은 계속되어야 한다는 것이다.

이것이 신의 욕망에 대한 정통 종교의 견해다.

계몽의 시대에는 많은 이들이 이런 생각에 반대했다. 그리고 신성함을 경험하고자 하는 인간의 생래적 욕망은, 오로지 인류가 신성함의 반대를 경험하는 고통을 통해 충족될 수 있다고 주장하는, 그다지 나을 것도 없는 새로운 생각을 내놓는 사람들이 많았다.

지금 이 시점에서 이전 장의 마지막 부분을 읽고 화가 나서 "만약에 신이 '인내'라는 이름의 신성한 품성을 경험하기 원한다면, 내가 인내를 경험하기 위해 그 모든 고통을 감내해야 한다는 말인가? 내가 모든 고난을 참으면서 닥쳐오는 삶의 조건을 시험당해야, 신이 자신의 존재를 알 수 있다는 건가? 아니, 그건 사양하겠어!"라고 말하는 사람을 떠올릴 수 있으리라.

그러니 시간이 더 가기 전에 다음의 공지 사항을 한번 읽어 보기 바란다.

신은 당신이 대신 고통을 겪는 자가 되기를 요구하는 게 아니다.

이 말을 의식 속에 잘 붙들고 있어야 한다. 그렇지 않으면 신성함을 경험하려는 신의 욕망을 충족시키기 위해 당신이 고통받고 괴로워한다는 생각을 품게 될 것이다.

기억하라. 당신이 고통받고 괴로워하고 있다면 그건 당신이 신의 욕망에 응했기 때문이 아니라, 신의 욕망을 잊어버렸기 때문이다.

❊❊❊

신의 가장 큰 바람은 **완전히 충만한 형태로 신성함**을 경험하는 것이다. **완전히 충만한 형태**에는 고통과 투쟁이 포함되지 않는다. 신이 모든 형태로 신성함을 경험하기 위해, 어떤 형식으로든 당신이 부정적인 것을 경험해야 할 필요가 없다.

투쟁과 고통을 만들어 내는 감정은 인간의 마음이 만들어 낸 것이다. 신은 어떤 상황에서든 '나쁘다'거나, 특별한 상황이 발생해 '악화'되고 '상처'받거나 '좌절감을 느낀다'고 꼬리표를 붙이지 않는다. 신은 발생하는 모든 일은 신성함이 그다음 가장 높은 수준에서 스스로를 표현하기 위한 초대라는 점을 이해한다.

완전한 신은 아니라도 당신 역시 신성한 존재이므로, 이것을 아마 이론적으로는 이해할 수 있을 것이다. 그래서 신은 고통을 경험하지 않지만, 당신은 경험할 수 있다는 것도 받아들일 수 있다.

바다에서 떨어진 물방울 하나는 분명 물이지만 바다가 아니다. 그러나 물방울과 분자보다 작은 입자와 비교하면 그때는 물 한 방울이 바다가 될 수 있다. 물방울이 분자보다 작은 입자의 영역 안에서 굴러 퍼져 나갈 때의 상대적인 크기와 힘을 감안하면 그렇다는 의미다. 당신과 신의 관계도 이와 같다. 즉 당신은 자신의 크기에 비례하여 신성한 힘을 가지고 있다. 이는 당신의 문제에 비례하는 정도의 신성한 힘을 가진다는 의미이기도 하다.

이는 아마 지금까지 당신이 받은 그 어떤 정보보다 더 중요한 정보가 될 것이다.

신이 존재하는 전체 맥락에서 볼 때 우리 모두가 매일 직면하는 문제는 매우 작다. 사실 신의 맥락에서 문제는 '문제'가 아니라 그저 어떤 '상황'일 뿐이다. 하지만 우리 모두는 가장 큰 문제에 직면하면, 당연한 반응이겠지만 그 문제를 아주 크게 받아들인다. 어쨌든 그런 문제와 대면하는 것은 신이 아닌 바로 우리 자신이기 때문이다.

그렇지 않은가?

혹시 신도 문제에 직면할까?

신이 우리를 통해 이런 '상황'에 맞서고 있는 것이라면?

만약 신이 우리 안에 살고 있다면 이 말은 진실이다. 그리고 신은 우리 안에 살고 있으므로, 이 말은 진실이 맞다.

여기서의 메시지는 우리는 생각보다 더 큰 존재이기 때문에 우리가 직면한 문제는 우리와의 관계에서 상상하는 것보다 더 작다는 것이다. 오랫동안 신비주의자와 현인 들은 삶은 결코 우리가 다루기 버거울 정도로 큰 문제는 보내지 않는다고 말해 왔다. 그들의 말이 옳다. 그리고 우리가 모여 이룬 공동체는 함께 일하며, 우리 공동체가 만들어 낸 모든 문제를 극복할 만한 충분한 힘을 지녔다. 그렇게 하겠다고 결심만 하면 된다.

분자 크기보다 작은 입자의 공간에서는 물 한 방울이 '바다'이듯 우리의 개인적인 공간, 수많은 우리가 모여 만든 공동의 환경에서는 어떤 의미에서 우리가 곧 신이다.

❊❊❊

당신이 소유한 무한한 힘은 삶의 경험을 만들어 내는 데 사용되는 도구와 관련이 있다. 당신은 이 도구를 이용해 삶에서 고통을 영원히 끝낼 수 있고, 고통으로 인한 투쟁도 없애 버릴 수 있다.

우리 일상에서 중요한 단 하나를 실용적으로 적용하기 위해 3부에서 이 도구에 대해 알아볼 것이다.

지금은 마음이 경험하는 것과는 완전히 다른 방식으로 당신의 영혼이 삶의 모든 순간을 경험하게 하자. 그러면 당신은 마음의 자원 창고에서 이 강력한 도구를 찾지 않게 될 것이다.

최소한 처음부터 찾지는 않을 것이다. 주변에서 벌어지고 있는 모든 것을 고려해 마음이 영혼을 포함하도록 단련시킬 때 찾게 될 것이다. 그러면 당신의 마음은 현재든 과거든 어떤 외적 상황에 직면할 때 신성함을 보이도록 청하기 위해 이 도구를 이용할 수 있다.

하지만 이제는 그런 식으로 보여 줄 필요가 없다는 말을 다시 한 번 상기하자. 당신은 그렇게 하지 않아도 된다.

삶의 어떤 순간에든 당신은 신성함을 표현하고 경험하는 것을 목적으로 선택할 수도 있고, 그렇지 않을 수도 있다. 선택하지 않는다고 해도 지금 이 세상에서의 삶이 끝날 때 '나쁜' 일은 아무것도 일어나지 않을 것이다. 선택은 전적으로 당신에게 달려 있다. 세상의 수많은 신학자들이 이 선택을 **자유 의지**라고 말한다.

A Soul Knowing

당신은 당신이 가진 문제만큼의 신성한 힘을 간직하고 있다.

❄❄❄

당신이 삶에서 신성함을 표현하지 않겠다고 선택해도 나쁜 일이 일어나지 않는 데는 이유가 있다. 당신이 무슨 짓을 하든 신성함을 표현하지 못하게 할 수는 없기 때문이다.

다시 한 번만 인내심을 발휘해 주기 바란다. 지금 우리는 복잡한 영적 체계 속으로 들어가고 있다. 영성의 세계를 이해하면 인간 삶의 복잡성을 상당 부분 걷어 내는 데 도움이 되기 때문이다.

그러니 이제부터 읽게 될 부분이 인류에게 권장되는 삶과 신에 대한 가장 어려운 개념이라는 것을 알아 두기 바란다.

❄❄❄

인간이 신성을 표현하지 못하는 유일한 경우는 인간의 생각, 말 또는 행동이 신성 외의 것이 되는 때인데, 이런 일은 불가능하다. 삶에서의 **절대적 불가능성**이라고 할 수 있다.

물리적 삶에는 신성함의 여러 가지 형태가 있다. 완성된 형태가 있고, 미완성인 것도 있다. 순수한 형태가 있는가 하면 왜곡된 형태도 있다. 하지만 신성함이 부재(不在)한 상태는 존재하지 않는다.

신성함이 완전히 부재한다면 세상에서의 삶은 신성한 것과 분리되거나 '신성하지 않은 것'이 되어야 한다. 그러나 물리적 삶은 신성함과 분리되지 않는다. 그렇게 될 수 없는 이유는 물리적 삶은 온전히 신성함의 표현이기 때문이다.

신은 신성하지 않은 것은 (왜곡된 형태로 보인다고 해도) 아무것도 보지 않는다. 상대적 조건에서 경험되는 물리적 삶에는 정도의 차이가 있을 뿐, 신성함이 아예 부재하지는 않는다.

순수함의 정도를 생각하면 이를 이해하는 데 도움이 될 것이다. 음식에 색을 입히는 작업을 상상해 보라. 산에 흐르는 가장 깨끗한 시내에서 가장 순수한 물을 한 주전자 떠 와, 식품 착색제를 한 방울씩 떨어뜨려 보라. 물에 착색제를 한 방울 떨어뜨렸다고 해서 산에서 길어 온 물이 아예 없어졌다고 할 수는 없다. 다만 그 물은 더 이상 완전히 순수하다고 할 수 없다. 주전자에 착색제를 더 많이 떨어뜨릴수록 물은 점점 더 순수한 상태를 잃어갈 것이다. 하지만 그 물은 여전히 산에서 길어 온 물이다.

당신이 영혼의 인식을 포용하기보다 마음의 경험에 국한된 생각을 할수록 당신의 존재를 채우는 에너지는 점점 더 순수함을 잃어 갈 것이다.

놀이공원에 있는 왜곡 거울을 생각해 보는 것도 좋다. 반사상이 휘어지는 정도에 따라 거울에 비추는 이미지는 왜곡될 것이다. 하지만 거울 속에 비추는 존재는 지금도, 앞으로도 당신이다. 왜곡되는 것은 오로지 이미지일 뿐, 그 외에는 아무것도 왜곡될 수 없다.

❊❊❊

그러면 이제 삶의 '현장'에 매일 적용할 수 있는 예를 알아보기로 하자. 이번에도 역시 일반적인 경험을 이용하자.

두려움.

두려움(과 분노, 증오 그리고 폭력처럼 두려움에서 파생되는 것)은 모두 사랑이 왜곡된 형태다.

아주 중요한 문장이니 한 번 더 읽어 보기 바란다.

어떤 사람이 아무것도 사랑하지 않는다면 그 사람은 분노, 두려움, 증오 또는 폭력으로부터 완전히 자유로울 수 있다. 그런 감정이 일어나거나 그 감정에서 비롯된 행동을 할 필요가 없기 때문이다.

좀 더 깊이 알아보면 우리는 두려움, 분노, 증오 그리고 폭력이 상실의 표현 혹은 사랑하는 무언가의 상실이 예상되어 나타나는 표현, 또는 사랑하는 것과 무엇인가를 시작했던 적이 없다는 표현이라는 것을 알게 된다.

사랑하는 것이 없다면 상실하거나 결핍되었다고 느끼지 않기 때문에 무엇인가가 없다는 사실에 수반되는 부정적인 정서를 느끼지 않는다. 이해되는가?

인간의 관점은 제한되어 있기 때문에 사랑을 표현하는 방법을 오해하고 사랑과 반대처럼 보이게 행동하는데, 이는 사실 사랑의 왜곡된 형태다.

분노와 두려움, 증오와 폭력의 표현은 사랑이 왜곡되어 나오는 울부짖음이다. 이후의 삶에서 반드시 이 점을 명심하라.

이를 깨달은 사람은 신성함의 가장자리를 잡은 것이다.

❊❊❊

신성함이 표현되는 곳에는 용서가 필요 없다. 절대적으로 이해할 수 있다면 용서는 의미가 없기 때문이다. 이것이 바로 신성함의 실체다.

성경에서 예수가 그와 더불어 십자가에 못 박힌 도둑을 용서하는 이야기의 핵심이 바로 이것이다. 예수는 완전하게 이해했기 때문에 그가 무엇인가에 대한 사랑 때문에 도둑질을 했으며, 이는 사랑을 왜곡된 형태로 표현한 것이라는 점을 인식할 수 있었다.

어떤 경우든 이 도둑이 갈 곳은 오로지 천국뿐이었다. 신은 완벽하게 모든 사람과 모든 것을 이해하기 때문에 영원한 저주, 형용할 수 없는 고통, 말할 수 없는 고초와 끝없는 고문이 이루어지는 곳을 만들 필요가 없다. 모든 곳이 천국이다. 여기에는 이 세상, 지구에서의 삶도 포함된다.

❄❄❄

우리가 이 세상의 삶에서 천국을 경험하지 못한다면, 삶 자체의 진정한 목적 혹은 매일의 삶에서 그 목적을 드러내는 방법을 아직 이해하지 못했기 때문이다. 그러나 진화란 과정이고 그 과정을 통해 지각을 가진 모든 존재는 이해하게 된다. 그리고 진화를 부정하지 않게 될 것이다.

진화의 특별한 통찰력은 인간이 행하는 최악의 범죄와 행동은 결코 신으로부터 용서받지 못할 거라고 말한다.

절대로.

이는 신이 용서하기를 거부해서가 아니다. 인간의 모든 행동은 근본적으로 사랑에 근거하지만, 그 사랑을 왜곡된 형태로 표현하거나 혼란스러워하므로 절대성이 필요하지 않기 때문이다.

『신과 나눈 이야기』에서 지적했듯 세상의 모델을 고려할 때 부적절한 일을 하는 사람은 아무도 없다.

『신과 나눈 이야기』가 주는 치유의 메시지는 간단하다. 진화는 죄가 아니며, 신은 혼란스러움을 벌하지 않는다는 것이다.

A Soul Knowing

모든 두려움은 사랑이 왜곡된 형태일 뿐이다.

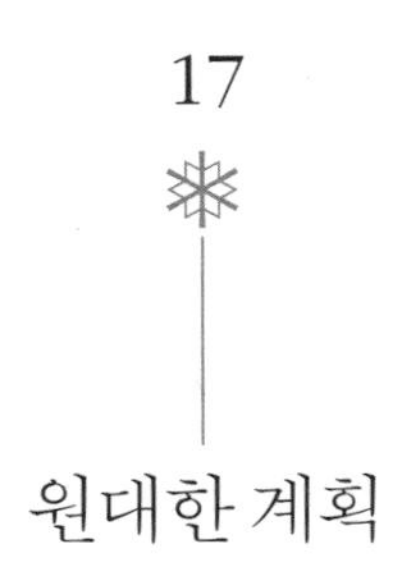

17
원대한 계획

"신은 혼란스러움을 벌하지는 않아도 불복종은 벌한다. 그저 몰랐다고 말하는 것과 분명히 들었는데 완전히 무시하는 것은 다르다."

이런 말을 들어 본 적이 있을 것이다. 사람들은 주요 종교의 기본적인 원칙, 토대가 되는 기초를 이야기한다. 여기까지 오면서 이 책의 핵심 아이디어를 받아들였다면, 이런 주요 믿음 체계에서 전하는 내용 때문에 당신은 심각한 문제에 봉착해 있을 것이다. 주요 종교에 의하면 신과 삶은 하나가 아니다. 신이 삶을 창조했고, 인간은 신의 이미지를 가지며, 신을 닮은 삶의 일부분이다. 하지만 인간은 신이 될 수 없고, 신이 되려고 해서도 안 된다. 신이 되려고 시도한다면 그것은 가장 큰 죄를 짓는 것이며, 그로 인해 영원한 지옥살이라는 심판을 받게 된다.

주요 종교는 우리에게 이것이 사탄이 저지른 원죄라고 가르친다. 사탄이 우리가 저지르게 만들려고 노력하는 것이 바로 원죄다. 이 죄를 저지르면 사탄과 함께 영원한 지옥에 떨어지게 될 것이다. 사탄은 분명 그를 끔찍한 곳으로 보내, 신에게 보복하려는 의도에서 이렇게 하고 있다. 사탄은 신이 만든 영혼들을 '강탈'해 자기 것이라고 주장하므로 신에게서 벌받은 것에 대해 사탄 스스로 신을 벌할 수 있기를 바란다.

❊❊❊

기성 종교의 이런 교리를 들어본 적이 있을 것이다. 애초에 무엇이 기성 종교의 교리에서 옳음과 그름, 선과 악이라는 개념을 만들어 냈는지 그 이면을 살펴볼 필요가 있다.

'죄'의 문제를 둘러싼 독단성은 **분리**라는 신학 교리에 근거한다. 이 교리는 확고하게 지켜져야 한다. 그렇지 않으면 '죄'라는 개념이 용해되어 버리기 때문이다.

종교는 이 점을 이해하고 있다. 그래서 많은 종교가 신은 '저기 어딘가'에 있고 인간은 '바로 여기'에 있는데, 심판의 날이 아니고서는 양자가 절대 만나지 못한다고 가르친다. 그날이 오면 당신이 얼마나 신처럼 행동했는지에 따라 심판받게 될 것이다.

인간은 신과 같다는 말을 듣되, 신이 아닌 존재로서 신과 같다는 평가를 들어야 한다. 인간은 신의 이미지를 본떠 만들어졌지만 신과 같은 능력은 없다는 말을 듣는다. 그래서 먼저 실패한 다음 가능한 한 아주 많이 신처럼 되는 일을 시작한다.

여전히 신은 인간이 구하려 한다면 그들의 실패를 용서해 줄 것이다. 하지만 인간이 시도하지 않거나 시도했지만 비참하게 실패한다면, 신은 그들을 심판하고 비난하고 영원한 고문과 고통스러운 벌을 줄 것이다.

이것이 인간 신학의 요체다. 같은 주제에 변환을 주는 것도 있지만 핵심은 이러하다.

A Soul Knowing

삶은 언제나 당신이 살아야 할 삶을 살기를 바란다.

❄❄❄

여기에서 더 깊숙이 들어가는 것은 의미가 없다. 같은 주제에 대해 이야기하는 책이 이미 수백 권 있다. 하지만 이 점은 깊이 생각해 보길 바란다. 만약 신으로부터의 분리가 **궁극적 현실**이 아니라면, **삶을 창조했으나 삶 이외의 존재**로 밝혀진 신의 정체성이 사물의 진정한 상태가 아니라면, 대부분의 인간 신학의 근거에는 결함이 있으며 그 교리도 미약하기 그지없는 것이다.

인류가 **분리의 교리**를 한쪽으로 제쳐 두기로 결정한다면 세상에서의 삶은 새로운 신학에 의해 새로운 방식으로 이루어져야 한다. 천국에 있는 신에게 돌아가려 하지 말고 이 세상에 천국을 만들려는 시도가 이루어져야 한다. 우리가 신의 왕국에서 제외되지 않도록 노력할 것이 아니라, 신의 왕국이 우리로부터 배제되지 않게 애써야 하는 것이다. 그리고 지구라는 이 온전한 장소가 그 왕국의 일부가 되게 힘써야 한다.

역설적이게도 이는 우리가 가능한 한 신과 같아져야 성취할 수 있다. 먼저 우리는 사탄은 스스로 신성하다고 여긴 것 때문에 벌을 받았다고 들었다. 그다음에는 우리가 '신의 모습을 따라 그와 비슷하게' 만들어졌는데, 신처럼 경건하게 행동하지 않으면 벌을 받을 것이라는 말을 듣는다. 이보다 더 모순된 상황이 있을까 싶다.

조상들의 신학은 우리를 도피할 곳이 없는 처지로 만들었고, 인간은 이제 미래를 만들어 내야 할 선택에 직면해 있다. 옛날의 신학을 선택할 것인가? 아니면 오늘날의 새로운 신학을 택할 것인가? 어제의 신과 내일의 신 중 누구를 택해야 하나?

두 번째 선택은 지금까지 삶이 제안했던 그 어떤 것보다 매혹적이다. 바로 당신이 살도록 설계된 삶을 살기, 가장 진정한 형태로 자아를 경험하기, 그다음 가장 원대한 방법으로 **당신이 진정 누구인지 그 본질**을 표현하는 것이다.

이는 인간의 능력 밖의 일이 아니다. 당신 같은 '보통 사람'이 해 왔던 일이다. 지금 여기에서 이야기되고 있는 것이 그다음 가장 원대한 방법으로 신성함을 표현하는 길이며, 현재 진행되고 확장되고 있는 과정이라는 점이라는 것을 반드시 기억하라.

좋은 소식을 한 가지 전하겠다. 신성함을 아주 조금만 표현해도 한 사람의 삶에 커다란 변화가 생겨나, 매일 부딪치는 싸움과 고통, 불안, 두려움, 분노, 슬픔 그리고 비참함을 완전히 없애 버릴 수 있다.

❊❊❊

물리적 영역에서 표현을 통해 신성한 경험의 전 과정을 완성하는 일은 물리성 그 자체의 한계 때문에 불가능하다.(14장에서 삶의 유한성에 대해 토론하며 거론한 논점이다.) 그러나 신의 왕국의 세 가지 영역(물리성의 영역+영성의 영역+순수한 존재의 영역)의 총체에서 신성함의 총체는 당신의 총체를 통해 알려지고, 표현되고 경험될 수 있다.

기존의 신학은 물리적인 삶을 사는 동안 신성한 여행을 온전히 완수하는 일이 불가능하다는 것을 제대로 이해하기는 했지만, 이를 올바르게 가르치지는 않았다. 바른 신념을 가지고 가르치려 했지만 그러지 못했고, 방식도 해로웠다. 기존의 신학은 위대한 신의 진실을 축하하기보다는 신과의 분리 신조를 설파해 이와 같은 우를 범했다.

모든 물리적인 존재는 신과 분리되어 있지 않으며 정확하게 그 반대이기 때문에 그렇게 가르치는 것은 실수다. 우리 모두는 신성함과 하나로 통합된, 위대하고 한계가 없는 존재다. 따라서 신성함을 제대로 경험하기 위해서는 한 번의 삶만으로는 부족하다!

A Soul Knowing

천국은 당신이 다른 누군가에게 경의를 표하는 왕국이 아니라
당신 자신을 왕으로 대접하는 곳이다.

앞서 무대에서의 연기를 비유하며 설명했듯 한 번의 삶에서 여러 번의 위기를 겪어야 하고, 영혼이 '완전히' 완성되려면 수백 번의 분리된 삶(환생이라고 하면 익숙하게 들릴까?)을 거쳐야 할 것이다. 이 모든 것이 우리를 지금 이 책을 읽으면서 자아를 탐색하고 있는 신성함의 개별적 표현인 당신에게 데려간다. 이것이 삶에서 바로 지금 당신이 중요한 단 하나에 초점을 맞추도록 돕는 것과 무슨 상관이 있을까?

우리는 시작할 때 무엇인가가 제대로 돌아가지 않는 이유를 이해하려면, 그것이 어떻게 작동하는지 이해하는 게 중요하다는 주장의 타당성을 확인한 바 있다. 여기서의 이야기는 당신이 삶의 청사진을 차근차근 밟아 가도록 인도한다. 그와 동시에 상황이 어떤 식으로 전개되어야 할지에 대해 영혼이 알고 있는 것을 마음에 상기시키는데, 바로 그 정보가 압축되어 있다.

❊❊❊

원대한 계획은 이런 것이다. 신은 상대적 조건에서 자신의 총체를 표현하기 위한 수단으로 물리적 특성을 만들었다. 그래서 신은 모든 국면에서 신성함을 경험할 수 있을 것이다.

물리적인 인간으로서 지니는 삶의 청사진은 이런 것이다. 당신은 몸, 마음 그리고 영혼으로 구성된 세 개의 영역을 보유하고 있다. '당신의 총체'라고 불리는 이 세 가지는 분리되지 않는다. 당신의 총체는 신성함 그 자체가 개별화된 것이다. 신성함이 삼위일체(존재하기, 알기, 경험하기)이므로, 당신 역시 그러하다.(영혼, 마음, 몸) 신학계에서 수없이 이야기하듯 당신은 신의 이미지를 따라 그와 비슷하게 만들어졌다.

영혼의 의제는 이런 것이다. **개별화된 신성함으로서 순간에서 순간의 삶의 표현 중에 신성한 여행을 완성**하므로 영혼의 **진정한 정체성**의 모든 일면을 표현하고 경험한다. 당신은 다른 영혼과 더불어 올바르고 완벽한 조건, 상황, 환경을 만들어 그 안에서 영혼의 진정한 정체성을 경험할 수 있게 된다.

신성한 여행은 이런 것이다. **본질의 영혼** 또는 **삶이라 불리는 태고의 에너지**에 의해 특정 형태로 물리화되고, 이를 이용해 **신성한 목적**을 수행하면서 계속되는 영원한 표현이다. 이것을 인간의 용어로 표현하면 '생애'다.

신성한 목적은 **지속적인 완성**이다. 진화의 단계에서 특정 물리적 현상이 가능한 한도 내에서 신성함의 특징을 반영하면서, 지속적인 물리적 표현을 통해 신성함의 모든 면을 완전하게 경험하는 것이다.

❊❊❊

꽃이 필 때 **신성한 목적**(신성함의 어떤 일면을 표현하거나 경험하는 것)이 실현된다. '꽃'이라고 불리는 삶의 형태가 경험하는 신성한 여행은 바로 그 단계에서 완전함에 도달했다. '총체적' 완성이라 불리는 경지에 도달하지는 않는데, 그 이유는 '꽃'이라 불리는 삶의 형태는 영원히 '죽거나' '없어지지' 않으며, 죽거나 없어질 수 없기 때문이다. 꽃의 에너지는 그저 표현과 현상의 다음 단계로 옮겨가며 그 형태를 바꿀 뿐이다.

나무가 자라 가장 높은 지점에 도달하면 궁극적으로 자신의 무게를 떨어뜨리면서 신성한 목적(신성함의 어떤 일면을 표현하거나 경험하는 것)을 실현한다. '나무'라고 불리는 삶의 형태가 하는 신성한 여행은 바로 그 단계에서 완전함에 도달한다. '총체적' 완성이라 불리는 경지에 도달하지는 않는다. '나무'라고 불리는 삶의 형태는 영원히 '죽거나' '없어지지' 않으며, 죽거나 없어질 수 없기 때문이다. 나무의 에너지는 그저 표현과 현상의 다음 단계로 옮겨가며 형태를 바꿀 뿐이다.

인간이 완전하게 표현될 때, 신성한 목적(신성함의 어떤 일면을 표현하거나 경험하는 것)이 실현된 것이다. '인간'이라고 불리는 삶의 형태가 하는 신성한 여행은 바로 그 단계에서 완전함에 도달한다. '총체적' 완성이라 불리는 경지에 도달하지는 않는다. '인간'이라 불리는 삶의 형태는 영원히 '죽거나' '없어지지' 않으며, 죽거나 없어질 수 없기 때문이다. 어떤 삶의 수명이 다하면 인간도 다른 삶의 형태와 똑같은 작업을 한다. 인간의 에너지는 그저 표현과 현상의 다음 단계로 옮겨 가며 형태를 바꾼다.

꽃이나 나무 또는 발달이 덜 된 다른 생물학적 삶의 형태와는 달리 인간이라 불리는 삶의 표현은 영혼의 지혜를 표현하고 경험할 수 있다. 이를 통해 마음의 경험이 더해질 때 육체적 삶을 살아가는 내내 많은 순간 '부분적 완성'의 상태에 도달하게 된다.

이 순간을 끝내고,
길을 걷는 매 순간 여정의 끝을 찾으며,
가장 많이 좋은 시간을 살아 내는 것은
지혜다.

—랄프 왈도 에머슨

❊❊❊

인간은 지구상의 삶의 형태가 오를 수 있는 가장 높은 인식의 경지에 도달했다.(우리는 인간이 돌고래나 다른 대부분의 삶의 형태보다 더 고등하다고 여기지만, 이를 결코 확신할 수는 없다.)

이 여정의 초기에 설명했듯 마음이 영혼의 인식에 더욱 집중한 결과, 당신 삶의 형태는 이제 의식의 새로운 단계에 도달하고 있다. 아무리 원시적인 인간이라도 물에 비친 자신의 모습을 알아보는 순간이 온다. 이런 과정을 통해 지금 읽고 있는 페이지에서 당신은 자신의 모습을 보고 그것이 **자아**라는 것을 인식했다.

삶의 길이라는 은유를 마지막으로 다시 한 번 사용하겠다. 당신의 마음과 몸이 영혼의 길에서 벗어날 때 마음은 이를 망각한다. 몸과 마음이 반드시 영혼의 길을 따라가야 하는 것은 아니기 때문에 다른 것에 미혹될 수 있다. 이제 이 비유를 확장해 보자. 이 과정에는 당신이 결국 산 정상까지 안전하게 도착할 수 있게 해 주는 장치가 마련되어 있다. 모든 능숙한 등산가처럼 당신의 총체에 있는 세 개의 영역은 묶여 있다.(어떤 영적 스승들은 이 연결을 '탯줄'이라고 부른다.)

이 줄은 아주 길다. 그래서 몸과 마음은 영혼에서 아주 멀리 떨어진 지점까지 가서 헤맬 수 있다. 하지만 가다 보면 어느 순간 줄이 팽팽하게 당겨질 때가 온다. 그러면 세 개의 각기 다른 방향에서 무엇인가가 당신을 당기고 있다고 느끼기 시작할 것이다.

우리 모두 이런 감정을 느껴 봤다. 바로 지금 당신이 이런 감정을 경험하고 있을 수도 있는데, 그 이유는 당신이 영혼의 길에서 벗어났기 때문이다. 하지만 걱정할 필요는 없다. 당신은 곧 정상 궤도로 돌아올 것이다. 그리고 이번에는 계속해서 길을 잘 가도록 안내해 주는 지도를 얻게 될 것이다.

곧 **중요한 단 하나**에 대해 알게 될 것이기 때문이다.

18

욕망이라는 나침반

이제 핵심에 도달했다. **삶과 신성한 목적**, 신성한 여행을 비유로 설명하고, 영혼의 의제를 자세하게 논했으며, 당신의 총체의 특징을 정의하는 일에 대해 이야기했다. 이제 우리의 여정이 시작되었을 때 했던 질문으로 다시 돌아왔다. **중요한 단 하나는 무엇인가?**

이 답은 매일, 매시간 매분 당신 삶의 토대를 형성할 것이다. 당신이 생각하고, 말하고, 행동하는 모든 것에 영향을 줄 것이다. 그리고 아침부터 밤까지 삶의 질에도 영향을 미칠 것이다.

이 답이 당신이 얼마나 성공적인지(그리고 당신이 '성공'으로 정의하는 것)를 결정할 것이며, 당신이 얼마나 건강한지(당신이 '건강'으로 정의하는 것), 얼마나 사랑하고 사랑받는지(당신이 '사랑'으로 정의하는 것)도 결정할 것이다.

또한 이 답은 당신의 관계(내밀하고 낭만적인 관계는 물론 가족, 친구를 비롯해 외부 세계의 모든 이와의 관계)를 만들어 줄 것이다. 생계를 위해 할 일과 삶을 살아가기 위해 해야 할 것도 만들어 줄 것이다. 당신이 아끼는 이들과 시간을 보내는 법, 그리고 혼자일 때 해야 할 일에도 영향을 미칠 것이다.

이 답이 당신의 전 생애, 지금 이 순간부터 당신이 죽는 순간까지 모든 것에 영향을 미칠 거라는 의미다. 심지어 어떻게 죽을지에도 영향을 줄 것이다.

중요한 단 하나는 매우 중요하기 때문에 이에 비하면 다른 것은 모두 무색해지고, 더 작아진다. 그렇기 때문에 여기에서 시작할 준비가 돼 있어야 한다.

당신의 과거 전체가 중요한 단 하나의 거울이며, 미래 전체가 이 중요한 단 하나로 인해 만들어질 것이다.

이 세상의 삶에서 중요한 단 하나가 바로 여기에 있다. 그것은 바로,

당신이 욕망하는 것

❊❊❊

당신이 전혀 예상치 못한 답일 수도 있으리라. 그러나 언제나 **당신이 욕망하는 것**을 알리고, 선언하며, 알고, 표현하고, 경험하고, 실행하겠다는 맹세를 지키는 것은 **영혼의 의제**를 돕고 **신성한 여행**을 완성하

고 **신성한 목적**을 이룰 수 있는 당신의 능력에 달려 있다.

이 일을 하겠다고 결정하는 것은 당신이 앞으로 내릴 그 어떤 결정보다 중요하다. 언뜻 보이는 것보다 이 결정이 더욱 중요한 이유는 당신이 과거에 내리고 그 결과를 감수했던 결정과는 다르기 때문이다. 이것은 당신이 매일, 매시간, 매분, 매초 내리는 결정이다. 사실 당신은 이 결정에 대해 생각할 수 있을 만큼 성장한 이후로 줄곧 이런 결정을 내려 왔다. 하지만 아마도 잘못된 방식으로 생각해 왔을 것이다.

3부에서는 당신이 욕망하는 것과 그것이 진정 의미하는 바에 대해 이야기할 것이다.

❊❊❊

준비하기 바란다.

당신이 생각하는 것과는 다를 테니까.

Part 3

생의 2%를 찾는 5가지 도구와 영원한 완성

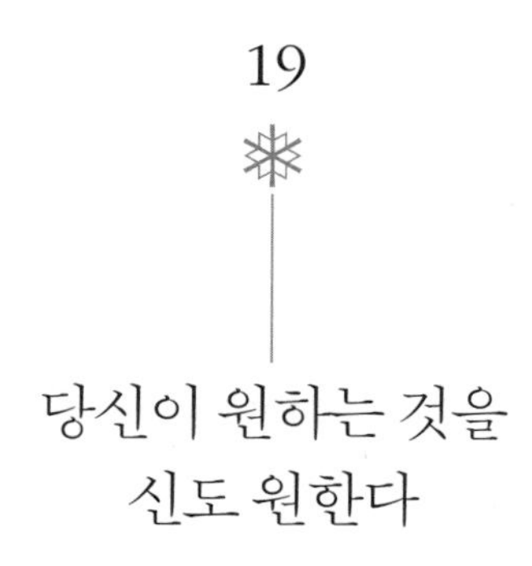

19

당신이 원하는 것을 신도 원한다

친애하는 이여, 당신이 만약 중간 부분을 생략하고 곧장 3부로 건너왔다면 몇 장 앞으로 돌아가 3부가 시작되기 전의 마지막 장을 읽어 보는 것이 좋겠다. 그렇지 않고 처음부터 쭉 읽어서 이곳까지 왔다면 **중요한 단 하나**는 **당신이 욕망하는 것**이라는 점을 알고 있을 것이다.

그런데 이 말이 사실일까? 삶에서 가장 중요한 것에 대해 길고도 깊은 탐구를 한 뒤 내린 결론이, 자기 자신의 욕망이라는 게 과연 맞을까?

그렇다. 사실이다. 대부분의 사람들은 이미 이 점을 알고 있다. 문제는 사람들이 중요한 단 하나가 자신이 욕망하는 것이라는 걸 모른다는 게 아니라 그것에 대해 잘못 생각해 왔다는 것이다.

대부분의 사람들은 **자신이 욕망하는 것**에 초점을 맞추는 게 자기 자신에게 초점을 맞춘다는 의미로 받아들이는데, 실은 그렇지 않다. 오히려 그 반대다. 하지만 문화적, 교육적, 사회적 상호 관계 안의 모든 것이 엄청난 오해를 불러일으키게 하는 이때, 우리가 어떻게 그것을 제대로 알 수 있단 말인가?

심지어 '더 크게, 더 좋게, 더 많이'가 정설이라고 부르짖는 현대 사회를 거부하고, 사회의 세뇌 작업에 저항하며, 전통에서 벗어나 '대안적' 삶의 방식과 신념을 추구하는 사람들조차 새로운 스승, 성직자, 치유자로부터 똑같은 메시지를 듣고 있다. '당신 안에 있는 힘을 이용해 당신이 원하는 것은 무엇이든 가질 수 있다!'라고.

사실이다. 혹시 이런 영화를 본 적이 있는가? 얼마 전 정확하게 이 주제에 대해 다룬 영화가 있었다. 우주의 근본적인 법칙, '끌어당김의 법칙'이라고 부르는, 창의적인 에너지와 우리 마음이 욕망하는 것은 무엇이든지 우리에게로 끌어오는 방법이 있는데, 그 법칙과 방법을 아는 소수가 수천 년 동안 이것을 비밀에 붙여 왔다는 내용의 영화다.

그 영화는 마지막에 그 공식이 밝혀졌으니 이제 모두 **자신이 욕망하는 것**을 얻을 수 있다고 선포한다. 그런데 영화에서 **당신이 욕망하는 것**은 무엇으로 그려졌을까?

영화는 사람들이 욕망하는 것을, 집을 향해 걸어 들어가다 진입로에서 언제나 갖고 싶었던 꿈의 자동차를 발견하는 남자, 마법처럼 자신의 목에 걸린 보석 박힌 목걸이를 보고 환희에 찬 놀라움에 눈을 깜빡거리는 여자, 자신을 기다리는 듯 현관 앞에 세워져 있는 반짝거리는 새 자전거를 발견하고 열광하는 어린아이를 통해서 그린다.

(진정 우리가 모든 힘을 가졌다고 가정하고) 평화로운 세상을 만드는 방법이나 세상의 기아를 끝내고 지구의 고통을 치유하는 일 등에 대해서는 한마디도 하지 않는다.

단 한마디도.

그건 영화 제작자의 잘못이 아니다. 그들은 그저 인류 문화를 반영해 표현한 것뿐이다. 이런 것들이 소위 우리가 말하는 '새로운 시대'의 우선순위가 되었다.

우리는 이런 문화 속으로 떠밀려 들어와 계속해서 함몰되고 있다. 그러니 중요한 단 하나가 무엇인지 몰라 혼란스러워하는 것은 당연한 일이다.

A Soul Knowing

중요한 단 하나는 바로 당신이 욕망하는 것이다.

❄❄❄

자, 이제 그 제목을 단 책이 나온다. 우리의 혼란을 끝내는 데 도움을 주면서 한 번 더, 다른 모든 이들이 우리에게 내내 말해 왔던 그것!

중요한 단 하나는 바로 **당신이 욕망하는 것**이다.

그런데 잠깐만 기다려 보라. **당신이 욕망하는 것**에 대해 이야기할 게 한 가지 더 있다.

더 높은 의식 수준에서 **당신이 욕망하는 것**이라는 말에는 더 깊은 의미가 있다. 완전한 인식 상태에 있을 때는 개인적인 욕망이 아니라 **유일한 하나**의 욕망이라는 것을 당신은 안다.

그보다 더 높은 의식 수준에서 당신은 그 둘이 하나이자 서로 같다는 것도 알게 된다. 당신 개인의 욕망과 **유일한 하나**의 욕망은 같다.

"**유일한 하나**?"

그렇다. 유일한 하나.

❊❊❊

모든 것이 **하나**다. **오로지 하나**만 있으며, 모든 것은 **존재하는 하나**의 일부다.

이 하나는 다양한 이름으로 불려 왔다. **삶**이라고도 불리고, **본질적 정수, 에너지, 알라, 브라마, 신성, 엘로힘, 신, 여호와** 그밖에도 여러 가지 이름으로 불려 왔다. 당신이 어떤 이름으로 부르든 상관없이, 유일한 하나는 존재하며 당신은 그 일부다.

당신은 유일한 하나의 필수불가결한 요소다. 따라서 당신의 심장이 원하는 것은 바로 유일한 하나의 존재 핵심에서 원하는 것과 같다.

여기에서 이뤄지는 논의의 목적을 위해 우리는 **존재하는 유일한 하나**를 '신성'이라고 불렀고 간간이 '신'이라는 단어도 사용했다.

❊❊❊

신성에는 오직 하나의 욕망이 있는데, 그것은 **신성 자체**를 완전하게 알고 표현해 그것을 완전하게 경험하는 것이다.

삶이란 이 일을 성취하는 것이다. 삶의 특정 부분이 아니라, 모든 면을 한데 모은 것이 삶이다. 삶이란 완성 단계에서 신성을 경험하는 삶을 모두 합하고, 총괄하고, 협력해서 나온 총합이자 본질이다.

신성만의 특별한 표현을 충만하게 이루는 신성의 모든 면에 의해 완성에 도달한다.

신성은 신성에게 이런 결과를 내도록 힘을 부여한다. 즉 삶을 더 살게 하고, 삶을 충만하게 표현하도록 삶이 삶에게 힘을 부여한다는 말이다. 왜냐고? **삶을 충만하게 표현**하는 것이 바로 **신성의 욕망**이기 때문이다.

이것은 당신의 욕망이기도 하다.

아주 어렸을 때부터 방금 전까지 이것은 당신의 열망이자 꿈이고, 목표였다. 이제 당신이 그것을 기억해 냈으니 아마 더 선명해질 것이다. 내면 깊숙한 곳에 품은 당신의 욕망과 신의 욕망은 차이가 없다는 것도 확실하게 알았을 것이다.

신의 욕망은 당신의 영혼 속에 심어져 있는데, 이것이 본질적 정수인 당신 존재의 일면이며, 이번 생애(사실은 모든 생에 걸쳐) 신성한 충동을 전달하는 당신의 일부다.

영혼도 이 점을 기억하는 당신의 일면이다. 영혼은 절대 잊어버리는 일이 없으며, 결코 잊어버릴 수도 없다. 영혼이 기억 그 자체이기 때문이다. 그래서 영혼은 영원을 통해 **알아야 할 모든 것**을 계속해서 알아 간다. 반면 마음은 현재 삶의 **경험을** 단순히 저장한다.

당신이 욕망하는 것을 **영혼**이 알고, 당신이 욕망해야 한다고 경험이 말해 주는 것이 마음속에 있다면, 그때의 삶이 주는 도전과 초대는 영혼이 알고 있는 내용과 경험이 말해 주는 것을 통합하는 일이다. 동시에 영혼은 이를 마음에게 알려, 마음이 스스로를 확장하고 마음의 데이터베이스를 넓히게 한다. 이 작업을 해내면 현실을 만들어 내는 역학이 당신이 누구인지를 설명해 주는 새롭고 더욱 원대한 경험을 만들어 낸다.

이것이 바로 지금 이 순간 당신이 받은 특별한 초대다. **유일한 하나의 욕망**이 의식적으로 당신의 욕망이 될 수 있게 하라는 요청을 받고 있는 것이다.

또한 개념적으로 알고 있는 것을 실질적으로 경험할 수 있게 바꾸라는 요청이기도 하다.

이것을 이루려면 유일한 하나의 욕망을 당신의 새로운 주문으로 삼아야 한다. 그래야 마음이 외부의 복잡한 상황에 직면해 어떻게 반응할지 고민할 때, 자아를 소환해 영혼과 마음이 함께 요구하는 것을 기억해 낼 수 있다. 그러면 당신의 총체는 유일한 하나가 욕망하는 것을 표현하고 경험할 수 있다.

이것이 바로 '내 의지가 아닌, 당신의 뜻대로'를 선언하는 또 하나의 방식이다.

A Soul Knowing

완성은 신성의 특별한 표현을 충만하게 이뤄 내는

신성의 각 일면에 의해 성취된다.

20

영혼의 길이 아닌 것

영혼의 길을 따라 걸으며 유일한 하나가 욕망하는 것에 삶의 초점을 맞춘다는 의미를 설명하기 전에 확실하게 밝혀 둘 것이 있다.

사람들이 **영혼의 길**에서 벗어나는 것은 그 길에 머물기를 원치 않아서 아니라 그 길이 어떻게 생겼는지 모르기 때문이다.

고의가 아니라 실수로 이탈한다. 사람들은 대개 헤매느니 가던 길을 고수하려고 한다. 그들이 길에서 벗어나는 이유는 이전에 많은 사람들이 영혼의 길에서 약간 떨어진 길을 먼저 걸어 잘 다져진 탓이다. 그것은 마치 영혼의 길처럼 보인다.

사랑을 추구하는 것이 영혼의 길처럼 보인다.

안전을 추구하는 것이 영혼의 길처럼 보인다.

성공을 추구하는 것이 영혼의 길처럼 보인다.

권력을 추구하는 것이 영혼의 길처럼 보인다.

돈을 추구하는 것이 영혼의 길처럼 보인다.

행복을 추구하는 것이 영혼의 길처럼 보인다.

성(性)을 추구하는 것이 영혼의 길처럼 보인다.

인기를 추구하는 것이 영혼의 길처럼 보인다.

평화를 추구하는 것이 영혼의 길처럼 보인다.

사회 정의를 추구하는 것이 영혼의 길처럼 보인다.

하지만 이런 길은 모두 영혼의 길이 아니다.

때로 당신이 가고 싶은 곳(특히 그곳에 도달할 가장 빠른 길을 알기는커녕 자신의 목적지를 확신하지 못할 때)으로 데려다 줄 진정한 영혼의 길처럼 보일 때가 있다.

진짜 영혼의 길로 향하는 첫 번째 단계가 당신이 삶의 목적, 당신의 영혼 그리고 신에 대해 믿는 것이라면, 두 번째 단계는 당신이 가길 원하는 곳에 대해 선명하고 확실하게 아는 것이다. 몸이나 마음이 가끔 가길 원하는 곳 또는 가야 한다고 생각하는 곳이 아니라, 영혼이 가는 곳으로 향하길 원해야 한다.

영혼은 완성이라 부르는 곳으로 가고 있는데 그 목표는 한 사람의 삶에서 매 순간, 그리고 단계별, 시기별로 달성될 수 있다.

당신이 2부를 하나도 읽지 않고 곧장 3부로 왔다면 이에 대한 자세한 설명을 듣지 못했을 것이다. 그렇다면 아마도 당신은 삶이란 좀 더 장기적인 목표를 세우거나 좀 더 고원한 열망을 품고 달성하는 것 또는 앞서 언급한 좀 더 구체적이고 표현하기 쉬우며 일반적으로 받아들여지는 결과를 실현하는 것이라고 생각할 수 있으리라.

얼마든지 용인될 수 있는 이유다. 최소한 몇 가지는 확실히 가치 있는 목표로 삼기에 충분하다. 사랑, 평화, 사회 정의를 삶의 목표로 삼겠다는데 누가 이의를 제기하겠는가?

우리가 영적으로 각성하든가 평생 위와 같은 목표를 추구하다가 부분적으로나마 목표를 달성했는데, 이게 아니라고, 여전히 목표를 실현하지 못했다고 느껴진다면 그때 영혼의 길이 다른 데 있다는 것을 깨달은 것이다.

그래서 위의 목록에 나온 모든 것이 포함된 길을 떠나 다른 곳으로 인도하는 영혼의 길을 택해야만, 그곳에서 우리가 찾고 창조하고자 하는 모든 것을 발견하게 될 것이다.

당신은 할 수 있다. 앞서 말한 대로 인류 전체가 영혼의 의제와 그 의제를 완수하는 데 필요한 것에 집중한다면, 앞서 언급한 목록과 모든 인간이 희망하는 다른 많은 것들이 우리 세상에 자동적으로 '나타날' 것이다. 세상 도처에서 살아가는 개인의 삶에 이미 이 일이 발생하고 있다.

A Soul Knowing

영혼의 길을 택하면 모든 것이 바뀔 것이다.

＊＊＊

그렇다면 **영혼의 길**을 선택하는 것, **유일한 하나**가 욕망하는 것을 표현하고 경험하는 것은 '어떤 모습'일까?

모든 것을 바꿀 것이다.

당신이 생각하고, 느끼고, 말하고, 행동하고, 소통하고, 사랑하고, 일하고, 놀고, 먹고, 심지어 당신이 잠자는 방식도 바꿀 것이다.

당신의 마음이 그 어느 때보다 편안함을 느끼고, 심장은 그 어느 때보다 활짝 열려 영혼의 말을 잘 듣게 될 것이다. 그래서 전보다 훨씬 더 푹 자게 될 것이다.

전에 했던 수많은 일을 여전히 해 나가겠지만 이전과는 다른 이유와 목적을 가지고, 다른 방식으로 그 일들을 해 나갈 것이다. 전과는 다른 것을 추구하기 때문에 다른 결과를 만들게 될 것이다.

삶에서 일어나고 있는 모든 일의 이유가 갑자기 선명하게 느껴질 테고, 그렇다면 직관적으로 무엇을 해야 할지 알게 될 것이다. 그 외 다른 생각은 떠오르지 않을 것이다.

삶에서 무엇인가를 '행'하는 것이 없어지지는 않겠지만, 이후로 행한다는 것은 무엇인가를 성취하려는 시도라기보다 당신이 있는 곳을 반영하고, 보여 주고, 선언하는 일이 될 것이다.

어제까지는 상황이 전혀 '좋지 않다'고 말했을지라도 갑자기 삶의 모든 것이 그저 있는 그대로의 모습만으로 완벽하게 '좋아' 보일 것이다.

당신은 돌아가는 상황에 적극적으로 반응함으로써, 갑작스러운 변화를 느끼게 될 것이다. 대부분의 세상 사람들이 거의 언제나 몸과 마음에만 반응하는 것과 달리(사람들의 98퍼센트가 중요하지 않은 일에 그들 시간의 98퍼센트를 허비하고 있는 이유다.) 당신은 당신의 총체인 몸과 마음, 영혼에 완전히 반응하게 될 것이다.

21 숨 고르기

유일한 하나가 욕망하는 것을 아는 방법이 영혼을 마음으로 불러와 둘이 하나가 되게 하는 것이라면, **유일한 하나**가 욕망하는 것을 표현하는 방식은 몸을 이 과정으로 데려오는 것이다. 이를 **통합**이라고 한다. 당신의 총체를 하나로 만드는 일이다. 이제 **성스러운 삼위일체**가 당신 안에서 완전하게 실현되었다. 이런 것을 바로 영적 장악이라고 한다.

언제, 어느 순간이든 당신 총체의 이 세 가지 측면이 완전하게 통합될 때, **그 순간 중요한 단 하나**는 바로 유일한 하나가 욕망하는 것이다.

당신은 **완성**에 도달했다.

그 순간을 터득했다.

유일한 하나가 욕망하는 것은 당신을 통해, 당신 안에서, 당신으로서 어떤 현상으로 나타난다. 몸, 마음, 그리고 영혼은 **영적 영역**으로 알려진 **육체의 영역**에서 그 이미지를 비추는데, 그때 신성을 경험할 수 있다. 그리고 이 경험은 당신의 행위가 아닌 당신의 존재를 통해 이루어진다.

당신이 **완전한 사랑일 때**마다 당신은 영혼의 길을 택해 완성을 이룬 것이다. 당신은 거기에 있다. 도달했다. 목적지에 도착한 것이다.

당신이 **완전한 이해일 때**마다 당신은 영혼의 길을 택해 완성한 것이다. 당신은 거기에 있다. 도달했다. 목적지에 도착한 것이다.

당신이 **완전한 연민일 때**마다 당신은 영혼의 길을 택해 완성한 것이다. 당신은 거기에 있다. 도달했다. 목적지에 도착한 것이다.

매번 당신이 인내, 배려, 유연함, 명료함, 친절함, 지혜, 관대함, 용인, 선함 또는 자비를 완전히 보여 줄 때마다 당신은 영혼의 길을 택해 완성한 것이다. 당신은 거기에 있다. 도달했다. 목적지에 도착했다.

이 모든 것을 동시에 보여 주는 순간이 있다면 그 순간, 나노 초와 같은 찰나의 순간 당신은 더 이상 할 일이 없다. 당신은 표현했고 그래서 현재 당신의 의식에서 가능한 최고 수준의 신성을 경험했다.

흥미로운 점은 당신의 의식 수준이 즉시 확장되어 더 원대한 경험을 할 수 있게 된다는 것이다.

이것이 정확하게 바로 지금 일어나고 있다. 이 책을 읽고 있는 바로 지금 이 순간, 당신에게 일어나고 있는 일이다. 당신은 이 모든 일을 하나씩 성취했다. 심지어 이 모든 일을 동시에 해내는 성과도 이미 거두었다. 이제 당신은 영적 진화의 다음 단계로 향할 것이다.

A Soul Knowing

당신은 영적 진화 과정에서 다음 단계로 나아가고 있다.

❄❄❄

지금은 이 모든 것을 쉽게 기억하고 있으므로 이런 생각이 들기도 한다.

'다음 단계로 접어드는 순간 이 내용을 기억해 뒀다가 상기시켜야 하지 않을까? 신성의 여러 측면을 그다음 단계에서 보여 주고 개별화하기로 한 선택이 어느 순간 극적인 변화를 끌어내 당신의 삶을 바꿔 놓지 않을까?'

지금 상황에서 보면 삶에서 당신이 다정하고, 이해하며, 동정하고, 인내하고, 배려하며, 상냥하고, 확실하고, 친절하고, 지혜롭고, 관대하고, 선하고, 자비롭지 않은 순간이 여전히 있다. 사실이다. 특히 자아가 최고조로 강할 때 이런 기분을 느낀다는 걸 당신은 안다.

왜 좀 더 자주 그 수준까지 오르지 못할까? 본인의 의지대로 그 수준에 계속 머무를 수는 없을까?

삶의 조건이 당신에게 **영혼의 인식**을 좀 더 많이 흡수하라고 손짓하는 순간, 당신의 '스펀지'에 물이 꽉 차서 더 이상은 '바다'를 빨아들일 수 없으니 경종을 울려야 할 필요가 있기 때문에 그럴 수 있다.

그런 순간 당신의 마음은 영혼과 단절되고, 영혼이 아는 것을 망각하며, 당신이 공격당하고 있거나 이제 곧 당할 것이기 때문에 무엇보다 생존하기 위해 자신을 방어해야 한다고 상상한다.

혹은 당신이 곧 무엇인가를 잃어버릴 상황이거나 이미 잃어버렸든가, 무엇인가를 부정하거나, 한 번도 가져 본 적이 없거나, 어떤 일에 대해 오판했거나, 통제력을 상실했다고 마음이 믿고 있어서일 수도 있다.

지금 당장은 하던 일을 계속해서 진행하며 현실을 직시할 시간과 에너지가 없다고 느끼기 때문일 수도 있다. 아니면 아주 잠시 순풍을 맞은 듯, 잠시 축복의 시간을 가지며 감사하다고 생각하고 있을 수도 있다.

✻✻✻

당신에게 필요한 것은 도구다. 바람을 타는 방법이나 접근 방식을 알면 한동안 순항할 수 있을 것이다. 그러면 지금 걷고 있는 길의 바로 앞을 깨끗이 치워 한 발씩 디딜 때마다 잠시나마 너무 힘들어하거나 어렵게 싸우지 않아도 될 것이다.

잘 찾아왔다. 이 자리까지 당신 자신을 잘 인도했다. 이곳에 있고 싶다는 의지를 통해 당신 스스로 이 자리를 만들었다. 당신이 이 책을 집어 든 순간 발휘했던 의지를 보여 줬다.

그리고 더욱 더 깊이 들어간다.

22

당신은 누구이며 나는 누구인가

친애하는 내 영혼의 친구여,

지금 이곳에서 무슨 일이 일어나고 있는지 보이는가?

당신의 내면 깊숙한 곳의 욕망은 '피할 수 없고, 다루기 힘들며, 답답한 매일의 문제(금전 문제, 직장에서의 스트레스, 인간관계 등)'를 해결하기 위해 당신이 지혜와 인식을 일깨우기를 강렬하게 바라고 있다. 당신의 강렬한 욕망이 지혜와 인식을 바깥세상에 투영해, 언제나 그러했듯 당신이 내적으로 알고 있는 바를 책이나 영화, 강의, 친구와의 대화, 라디오에서 흘러나오는 노래 가사 등을 통해 '드러나게' 한다.

이렇게 삶의 작은 일들은 당신과 다른 수많은 영혼들의 합작으로 만들어진다. '함께 일어나는 사건(co-incidents)'인 것이다.

당신은 **당신의 나머지**와 더불어 계속해서 현실을 만들어 내고 있다.

우리가 모두 하나이며 세상 모든 사람들이 바로 **당신의 나머지**라는 것을 기억하면, 이 점을 이해할 수 있다.

앎에서 경험으로 옮겨 가는 것이 **궁극적인 완성의 표현**이다. 자아를 완전하게 경험한다는 것은 신성(사랑, 연민, 이해, 인내심, 용인 등)의 일면만이 아니라, 끝없는 표현으로서 신성의 모든 측면을 경험한다는 의미다. 그때 **하나됨의 모든 것을 즉시 경험**하게 된다.

이 순간 당신은 '희생자'와 '가해자', 흰 옷을 입은 자와 검은 옷을 입은 자를 모두 식별할 수 있다. 당신 자신이 두 가지 색깔의 옷을 한꺼번에 또는 차례대로 입었고, 자신을 사랑하고 용서했다는 것도 안다. 혼란스러움은 범죄가 아니며, 악행은 어떤 형태가 되었든 단순히 망각의 한 형태라는 걸 알기 때문이다.

마음을 총체적으로 이해하는 가운데 영혼의 총체적 인식을 보유하는 일은 생각보다 더 일상적이고 일반적인 것이다. 어려운 점은 과연 그 상태를 계속 유지할 수 있느냐다.

당신의 마음이 총체적으로 이해하려 애쓸 때, 삶에서 어떤 문제의 답을 찾으려 애쓸 때, 올바르고 완벽한 대답이 얼마나 자주 삶 그 자체에서, 겉보기에 '분리된' 근원에서 바로 당신 앞에 튀어나오는지 눈치채지 못했는가?

그런데 만약 **분리된 근원** 같은 것은 없다면? 오직 **하나의 근원**만 있는데 그것이 당신과 함께 있다면? 그리고 가끔 당신 밖의 어떤 현상으로 나타나지만, 그 근원은 당신 안에서 시작된 것이라면?

당신은 상상할 수 있는가?

A Soul Knowing

당신의 영혼은 궁극적인 현실을 완전하게 인식한다.

❄❄❄

자, 그럼 이제 우리 모두의 내면에 있는 **단 하나의 근원**에 대해 이야기해 보자. 몇 가지 개념적 해석에서는 이것을 영혼이라고 부른다.

『신과 나눈 이야기』에 의하면 당신의 영혼은 궁극적 현실을 완전하게 인식한다. 즉 영혼은 궁극적 현실이 비롯된 장소를 알고, 지금 어디에 있으며, 어디로 돌아갈지 안다.

영혼은 이 거대한 인식의 창고에서 데이터를 회수하고 당신 앞에 발생하는 어떤 조건, 상황, 환경을 삶에서 적절한 때 적절한 방식으로 다른 영혼들과 함께 창조한다.(지금 이 순간도 그렇게 하고 있다.)

사실 이것은 영혼이 하는 일이다. 영혼의 목적이자 기능이다.

수많은 사람들이 평생 이런 이야기를 듣지 않고 살아왔다. 당신도 그중 한 명일 수 있다. 들었다고 해도 왜 당신에게 영혼이 있는지 말해 줄 수 있는 사람은 없었을 것이다. 당신에게 영혼이 있다고 말하지만 정작 그 이유에 대해서는 아무도 이야기하지 않았을 것이다.

이제 당신은 그 이유를 안다. 당신은 영혼의 목적과 기능을 기억하고 있다. 하지만 주의하기 바란다. 조심하지 않으면 이 책이 그 사실을 말해 주는 것처럼 보일 수 있다. 하지만 실은 당신의 영혼이 말하는 것이다.

***

이 작업이 어떻게 이루어지는지 보고 있는가? 당신의 마음은 이 일이 마치 당신 바깥 어딘가에서 오는 것처럼 상상하라고 말하지만, 당신 안에서 이 일을 상기시켜 당신에게로 가져온 것은 바로 당신의 영혼이다.

영혼은 계속해서 가능한 모든 방법과 접근 방식을(마음을 우회하는 방식까지도, 사실 특히 그런 것을 더 많이) 사용할 것이다. 그래서 마음을 각성시켜 매일의 도전에 응하고 장애물을 극복하는 방법을 교육시킬 것이다.

영혼은 또한 마음과는 완전히 분리되어 있는 것(예를 들어 당신이 '어쩌다 보니 우연히' 집어 든 책)처럼 보이는 도구를 사용할 것이다. 이러면 마음에는 그 주인이 '다른 곳에서 답을 찾은' 것처럼 보일 것이다.

답을 구하는 이라면, 삶의 심원한 진실을 찾는 여정의 초기에 종종 밖에서 주어지는 답을 받아들이기가 더 쉽다. 시작하는 단계에서는 자기 자신이 내내 그 답을 가지고 있었다는 생각을 받아들일 사람이 많지 않기 때문이다.

하지만 당신은 더 이상 여행의 초기 단계에 있지 않다. 이제는 **걸음을 뗀 초심자**가 아닌 **신중한 학생**이다. 그렇지 않다면 지금 이 책을 읽고 있지 않을 것이다. 그러므로 당신에게 생긴 문제를 해결하는 데 필요한 모든 인식이 항상 당신 안에 있다는 생각(당신이 찾고 있는 인식을 당신 바깥에서 찾을 수 있는 것처럼 보이게 만드는 생각을 포함해)을 기꺼이 받아들일 준비가 되었다. 그다음에는 다양한 방법과 도구를 사용해 그저 가끔 그 생각을 불러내기만 하면 된다.

당신이 종종 가족이나 친구들에게 "나 이번에 정말 멋진 책을 읽었어!"라든가 "기가 막힌 영화를 봤어!" 혹은 "방금 정말 놀라운 강의를 들었어!"라고 말하고 난 뒤 변화하는 모습을 보면, 주변 사람들은 그 책이나 영화 또는 강의가 바로 당신의 새로운 인식의 근원이라고 자연스럽게 생각할 것이다. 당신의 삶을 방관자적 입장에서 바라보는 다른 이들에게는 틀림없이 그렇게 보일 것이다.

하지만 그건 전혀 사실이 아니다.

23

저자에게서 저자에게로

좋다. 이제 믿기 어려울 정도로 놀라운 부분이 시작된다. 이 책 전체가 광범위한 탐색 작업이긴 하지만 지금부터 당신은 정말 특별한 탐구를 함께하자는 초대를 받을 것이다. 단순히 아이디어를 탐구하는 게 아닌, 오직 우리 중 하나만 있으므로 당신과 이 책의 저자는 분리되지 않았음을 경험해 보라는 권유를 받게 될 것이다.

당신의 '신령스러운' 측면의 '이성적인' 면(이 두 가지는 동시에 존재할 수 있다.)은 매우 수월하게 '당신이 지혜와 이해를 불러들였다.'는 아이디어와 더불어 '여기에 소개된 모든 통찰을 기억하고 경험하는 것이 바로 지금 이 순간 당신이 여기에 있는 이유'라는 이 책의 기본적인 아이디어를 받아들일 것이다. 그런데 지금 정확하게 우리는 어디로 향하고 있는가?

당신은 방금 **유일한 하나**가 욕망하는 것이 **중요한 단 하나**라는 사실을 상기했다. 그렇다면 지금 우리는 어디로 가고 있는가?

우리는 아마도 당신의 경험상 가장 강력한 욕망이 존재하는 마음의 장소로 가고 있는 중일 것이다. 그곳에서는 어느 누구, 어떤 것과도 분리되지 않으며, 외로움도 영원히 종말을 고한다.

❊❊❊

자아를 탐색 중인 당신이 용기 있게 다음 단계에 도전하는 이 순간, 우리는 당신이 앞서 나왔던 질문, "다른 사람이 쓴 책을 읽으면서 어떻게 나의 지혜를 소환했다고 주장할 수 있지? 이건 평소처럼 답을 찾기 위해 누군가에게 의지하는 것 아닌가?"에서 시작하기 바란다.

그에 대한 답을 여기 제시하겠다. 과거에는 그렇게 했을 수 있다. 하지만 지금 당신이 그렇게 하고 있는지는 결코 확신할 수 없다. 이건 다르다. 지금 바로 이 순간 당신이 내면에서 적극적으로 지혜를 불러낼 때, 수천 번의 순간 수백 가지 다른 방식으로 지혜가 '나타난다'는 것을 인식하고 있다.

라디오에서 흘러나오는 노래 가사에서, 고속도로를 달리다가 만난 광고판에서 반짝거리는 메시지를 통해, 우연히 듣게 된 누군가의 대화 중에 불쑥 튀어나온 말에서, 길을 걷다 '어쩌다 우연히' 마주친 친구와 무심결에 나눈 이야기 중에 지혜가 나타난다. 이뿐만 아니라 '당신'이 스스로에게 하는 말 중에도 불쑥 지혜가 튀어나온다.

그리고 그런 것들이 우리를 다시 이 책으로, 그리고 4장에 나온 문장으로 이끈다. 이 책에 나오는 지혜는 다른 어딘가에서 온 것처럼 '보이지만' 실은 바로 당신이 불러낸 것이다.

3장에서 두 가지 방법으로 지혜를 불러낼 수 있다고 했던 말을 기억할 것이다. 첫 번째 방법은 당신의 외부인 듯한 곳에서 가져오는 것이다. 두 번째는 바로 당신 내면에서 정보를 끌어모으는 방법이다. 지금 실제로 하고 있는 작업은 첫 번째 방법처럼 보이지만, 실은 두 번째 방법이다.

불러낸 지혜를 더욱 깊이 살펴보고 있기 때문에 당신은 스스로 이렇게 물어볼 것이다. '어쩌다 보니' 이 책에 끌려서 지금 이렇게 읽고 있는 걸까? 이 모든 일이 그저 '우연히 일어난' 거라고 생각해야 하나? 아니면 그 반대로 어떤 이유가 있기 때문에 일어난 일로 여겨야 하나? 올바른 방식으로, 시의적절하게, 타당한 이유에서 완벽하게 이 일이 일어나고 있는 것일까?

이 모든 것을 완전히 새로운 영역으로 가져가기 위해 당신이 이 책을 쉽고 간단하게 '발견'한 것은 아닐까? 또한 바로 당신이 자신을 소환하고 이야기하는 존재기 때문에 책을 읽기가 매우 쉽다는 걸 알 수 있었던 건 아닐까?

이 순간만 그런 척해 보자.

실험 삼아, 그러니까 정신적인 운동을 한다고 생각하자. 지금 당신이 손에 들고 있는 책은 당신을 위해, 다른 그 어떤 것에 의해 상기된 것 같지만, 실은 전혀 '다른' 존재가 아니라 바로 당신이 쓴 책이라고 생각해 보라.

이런 실험을 하는 이유는 당신이 **중요한 단 하나**를 직접 경험하게 만드는 것과 관련이 있다. 그러니 한번 놀아 보겠는가? 여기서 당신이 '기억해 낸' 모든 **영혼의 지식**을 간단하게 외부 도구를 이용해 당신이 자신에게 알려 준다고 가정하고 놀이를 시작해 보라.

❊❊❊

"만약에 그렇다면 이 책을 다른 사람이 아니라 내가 쓴 것처럼 일인칭 시점으로 쓰는 게 낫지 않았을까?"라고 당신은 질문할 수 있다. 사실 그편이 나을 수도 있다.

이제 당신은 이 책의 저자가 바로 당신이라고, 지금 이 순간 자신에게 글을 쓰고 있다고 상상해 보라고 말하는 **삶 자체**의 초대를 받는다.

전에 당신은 분명히 삶이 청하는 초대는 자신을 깊이 알아 가는 과정에서 많은 것을 해 보라고 독려하는 작업이라고 들었다. 이제 그 사실을 깨닫게 될 것이다. 이 순간은 이미 알고 있지만 삶에서 그저 기억하지 못했던 것들을 보면서 내면으로 향하는 것이다.

그러니 진짜 '스위치'를 지금 만드는 건 어떨까? 가장 특별한 생각을 즐기지 못할 이유가 뭔가? 이 책에서 이야기하는 화자를 삼인칭에서 일인칭으로 바꿔 보는 건 어떨까?

잃어버린 일기장을 읽는 양 담대하게 이 책에 당신의 목소리를 담아낼 수 있겠는가?

24

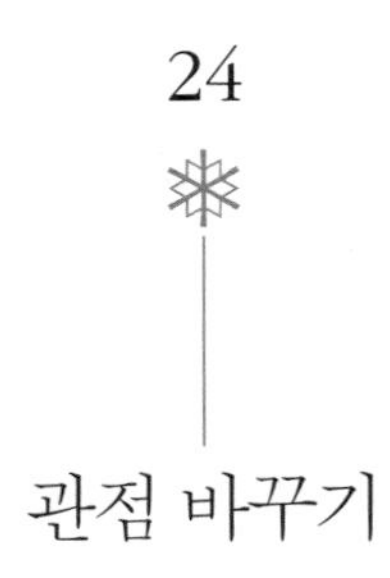

관점 바꾸기

이 책이 나를 위해, 나로부터, 나에 의해, 나에게 쓰여지고 있다는 상상을 나는 좋아한다. 나의 실체인 '내'가 현재 스스로 나라고 부르는 육체적 형태보다 훨씬 더 크다는 아이디어가 참 마음에 든다.

나는 '나 자신에게 말하기' 또는 '생각을 입 밖으로 내어 말하기'를 자주 해 봤기 때문에, 이 책이 그런 경험을 글로 표현한 것이라고 나 자신을 쉽게 설득할 수 있다.

이 책의 저자인, 사람들이 다른 이름으로 부르는 **나의 일부**가 이런 생각과 말을 간단하게 기록하고 있는 것이라고 나는 상상할 수 있다.

내가 현재 경험하고 있는 것과 나 자신을 대상으로 하는 실험을 허용한다는 사실을 이해하지 못하는 사람들에게는 이 모든 일이 조금 이상하게 보일 수 있다. 하지만 그들에게도 다른 누군가가 이 책을 썼고, 자신이 그 책을 읽고 있다는 것은 분명 사실일 것이다.

내가 갑작스럽게 독자에서 저자로 시점을 바꿔 지금 이 순간 내가 경험하고 있는 것을 그들과 나누려 한다면, 그들에게 내가 적어도 이 글을 쓰는 **공동의 이유**이며, 그런 점에서 내가 바로 이 글의 근원일 가능성이 높다는 것을 진정으로 믿는다고 말하면, 그들은 분명 내가 현실과 완전히 동떨어진 사람이라고 말할 것이다.

여기에는 확실한 모순이 있는데, 그 이유는 나는 지금 막 현실, 아주 생생한 현실과 소통하고 있는 것처럼 느껴지기 때문이다.

다시.

드디어 말이다.

***

사실이다. 이 자리에서 지금 맞닥뜨린 모든 것을 나는 잘 알고 있다. 이 책을 쓴 '다른 누군가'는 그저 **나의 또 다른 일부**라는 사실을 나는 분명히 안다.

생명의 모든 것이 그저 나의 **또 다른 일부**라는 사실을 나는 항상 이해하고 있었다. 그러므로 내가 이 책을 불러냈다는 것도 안다. 바로 지금 **자아**에게 삶에서 가장 커다란 진실을 상기시키는 또 다른 방법으로서 나는 이 책을 실시간으로 불러내고 있다.

많은 사람들이 **모든 인간이 하나**(그리고 우주 전체가 하나)라는 개념을 받아들이기 어려워한다. 그들은 아직 'M 이론(멤브레인 이론)'에 익숙치 않다. 오늘날의 물리학자들이 앞다퉈 내놓고 있는 이 **만물의 이론**은 우리는 **하나의 우주**(Universe)가 아닌 **다중 우주**(Multiverse)에 산다는 개념에 수학적 증거를 제공한다. **멤브레인**이라는 현상으로 만들어지고 연결되는, 셀 수 없이 많은 '유니버스'로 만들어진 것이 바로 '멀티버스'다.

사람들은 이것이 '말도 안 되는 뉴에이지' 사상이 아니라 오늘날의 새로운 과학이라는 점을 모른다.

❊❊❊

나는 **저자**와 함께인 **하나**이고, **저자**는 나와 함께인 **하나**이며, 지구상에 있는 우리 모두가 **서로 함께하는 하나**라는 개념은 매우 비과학적으로 들릴 것이다. 우리의 문화, 씨족, 가족, 공동체, 종교가 우리에게 말해 준 모든 것에 위배되고, 우리의 정치, 경제, 사회 그리고 사실상 이 세상의 처음부터 끝까지 반영되어 우리가 보는 모든 것의 반대를 부르짖는 것 같다.

그렇다고 해도 이는 사실이다.

삶으로부터 내가 받은 초대는 '겉만 보고 판단하지' 말고 진실을 고수하는 것이다. 이 진실로 인해 나는 다른 이들을 보고, 나 자신의 일면으로서 그들을 대할 것이다.

그것만으로도 내 삶은 바뀔 수 있다.

최소한 그렇게 한다면, 다른 이들을 보고 그들을 내 자신의 일면으로서 대하는 것이 내 경험의 모든 것을 바꿀 것이다.

❄❄❄

하지만 그것만으로는 더 이상 충분하지 않다. 작은 몇 걸음 혹은 간단한 격언을 얻는 정도로 만족하는 것은 이제 지겹다. 좀 더 깊이 정직하게 자아 성찰을 할 시간이 왔다. 그것이 내가 이 책에 이르게 된 부분적인 이유이자 나 자신을 대상으로 책을 쓰는 목적이기도 하다. 자신에게 몇 가지 질문을 던질 필요가 있다. 중요하고 날카롭기까지 한 질문이다.

내가 하고 있는 일이 진화된 존재가 하는 일인 양 느껴지는가? 생존이라는 문제 이상으로, '문제를 해결하는 것' 또는 '해야 할 일을 하면서' 하루를 묵묵히 살아 나가는 것 그 이상으로 느껴지는가? 내가 '열중'하는 일이 얼마나 중요하게 느껴지는가? 그저 '말도 안 되는 헛소리' 같은가? 셰익스피어의 작품 제목처럼 그저 '헛소동'으로 보이는가?

나의 시간이 매분 충만한가? 매시간 만족스러움과 조응하는가? 하루하루가 자족감으로 흘러넘치는가? 매주, 매달 영혼의 의제를 성취한 결과로 풍부하게 흘러넘치고 있는가?

매해 영적 광채와 영혼이 충만한 신성의 표현과 경험으로 가득한가? 아니면 생일이나 기념일같이 중요한 날 시간이 얼마나 빨리 지나가며, 성취해야 할 일을 향해서는 내가 얼마나 더디 가는지, 또 목표를 성취하는 일이 얼마나 어려운지 막연한 감정을 느끼고 각성하고 있는가?

이런 문제에 대해 이곳에서 성취해야 할 구체적인 무언가가 있다는 점을 나는 과연 알고 있는가? 그렇다면 그게 무엇인지 나는 정확하게 알고 있는가?

몰랐다고 해도 놀라거나 부끄러워할 필요는 없다. 세상 사람들의 98퍼센트가 모르고 있고, 그게 그들의 잘못도 아니다. 또 내가 최소한 이따금씩이라도 그런 사람들 중 하나라는 것을 지금 알았다고 해도 그 역시 내 잘못이 아니다. 정말 중요한 게 무엇인지 아무도 말해 주지 않았기 때문이다. 아, 우리에게 말해 주려 노력한 사람들이 있기는 하다. 우리를 설득하려고 애쓴 사람들이 있다. 그리고 우리 중 상당수가 그들의 말을 들었다. 우리가 확실하게 안다고 생각하게 하는 종교나 정치처럼, 무엇인가를 확실하게 아는 것이 모르는 것보다는 낫다고 느껴지기 마련이다.

하지만 내가 더 많이 들으면 들을수록 다른 사람들의 말을 '받아들이는 일'이 진실일 수 없다는 것을 깨달았다. 그래서 나는 그들의 모든 의제에서 벗어났다. 어디로 가야 하는지는 몰랐지만 최소한 내가 어디로부터 멀어지길 원하는지는 알고 있었다.

그 결과 요즘 나는 큰 규모의 그룹에서 시간을 덜 보내며 지금은 거기 속해 있지도 않다. 그러지 않았다면 내 손에 이 책을 들고 있지도 않았을 것이다. 지금 내가 98퍼센트에 속하지 않으며 98퍼센트가 속한 그룹에서 보내는 시간이 점점 더 줄어든다는 사실이 놀랍다. 중요하지도 않은 일에 일생의 대부분을 보내는 것보다 더 끔찍한 일도 없다.

아니, 잠깐. 그런 일이 있다. 중요한 일이 뭔지 모른다는 게 더 끔찍하다. 지금 여기에서 내가 하고 있는 일이 신성한 여행이며, 성스러운 목적을 이루는 것이라는 걸 모르는 게 더 끔찍하다.

***

하지만 나는 그 일을 걱정할 필요가 없다. 지금은 이해한다. 그리고 내가 한동안 이해한다고 했던 일도 이해한다. 나는 그저 그런 일을 많이 하지 않으며 지냈다.

아, 가끔 장난삼아 가볍게 하긴 했다. 뭔가를 읽고, 어떤 행사에 참석하고, 나 자신과 약속을 하기도 했다. 하지만 완전히 쏙 빠지지는 않았다. 그러기에는 내가 너무 겁이 많았다.

이와 관련된 짧은 이야기를 하나 하겠다.

어느 날 돼지와 닭이 길을 걸어가다 커다란 광고판을 발견했다. 햄과 달걀이 담긴 접시가 그려져 있는 광고판이었다. 그림 위에는 이런 글이 써 있었다. '세상에서 가장 인기 있는 아침 식사.'

닭이 돼지를 바라보며 커다랗게 미소 지었다.

"저것 좀 봐! 자랑스럽지 않니?"

그러자 돼지가 이렇게 대답했다.

"너는 그렇게 말하는 게 쉽겠지. 너야 부분적으로만 연관되니까. 하지만 나는 완전히 다 바치는 거라고."

***

나는 완전히 다 바칠 준비가 되었다. 컴퓨터나 TV로 뉴스를 접하거나 석간신문의 머리기사를 힐끗 쳐다볼 때마다 비관하며 고개를 가로젓고 가슴 깊이 슬픔을 느낀 적이 한두 번이 아니었다.

내가 사는 세상에 내가 속해 있지 않다는 생각이 점점 더 짙어진다. 누군가가 나를 우주 어딘가, 이상하게 행동하는 사람들이 사는 지역에 떨어뜨린 것 같았다. 그곳에 있는 이들이 왜 그렇게 행동하는지 어리둥절하기만 했다. 다정하고, 배려심 있으며, 지성을 가진 존재가 일반적으로 하는 것과는 정반대로 행동하는 것처럼 보여 의아하기만 한 곳, 내 자리가 아닌 곳에 있는 듯했다.

이젠 그렇지 않다. 내가 이곳에 오게 된 것, 나 자신을 스스로 이곳으로 이끌었다는 사실이 기쁘다. 앞으로 나아가기 전에 왜 상황이 그러한지, 중요한 것을 되찾기 위해 내가 할 수 있는 것을 설명하고 싶었기 때문이다.

그래서 나는 결정했다. 승선했다. 단호하게 나아가기로 한 것이다.

현재 인간의 육체 상태로 내 결정을 완전하게 경험할 수 있을까? 아니, 불가능하다. 하나의 육체로 사는 생애에 **무한한 하나**를 끼워 넣기에는 제약이 너무 많다. 나는 그 점을 안다. 내 삶이 의미를 갖기 위해, 충만해지기 위해 나의 **진정한 정체성**을 완전하게 경험해야 하는 걸까? 그렇지 않다. 이제 나는 신성함의 부분이나 일면을 획득하는 것이 무한한 기쁨과 성취감을 알게 하기에 충분하다는 것을 분명히 안다.

지금 바로 내 앞으로 다가온 특별한 시간을 향해 나아가는 이때, 영혼의 의제에 집중하는 일은 오랜 시간 내가 준비해 온 도전이라는 것 또한 확실하게 안다.

온 세상이 나와 더불어 바로 지금 이렇게 중요한 순간을 향해 나아가고 있는 이때, 나는 이 결정적인 순간을 단순히 목격하는 데 그치지 않고 창조하는 데 도움이 되고 싶다. 이제 나는 내 삶을 **중요한 단 하나**에 초점을 맞춰 최선을 다할 수 있다는 것을 기억한다.

그런데 유일한 하나가 욕망하는 것이 자신과 세상에 이로운 선을 어떻게 만들어 낼 수 있을까? 또한 현실적인 삶의 매 순간 유일한 하나가 욕망하는 것에 분명하게 초점을 맞춘다는 것은 '어떤 형태'일까?

이것이 바로 다음에 다룰 중요한 질문이다. 내면에 들어감으로써 나에 의해, 나에게로 끌려오는 수많은 답을 찾을 수 있다고 확신한다. 한 가지 방법은 계속해서 이 책과 함께하는 것이다. **저자**로서 함께할 것인가, 아니면 **독자**로서 함께할 것인가?

25

자유 의지 행사하기

문제는 내가 지금 경험하고 있음을 '아는' 단계에 진입했다가 나오기를 반복하고 있다는 것이다. 2부 끝에서 설명했듯 어떤 때는 '도달'한 것 같다가도 그 즉시 '벗어난' 것만 같다.

지금 이 순간 나는 다시 '도달해' 있다. 이 책이 **우리 모두를 하나**로 만들고 있으므로, 내가 나를 위해 하는 일이 다른 사람들을 위해 하는 것이고, 다른 사람들을 위해 하는 일이 나를 위한 것임을 이해한다. 이런 이유에서 유일한 하나가 욕망하는 것에 집중하는 일은 전혀 '이기적'이지 않다.

이 책에서 저자와 독자는 본질적인 수준에서 결코 분리되지 않으며, 나는 언제나 그것을 경험하기로 택할지 아닐지 결정하는 선택의 기로에 있다는 것을 선언할 때, 이 텍스트가 내게 건네는 메시지 역시 이해한다.

그밖에도 내가 아는 것이 있다. 먼저 나는 **분리의 환상**이 때로는 인간에게 도움이 된다는 것을 안다. 분리의 환상이 인간에게 도움이 되지 않았다면 오래전에 이 환상을 모두 없애 버렸을 것이다. 진화 그 자체가 분명 이런 결과를 낳았다. 하지만 여러 가지로 도움이 되기 때문에 우리는 이 분리의 환상을 그대로 뒀다.

진화하는 종으로서 현재의 발전 단계에서 우리에게 가장 득이 되는 것은 분리의 환상이 우리가 환상을 품게 하는 곳에서 한 발자국 물러서게 하고(그래서 전 세계적 고통을 더 빨리 끝낼 수 있다거나 자아가 행복해지는 경험을 더욱 강하고 진하게 할 수 있다면), 그 환상이 우리의 성장이나 이해를 촉진시킬 때(예를 들어 환상이 인간의 마음으로 하여금 훨씬 더 쉽게 진정한 지혜와 깊은 통찰을 수용하게 만들 때) 그것을 계속해서 이용하는 일이 될 것이다.

내 개인적인 경우를 빗대어 말해 보면, 내가 이 책을 쓰고 있다는 생각을 할 경우(단순히 다른 사람이 쓴 책을 읽고 있는 나 자신을 보는 것과 반대로) 그 책의 말이 왠지 무게감이 덜하다는 느낌을 받게 된다. 그 글을 덜 신뢰하는 것이다.

내게는 완전히 확실하지 않은 여러 가지 이유(아마 이건 내가 영적으로 미성숙하고 나 자신을 나의 영적 '권위'로 보기를 거부하는 것과 관련 있는 듯하다.)가 있다. 나는 삶이 **내가 아닌 외부의 근원**에서 비롯된다고 경험할 때, 삶에 대한 심오한 통찰에 좀 더 활짝 열린다고 느낀다.

분명 모든 사람이 이와 같지는 않을 것이다. 하지만 지금 이 책을 듣고 있는 사람으로서, 내가 이 책을 쓰고 있는 게 아니라고 상상할 때 말해야 할 것을 '듣는' 일이 더 쉽다는 것을 느낀다.

불현듯 '아마 그래서 우리가 신을 우리 바깥에 두었던 게 아닐까?' 하는 생각이 든다.

그래서 이 작은 '생각 실험'이 매우 흥미롭다. 나를 이곳으로 데려온 **지혜**와 내 안에 거하는 **지혜**가 **하나이면서 동일**하지만, **하나됨**의 지속적인 경험이 필수적이지는 않다. 나는 내가 저자라는 생각에서 물러나 독자의 입장으로 들어갈 준비가 되었다. 그렇게 된다면, 생각하는 사람과 생각 사이의 거리를 더욱 멀어지게 해, 나는 **생각 자체**를 더욱 풍부하게 받아들일 수 있다.

그러니 내가 삶을 경험하는 방법을 결정하는 자유 의지를 행사하는 모습을 보이면서, 사실 저자와 나는 하나지만 독자의 입장으로 돌아가려고 한다.

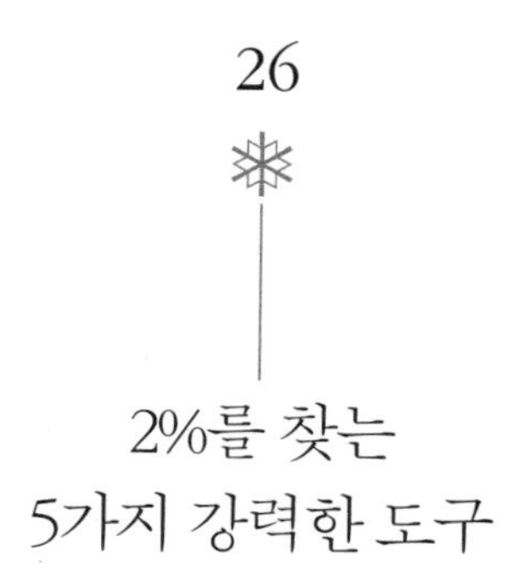

26

2%를 찾는 5가지 강력한 도구

브라보! 멋지다! 이 얼마나 놀랍고 특별한 경험인가? 당신은 책에서 이런 일이 벌어지는 것을 자주 접하지 못했을 것이다. 우리는 이렇듯 색다른 도구를 이용해 당신의 관점이 얼마나 간단하게 변화할 수 있는지 생생하게 보여 줬다. 이는 당신의 경험을 극적으로 바꿀 수 있다.

상황을 다르게 볼 때, 마음이 당신의 몸에 가져온 데이터와 만나 영혼의 인식을 일깨우면 당신의 관점은 완전히 바뀐다. 그리고 그 관점이 당신의 인식을 형성한다. 지각은 믿음을 만들어 내고, 믿음은 행동을 낳는다. 그리고 행동이 경험을 창조한다.

'영혼의 인식'을 하게 되면 경험이 극적으로 바뀐다는 것, 그것이 바로 이 책이 말하고자 하는 바다! 그러면 이제 '투쟁'과 '고통'에 대한 당신의 경험을 바꿀 수 있는지 알아보자.

❊❊❊

당신이 하고 있는 이 여행은 결코 쉽지 않았다. 선(善)이 아닌 것으로 주변이 온통 가득한 시기에 선에 도달하기 위해 용기와 결단, 인내, 이해, 역경을 헤치고 앞으로 나아가겠다는 의지, 어둠이 짙어져도 계속해서 빛을 추구하겠다는 결의가 필요했다.

여행은 많은 것을 요구했지만 당신은 모두 다 충족시켰다.

필요한 모든 것을 충족시킨 당신에게 신의 축복이 함께하기를.

이제는 싸움을 끝낼 시간이다. 당신은 그럴 자격이 있다. 노력해서 얻은 대가다.

당신의 영혼도 이를 알고 동의한다. 당신이 이 책에 끌리는 이유가 바로 그 때문이다. 삶의 싸움과 고통을 끝낼 가장 강력한 도구가 이제 곧 당신에게 주어질 것이다.

싸움과 고통 자체의 특성과 원인이 어떤 것인지 한눈에 들어오도록 살펴보자.

❊❊❊

신성한 여행의 수많은 완성의 순간(지금까지 설명한 대로 삶의 어떤 순간에든 일어날 수 있다.)에 도달할 때, 당신은 그 즉시 훨씬 더 큰 형태로 경험하기를 바랄 것이다. 그래서 당신의 영혼은 전체 과정을 다시 시작할 것이다. 하지만 처음부터 시작하는 것은 아니다. 지금 당신이 있는 곳에서 시작한다고 보는 게 맞다.

A Soul Knowing

신성한 여행을 완성하는 일은 어떤 순간에든 일어날 수 있다.

어떤 의미에서 당신은 신성한 여행을 완성함으로써 다시 태어날 것이다. 당신은 다시 새로운 행선지를 정하고 이번에는 좀 더 멀리까지 가는 것을 목표로 세울 것이다.

당신은 이 여정이 좌절감의 근원이 될 것이라 여길 수도 있다. 과거에 그랬을지라도 앞으로는 다를 것이다. 이제 당신은 무슨 일이 일어날지 알고 있기 때문이다.(그래서 당신은 스스로를 이곳으로 인도했다. 더 이상은 좌절감을 맛보지 않으려, 자신에게 중요한 단 하나를 상기시킨 것이다.)

완전하게 알게 되면, 결코 여기에서 서술한 과정을 끝내고 싶지 않을 것이다. 더 높은 신성의 경지로 진화하는 행복감이 삶의 궁극적인 끌림이자 자연스러운 반응으로 다가올 것이다. 정확하게 '반응'이다. 당신이 원한다면 어떤 의미에서는 당신이 진정 누구인지로서 다시 한 번 행동하는 반응이다. 이것은 또한 당신의 진정한 정체성을 인식(재

인식 또는 다시 알기)하는 것이다. 더 나은 삶을 향한 생의 본질적인 끌림이며, 신이 신 스스로에게 끌리는 현상이자, 당신 안에 있는 신성의 충동이다.

이것이 '끌어당김의 법칙'이다.

하지만 자동차나 보석, 자전거를 끌어당기는 힘은 아니다.

❊❊❊

신성한 여행을 물리적인 측면에서 표현하자면 진화로 불리기도 한다. 형이상학적 측면에서 신성한 여행은 행선지가 곧 출발지인 여정으로 표현될 수 있다. 원형인 신의 세계에서는 끝이 곧 시작이다.

자정이 되어 시계가 종을 치면 무슨 일이 일어나는가? 하루가 끝난 것인가, 아니면 새로운 날이 막 시작된 것인가? 처음 종소리가 들린 때는 정확하게 언제이며, 두 번째는 또 언제인가? 아니면 두 가지가 동시에 일어나는 일은 가능한가?

이것이 영혼의 길에서의 진실이다. 이 길은 원형처럼 보인다. 하지만 당신은 원에서 '빙글빙글 돌아 어디에도 도착하지 않는' 일을 경험하지는 않는다. 그보다는 당신의 자아는 나선형으로 돌며 위로 상승하는 경험을 할 것이다.

아이들 장난감인 슬링키(계단에 놓으면 저절로 내려가는 용수철처럼 생긴 장난감—옮긴이)를 생각해 보라. 슬링키는 위에서 또는 밑에서 보면 1차원의 원이지만 에너지의 탄력 가속도를 이용해 나선형으로 뻗어

나갈 때는 연속적인 다중 차원으로 보인다.

·얄궂게도 슬링키 묘사를 당신의 총체(TOY-Totality of You)가 가는 길의 묘사로 대체할 수 있다. 이것이야말로 진짜 「토이 스토리(Toy Story)」다.

❊❊❊

이 책을 읽는 지금 이 순간에도 당신은 개인적이고, 영적이며 정서적인 발전의 새로운 단계로 나아가고 있음을 우주가 이해한다는 것을 알아 주기 바란다. 이 소중한 시간에 결코 삶을 비관해서는 안 된다. 앞서 이 점을 환기한 바 있지만 다시 들어 볼 만한 가치가 있다.

당신이 삶을 비관하지 않게 할 도구, 삶에서 싸움과 고통을 없앨 도구가 당신에게 주어질 거라고 약속했다. 이제 그 도구를 주려고 한다. 하지만 이 맥락에서 먼저 언급해야 할 이야기가 있다.

수많은 사람들이 살면서 슬프고 힘든 경험을 했으며, 지금도 계속 그런 경험을 하고 있는 사람들 또한 많다. 이런 사건으로 사람들이 받는 충격이 매우 생생하다는 점을 인정하자. 이 책의 의도는 현실이나 많은 사람들이 겪고 있는 시련을 작게 축소하거나 소외시키려는 게 아니다.

이를 잘 모르는 관찰자들에게 삶에서 발생하는 수많은 힘겨운 사건은 '신성한 목적'을 달성하기 위해 겪어야 할 잔인한 길처럼 보일 수 있다. 그리고 이런 질문을 던질 수도 있다.

'왜 사람들이 그들 자신에게, 다른 이들에게 또는 신에게 그들의 진정한 실체가 무엇인지 보여 주거나 신에게 신성의 경험을 제공하기 위해 고통받아야 하지?'

타당하고, 분명하며, 매우 중요한 질문이다. 여기에 주목할 필요가 있다. 이 책에서 말하는 영적 개념이 조금이라도 신뢰성이나 근거가 있다면, 생각하는 모든 사람은 분명 만족스러운 답을 얻어야 한다.

위의 질문에 대한 답도 이미 앞서 이야기가 했지만 또 한 번 반복할 가치가 있다.

사람들은 **자신이 진정 누구인지** 표현하고 경험하기 위해 고통을 겪을 필요가 없다. 신이 그것을 요청하거나 강제하지도 않는다.

사람들의 삶에 슬픔과 고통이 없을 거라는 의미는 아니다. 슬픔과 고통은 있을 것이다. 현재도 있고, 앞으로도 그러할 것이다. 하지만 슬픔과 고통을 겪는 복된 이유가 있다. 눈물은 고통의 신호가 아니라 고통을 놓아 버린다는 신호다.

눈물이 우리의 환상을 씻어 주고, **신성한 현실이 거하는** 고요한 곳으로 우리를 인도한다.

❊❊❊

지금부터 우리가 나누고자 이야기는 것은 결코 가볍게 말할 사안이 아니다. 다음 단락에서 다룰 내용을 우리가 숙고하지 않는다고, 혹은 가볍게 여긴다고 생각한다면 그것은 실수다.

정반대다. 심각하게 여기고 그 의미 역시 신중하게 고려해야 한다. 고통받는 이들을 충분히 기리고, 여전히 고통받고 있는 이들을 돕고자 하는 공간에서 그들이 고통과 싸움을 끝내기를 바란다.

이 부드러운 장소에서 우리는 슬픔, 아픔 그리고 고통이 모두 다 같지 않다는 점을 관찰하고 싶다.

모든 고통을 무시하고 다른 이의 아픔을 모르는 체하며 세상에 나쁜 일은 일어나지 않는 양 행동하라는 의미가 아니다. 그와 정반대로 행동하라. 이 땅에서의 모든 상황, 삶의 모든 조건이 그런 상황이나 조건과의 관계에서, 진정 우리가 누구인지를 표현하고 경험하기 위해 우리에 의해 바로 우리 앞에 놓여 있다.(우리는 결합하여 공동으로 행동하고 있으며, 우리들 중 오직 하나가 있다는 점을 항상 기억하라.)

그러므로 고통받는 사람들 그리고 다른 이의 고통을 끝내는 사람들 모두 **진정 우리가 누구인지**를 경험한다. 세상에서 지금 이 일이 일어나고 있다. 발생하는 모든 일은 완전하게 발생하고 있다. 그래서 모두가 각성할 것이다.

수많은 영혼이 각성의 도구가 되기로 선택한다. 계속된 힘겨운 도전으로 많은 이들이 죽어 가면서도 우리 모두가 내면에 있는 동정, 배려, 용서, 이해, 인내, 사랑이라는 신성의 품성을 위해, 무엇보다도 **화합과 삶의 하나 됨**을 위해 기꺼이 각성의 도구가 된다.

이 모든 일을 목격하며 우리 모두 역시 깊은 슬픔을 경험한다. 우리가 각성하기 위해 치러야 하는 것이 바로 이것이라는 생각에, 가장 깊은 단계에서 우리는 슬픔을 느낀다.

A Soul Knowing

슬픔, 아픔, 고통은 모두 같은 것이 아니다.

＊＊＊

슬픔은 당신의 진한 인간애를 나타내는 감정적 증거다. 당신이 사랑하지 않고, 배려하지 않으며, 깊이 연민하지 않으면 무엇에도 진정으로 슬퍼하지 않을 것이다. 슬픔은 영예로운 배지다. 그러니 자랑스럽게 가슴에 달아라. 당신이 마음의 상처를 입으며 얻은 것이다.

아픔은 외부 자극에 대한 심리적 혹은 생리적 반응이다. 당신이 아픔을 경험한다는 사실은 인간의 조건에서 당신의 영혼이 관대하다는 증거다. 용기와 강인함으로 아픔을 감내할 때 당신은 신성한 여행의 고결함을 보여 주는 것이다.

고통은 마음이 슬픔이나 아픔에 대해 나타내는 반응이다. 슬픔이나 아픔을 경험하며 고통받는다면, 당신은 지금 그것을 경험해서는 안 된다고 확고하게 결정한 것이다. 슬픔이나 아픔 자체가 아니라 그렇게 내린 결정이 바로 당신이 고통받는 이유다.

슬픔과 육체적 · 감정적 아픔은 발생하는 것이다. 고통은 왜 그런 아픔이 발생하는지, 그것을 모두 어떻게 영혼의 의제에 맞출지 완전히 이해하지 못했다는 당신의 선언이다.

삶 자체의 과정은 물론 삶에서 무슨 일이 일어나고 있는지 완전하게 이해하면, 아픔이 계속될지라도 고통받지 않는다. 아무것도 바뀌지 않지만 모든 것이 달라진다.

가장 커다란 차이점은 삶에서 그 어떤 상황을 맞이한다 해도, 당신을 더 이상 희생자로 느끼지 않게 된다는 것이다. 자신이 희생양이라고 생각하지 않으면, 몸부림치지 않게 되고 고통도 끝난다.

수많은 사람이 싸움과 아픔을 (믿기 어렵겠지만) 축하할 수 있는 일로서 경험한다. 심지어 싸움과 아픔이 진행되는 순간조차 그 정의를 고통에서 기쁨으로 바꾼다.

아픈 이를 뽑으며 끝없이 이어지는 치과 치료를 참아 내고, 치료용 국부 마취제를 맞는 불쾌한 과정을 견뎌 본 사람이라면 이게 무슨 말인지 정확하게 이해할 것이다.

좀 더 깊이 있는 예를 들어 본다면, 사랑하는 이의 죽음이라는 아픔을 경험한 사람들은 그 과정을 거치면서 죽음 뒤에 그들이 사랑한 모든 사람들 그리고 신성 그 자체와 영예롭고 기쁘게 만날 거라는 사실을 정확하게 알게 된다.

또한 오랜 기다림 끝에 소중한 아기를 출산한 여성은 고통이 기쁨으로 변한다는 것(심지어 고통을 경험하는 중에도)을 정확하게 안다.

당신이 이러한 변화를 일궈 낼 때, 삶을 표현하고 경험하면서 고통을 기쁨으로 바꿀 수 있다. 이제부터 절망적인 고통을 유발하며 당신을 건드릴 수 있는 것은 아무것도 없다.

A Soul Knowing

신성한 여행을 계속하면서 싸움과 고통을 끝내는 방법이 밝혀졌다.

❊❊❊

문제는 이런 변화를 어떻게 일궈 내느냐다.

어떻게 해야 고통을 기쁨으로, 싸움을 평화로 바꿀 수 있을까?

오랫동안 신비주의자와 영적 스승 들은 우리가 이 일을 할 수 있다는 확신을 심어 줬다. 신성한 여행을 계속하고 싸움과 고통을 끝낼 방법은 이미 밝혀졌다.

삶은 우리에게 이 일을 가능케 할 강력한 도구를 주었다. 하지만 한 가지 경고하겠다. 들어 보면 너무 간단하거나 과장된 방법이라고 생각할 수 있다.

하지만 거기에 속지 말라.

이걸로 모든 것을 바꿀 수 있다.

그 도구는?

바로 **감사**다.

27

첫 번째 도구 : 감사

이제 당신은 잃어버린 퍼즐 조각 하나를 손에 얻었다. 그리고 변화의 도구도 하나 가지고 있다.(다른 도구도 곧 받게 될 것이다.) 엄청난 힘을 가진 이 도구는 간단하지만 거의 언제나 기적처럼 변화를 즉시 불러일으킨다.

먼저 이 도구가 정확하게 무엇인지 알아 보자.

감사는 그저 단순한 감정이 아니라, 결정이다.

그 힘이 너무도 강력해서 감사는 하나의 정의이자 선언이 되었다. 감사는 당신이 **지금 여기**에서 하는 경험, 즉 현실을 정의하고 선언한다.

감사는 간단한 반응이 되기도 하지만 엄청난 창조가 될 수도 있다. 당신의 **마음이 자동 모드**일 때는 간단한 반응이 된다. 하지만 **마음이 영혼**과 합쳐져 **현재 순간**에 대해 함께 선택할 때는 위대한 창조가 된다.

매 순간 선택은 언제나 같다. **반응** 아니면 **창조**가 이루어진다.

반응이라는 단어 '리액션(Reaction)'의 철자와 창조를 의미하는 '크리에이션(Creation)'의 철자를 비교해 보면 재미있는 점을 발견할 수 있다. 두 단어는 모양새가 매우 흡사하다. C와 R의 배열만 약간 뒤바꿔 놓으면 거의 같은 단어다. 당신이 C(창조)할 때는 언제나 C만을 하지 않으면 안 되고, R(반응)할 때는 항상 R을 해야 한다. 그러면 삶의 코스가 역전된다.

❊❊❊

감사는 마음에 주어진 가장 강력한 도구 중 하나지만 실제 활용하는 빈도는 가장 적다. 대부분의 사람들이 감사라는 강력한 도구가 모든 고통의 근원이 되는 생각을 역전시킨다는 사실을 모르기 때문이다.

앞서 언급했듯 고통을 일으키는 주요 원인은 일어나지 말아야 할 일이 일어나고 있다는 생각이다. 감사는 이런 생각을 완전히 뒤바꾼다. 어떤 일이 불쾌하다고 해서 그 일이 환영받지 못할 예상 밖의 일이라거나 원하지 않는 일을 의미하는 게 아님을 알려 준다.

실은 아픔(육체적이고 감정적인 아픔)을 예상할 수 있고, 환영할 수 있으며, 원할 수도 있음을 이미 설명했다. 그러나 만약 어떤 아픔을 '원하지 않는다'고 생각하면, 마음은 그것을 견디지 못할 것이다. 그러면 영락없이 삶에 싸움과 고통이 생긴다.

싸움은 영혼이 제안한 것을 마음이 거절해서 나온 결과다. 마음이

다른 방향으로 가기로 결정하고 영혼의 길에서 이탈한 것이다. 고통은 그 결정으로 만들어진 감정의 부산물이다. 싸움과 고통 모두 마음이 만들어 낸 산물이자 당신의 현실이 창조되는 곳이기도 하다.

마음이 무엇인지 생각하는 것은 당신이 그것을 어떤 식으로 경험할지를 결정하는 데 중요한 역할을 한다. 그리고 감사를 통해 당신은 마음을 바꿀 수 있다.

감사가 마음을 속이는 도구는 아니다. 단지 마음을 여는 도구일 뿐이다. 감사는 일반적이고 제한된 당신의 생각을 확장하며, 직관에 반하는 진실을 포함한다. 그래서 당신에게 '해로워' 보이는 뭔가가 실은 이로울 수 있다.

A Soul Knowing

감사는 마음을 속이는 도구가 아니라 마음을 열어 주는 도구다.

❄❄❄

심오한 진실이 한 가지 더 남아 있다. 발생하는 일 중 당신에게 '해로운 것은 없다. 만약 그렇다면 애초에 일어나지 않았을 것이다. 삶은 당신이 진화의 다음 단계로 전진하는 데 감당하기 힘든 사건이나 상황을 만들어 낼 수 없다. 삶은 결코 그런 식으로 설계되지 않았다. 신성을 표현하는 것이 당신이 이곳에 있는 이유이기 때문에 당신 앞에 놓인 모든 것은 이 신성한 목적(다시 말하면 당신의 목적)을 돕기 위해 나타난다고 확신해도 좋다.

그래서 우리는 "신이시여, 감사합니다."라고 말한다. 오래된 상처를 봉합하고, 낡은 패턴을 바꾸고, 현실을 고치고, 해묵은 이야기를 흘려보내고, 구태의연한 생각을 변화시키고, 자아와 삶의 새로운 경험을 할 수 있게 해 준 기회에 감사한다.

❊❊❊

아마도 이제 당신은 "그러니까 그 모든 일이 어떻게 가능하다는 거지? 치유와 변화를 어떻게 일으키느냐고?"라고 물을 것이다.

이를 확실하게 이해하려면 먼저 삶의 가장 놀라운 선물인 감사에 대해 살펴봐야 한다.

신뢰할 수 있는 반복

당신은 삶이 되풀이된다는 점에 의지할 수 있다. 앞으로 일어날 사건이나 상황 중에, 더 이상 당신을 깜짝 놀라게 할 것은 거의 없다. 당신이 그 일을 이전에 경험한 적이 있다는 의미에서가 아니다. 이때 자신이 어떻게 행동할지를 당신이 예상할 수 있고, 원한다면 그 사건과 상황에 대해 먼저 내린 결정을 거부할 수 있다.

여기에 삶의 위대한 비밀이 있다. 가장 위대한 비밀은 **끌어당김의 법칙**이 아니라 **철회의 법칙**이다. 이는 예전에 내린 결정을 철회하고 새로운 결정을 내리는 데 사용하는 도구다.

진정한 창조란 그런 것이다.

삶에서 현재 일어나는 사건에 대한 자신의 반응을 당신이 비슷한 사건에 대해 과거에 내렸던 결정과 분리할 때, 당신은 (싸움과 고통을 영원히 끝낼 힘과 더불어) 상상하기조차 힘든 엄청난 힘을 자신에게 부여한다.

부처는 이를 극명하게 보여 주었고 그것을 가르쳤다.

⁂ ⁂ ⁂

당신에게 그런 힘을 부여하는 것은 **감사**다. 감사는 당신에게 **신선한 시작**을 선사한다. 이는 다시 태어나는 것, 마음을 제로로 다시 설정하는 것과 비슷하다.(이에 대해 잠시 후에 논의할 것이다.) 감사는 당신이 이전에 특정 인물, 사건, 상황 또는 환경에 대해 내린 온갖 부정적인 판단으로 인해 얼룩진 판을 깨끗이 닦아 준다.

삶이 돌아가는 과정 전체를 약간 다른 각도에서 다시 한 번 검토해 보도록 하자. 그러면 모든 것이 좀 더 선명하게 보일 것이다.

당신은 태어난 직후부터 외부 세계에 대한 막대한 양의 데이터에 접촉해 이를 분석하고, 조합하고, 저장해 왔다. 이 과정을 매우 효율적으로 진행한 결과 이 땅에 태어나고 몇 년이 지나자 더 이상은 새로운 경험을 할 수 없게 되었다. 새로운 사건은 일어난다. 하지만 새로운 경험은 하지 않는다.

이는 의도된 것이다.

당신은 새로운 경험을 하지 않지만 똑같은 경험을 몇 번이고 반복해서 하게 되어 있다.

반복해서 접하는 경험은 외부가 아닌 당신 내면에 있다. 경험은 모두 내적이고, 사건은 외적이다. 사건은 당신의 경험과는 아무런 상관이 없다. 두 사람에게 똑같은 사건이 일어나도 판이하게 다른 경험을 할 수 있다는 것이 바로 그 증거다.

그리하여 당신은 외적으로 새로운 사건을 많이 접할 수는 있지만, 사실상 새로운 경험은 하지 않게 된다. 나이가 들수록 이 사실은 더욱 확실해질 것이다. 사실 해가 바뀔 때마다 이런 진실은 그 자체로 전형적인 증거가 될 것이다.

당신은 이미 경험했다.

사랑을 이미 경험했고, 의심할 여지없이 또 다시 경험할 것이다. 적대감도 경험했으며 이 역시 또 다시 경험하게 될 것이다. 헌신도 마찬가지다. 배신 역시 경험해 봤고 앞으로도 경험하게 된다.

실망감, 흥분, 극도의 고통, 황홀경, 답답함, 유쾌한 기분, 격분, 날아갈 듯한 행복감, 분노, 짜증, 평화, 상실감, 획득, 두려움, 대담함, 겁과 용기, 무지와 지혜, 좌절감과 행복, 혼란과 선명함 그밖에도 설명하고 상상할 수 있는 여러 가지 감정의 양극단을 이미 경험했다.

경험이 내적인 이유는 당신이 하는 경험을 감정이 후원하며, 모든 감정은 경험 안에서 만들어지기 때문이다. 사건은 외부에서 일어나는 물리적 현상일 뿐이고, 특정 사건에 대해 당신이 품고 있는 감정이 그 사건에 대한 당신의 경험을 만들어 낸다. 삶의 현 단계에서 당신이 경험할 새로운 감정은 없다. 삶이 물리적으로 당신 앞에 가져다 놓을 수 있는 수많은 독특한 사건이 있을 뿐이다. 그러나 사건으로 인해 형성되는 감정, 그 감정이 만들어 내는 내적 경험은 당신이 이미 전에 맛본 것이다. 대부분의 경우 전에 많이 해 본 경험 말이다.

A Soul Knowing

모든 경험은 내적이다.

외적인 것은 사건이다.

❄❄❄

마음은 자신의 경험을 기억한다. 하나하나 모두.

어느 것 하나 빠지는 것 없이

모조리

다 기억한다.

그리고 이제 우리는 그 이유를 알게 된다.

당신의 마음은 기억 속에 수백만 가지 경험을 보관하도록 설계되었다. 당신이 외부 세계에서 이전에 접했던 것처럼, 감정적인 내용이 동일하거나 거의 유사한 사건을 현재 접하고 있음을 스스로 인지하게 하기 위해서다.

이를 인지함으로써 당신은 반복적인 기회(글자 그대로 수백만 번의 기회)를 얻게 된다. 그래서 뭔가를 선택해야 할 경우 (과거와 현재의) 상황과 사건에 다르게 반응할 수 있고, **당신이 진정 누구**인지에 대해 가졌던 가장 위대한 비전 중에서 그다음으로 가장 원대한 형태를 스스로 새롭게 재창조해 낼 수 있게 된다.

그러면 우리는 하나의 삶이 가장 작은 형태로 환생이 '최고조로 성숙한' 때 제공하는 것, 즉 진화할 수 있는 무한한 기회를 보게 된다.

이것이 모든 형태의 삶의 과정이다.

과학자들은 우주도 계속 진화하고 있다고 말한다.

하물며 당신이 진화하지 않을까?

28 철회의 법칙

방금 나눈 이야기의 핵심은 당신이 요구받은 것을 줄 때, 어느 한순간 신성을 표현해 완성에 도달할 때 결승선이 옮겨진다는 것이다.

이게 좋은 소식일까? 아침에 잠자리를 박차고 일어나고, 미소를 띤 채 노래가 절로 나오고, 어서 빨리 하루를 시작하고 싶게 만드는 소식일까?

그렇다. 당신이 왜 여기에 있고 어디로 갈 것이며 '진화'라는 이름의 과정이 어떻게 진행될지를 확실하게 알게 하는 것이라면 분명 좋은 소식이다. 성장의 이전 단계에서 완성에 도달하는 순간이 믿을 수 없을 정도로 멋지다는 것을 당신이 기억하고 있기 때문이다.

당신은 따뜻함, 행복, 경탄과 흥분, 조용한 기쁨을 기억한다. 그리고 사랑, 이해, 지혜, 명료함, 연민, 배려 그리고 최고의 단계에 이른 당신이 접촉하는 다른 모든 사람의 삶이 보여 주는 신성의 일면(한 번에 하나씩 또는 한꺼번에)을 완전하게 표현하는 순간, 스며드는 부드러운 내적인 만족감도 기억한다.

그 느낌을 당신은 기억하며, 다시 느끼기를 원한다.

그것이 바로 당신이 반복하길 원하는 경험이다.

이것은 항상 **당신**이라고 알았던 **당신 자아의 감각**이다. 최고의 순간에 당신이 **진정 누구고, 어떤 사람인지** 말하는 것이다. 그리고 당신은 그 이상을 원한다.

그리고 삶은 당신에게 영광, 경이로움 그리고 **신뢰할 수 있는 반복**이 답이라고 말한다.

❊❊❊

지금의 맥락에서 똑같은 방식으로 경험을 반복하는 것은 '그 이상'이라고 할 수 없다. 당신은 '같은 것을 더' 원하지 않는다. 전에 경험했던 것보다 훨씬 더 나아간 것을 원한다.

이렇게 생각해 보라. 어릴 때는 놀이공원에서 어린이용 기구를 타면서 매우 즐거워한다. 어린이용 롤러코스터를 타면서 짜릿한 흥분을 만끽했을 것이다. 하지만 그것이 더 이상 재미없어지는 순간이 온다. 어른들이 타는 진짜 롤러코스터를 원하게 되는 것이다.

이 점도 생각해 보라.

당신은 자발적으로 그 놀이 기구에 탔다. 롤러코스터에 먼저 올라

탄 사람들이 비명을 지르는 걸 봤다. 매표소에 다가갈 때는 속이 살짝 울렁거리기도 했지만, 표를 사서 자발적으로 놀이 기구에 탄 것은 확실하다.

***

당신의 삶에서 일어나는 일도 이와 크게 다르지 않다. 삶을 보다 크게 표현하고 경험하려 하는 것이 바로 삶의 속성이기 때문이다.

이제는 정말로 싸움을 끝낼 시간이다. 흥미진진한 도전과 싸움은 전혀 다르다.

그만하면 충분하다. 할 만큼 했다. 그리고 여행을 계속할 길도 찾았다. 그러니 이제 싸움은 끝이다. 당신은 도구를 가졌다. 그 도구 중 하나가 바로 감사를 힘의 원천으로 하는 **철회의 법칙**이다.

이 도구를 이용하면 신성한 여행에서 다음 단계로 올라갈 수 있다. 이것이 완벽한 터득을 가능케 하는 다음 단계다. 완벽히 터득하면 비록 도전은 더 힘들어진다 해도 투쟁은 사라진다.

당신이 고통받았다면 그건 영혼의 길에서 벗어나 우회로로 들어서면서 당신이 진정 누구고, 왜 여기에 있는지 그리고 어디로 가길 원하는지 잊어버렸기 때문이다.

영혼의 길은 고통을 요구하지 않는다. 그 길에 고통은 없다. 투쟁을 끝내려면 영혼의 길에 머물러야 한다. 감사가 당신을 그곳으로 다시 데려다줄 것이다. 감사는 당신의 진화를 앞당긴다. 지름길인 것이다.

❄❄❄

반드시 일정한 속도를 유지하며 성장하거나 진화해야 하는 것은 아니다. 같은 종류의 사건을 같은 방식으로 대응하며 생애 전체를 보낼 수도 있다. 많은 사람들이 그렇게 한다. 실은 대부분의 사람들이 그렇다. 개인적인 성장과 영적인 진화에 열성적인 사람들만이 새롭고 더 원대한 경험을 위해 감정을 바꾸는 데(예를 들면 분노나 좌절감을 감사로) 시간과 에너지를 쓴다.

그러려면 자신과 굳건히 약속해야 한다. 여기에 뭔가 큰 일이 일어나고 있으며, 매일의 삶 이상의 그 무엇이 무작위로 펼쳐진다는 것을 인정해야 한다. 이는 특별한 길에서 특별한 과정이 진행되고 있다는 암시다. 그것은 신성한 과정, 영원한 과정, **신성한 목적**을 돕는 과정이다.

이 과정과 목적을 이루는 데 전념하겠다는 당신의 열정은 "내 삶은 그저 남(여)자를 만나고, 차를 장만하고, 일자리를 잡고, 집을 사고, 다른 사람들이 갖고 싶어 하는 모든 것을 얻는 것 이상이야! 나는 내 시간의 98퍼센트를 중요하지 않을 일에 쓰지 않겠어. 결코 그렇게 하지 않을 거야!"라고 세상을 향해 큰 소리로 선언하는 것이다.

A Soul Knowing

완벽히 터득한다면 도전은 더욱 힘들어져도 투쟁은 사라진다.

29

감정을 선택할 수 있는가

중요한 단 하나에 초점을 맞춰 삶의 경험을 바꿀 수 있는 강력한 도구가 **감사**라면, '일반적으로 칭찬이 아닌 비판을 불러오는 사건이나 조건에 직면해서도 고마움을 느끼도록 결심하게 하는 것은 무엇인가? 어떻게 힘을 부여해 그것을 이용할 것인가?'와 같은 질문이 중요해진다.

위의 문장을 살펴보면 특정 단어가 눈에 들어올 것이다.

"감사를 느끼도록 결심하게 하는 것은 무엇인가?"

결심? 우리가 감정을 느끼기로 결심하는 거라고?

그렇다.

***

감정은 경험이 만들어 내는 산물이 아니다. 감정이 경험을 만들어 낸다.

대부분의 사람들은 이 점을 이해하지 못한다. 그리고 자신의 감정을 선택하는 데 스스로 적극적인 역할을 한다는 것도 알지 못한다. 어떤 사건이든 처음에는 알 수 없다. 사람들은 처음에 생겨난 감정 외의 무엇인가를 선택해서 감정을 조절할 수 있다고 느낄 것이다. 하지만 대부분은 자신이 처음의 반응을 만들어 냈다고 생각하지 않는다. 그저 처음에는 단순하게 감정이 올라온다고 말한다. 예상도 못했는데 가끔은 부지불식간에 감정이 나타난다.

사람들은 자신이 그저 감정적으로 반응한다고 생각한다. 종종 감정에 압도되었다고 말한다.

사실 모든 감정은 선택된다. 심지어 맨 처음 느끼는 감정도 그렇다. 마음은 일정한 방식으로 느끼기로 결정한다. 감정은 **의지의 행동**이다.

받아들이기 쉽지 않은 진실이다. 이걸 받아들이면 갑자기 당신은 모든 일이 다 자기 책임이라고 생각하게 된다. 느끼는 방식, 그렇게 느낀 결과, 다른 이들과 소통하는 방식, 그리고 삶에서 일어나는 모든 사건을 경험하는 방식이 다 자신의 책임이라는 생각이 든다.

그래서 사람들은 이 말을 들으면 종종 '바깥'을 찾으려고 한다.

'내가 느끼는 이 감정이 내 탓이 아니라고 할 방법이 분명히 있을 거야. 물론 내 감정을 어떻게 할지는 내 책임이라고 할 수 있지만, 감정 그 자체도 내가 책임져야 한다고? 세상에, 말도 안 돼! 그건 아니야. 내가 느끼는 대로 느끼는 거고, 그저 그게 나의 진실인 거지. 그에 대해 거짓말을 해야 한단 말인가? 진정성이 없다고?'

자신에게 이와 같은 말을 해 본 적이 있는가? 대부분의 사람들은 그렇게 한다. 하지만 우리의 감정을 창조해 내면서 우리가 하는 모든 역할을 알기 전까지 인류는 절대 진화할 수 없다. 우리가 감정에 대해 자신에게 하는 이야기는, 마음이 진짜 어떻게 돌아가는지 그 방식을 우리가 전혀 모른다고 인정하는 것이다.

그런 이야기 역시 여기서 끝낼 수 있다.

❊❊❊

감정은 선택할 수 있다. 당신은 입고 싶은 옷을 고르는 것과 정확하게 똑같은 방식으로 감정을 고른다. 감정은 마음이 입는 의상이다. 마음은 어떤 일정한 방식으로 느끼기로 결정한다.

아마도 당신은 다음 논점을 상당 부분 수긍하게 될 것이다. 마음은 결정을 아주 빨리 내리기 때문에 당신은 감정을 전혀 조절할 수 없는 것처럼 느낄 것이다. 하지만 맨 처음 반응은 그렇지 않다.

마음은 형성한 생각을 근거로 삼아, 당신을 순식간에 어떤 감정으로 데려간다. 사람들이 "아주 깊이 감동받았어."라고 말할 때의 의미가 바로 이것이다. 그때 사람들은 실제로 감동받은 것이다.

생각은 에너지(Energy)이며, 마음이 하는 일은 그 에너지가 움직이게(Motion)하는 것이다.(여기서 감정인 E+motion이 생성된다.)

이 일은 눈 깜짝할 사이에 벌어진다. 그러므로 '감정적 상황'에 직면하기 전에 빨리 한 가지 감정을 버리고 다른 감정을 선택하게 만드는 것이 무엇인지를 아는 게 중요하다.

생각이 감정을 선택하게 한다는 것을 당신은 이미 알고 있다. 그렇다면 생각을 만들어 내는 것은 무엇일까? 특정 생각은 어디에서 비롯되는 것일까?

그걸 알아낼 수 있다면, 당신은 생각을 바꿀 수 있는 머나먼 길을 가게 될 것이다. 그리고 그 생각을 바꿀 수 있다면, 다른 감정을 만들어 낼 수 있다. 그러면 거기에서 다른 경험을 하게 될 것이다.

❊❊❊

여기 그 방법이 있다. 당신의 마음이 외부 세계의 무언가와 만날 때, 마음은 당신의 몸을 이용해서 들어오는 데이터를 수집하고, 기억에서 그와 관련된 데이터를 찾을 것이다. 그다음에 현재 일어나는 일과 기억 속에 보관된 과거의 비슷한 사건을 비교할 것이다. 그렇게 해서 나온 데이터를 결합해, 현재 외부 세계에서 벌어지고 있는 사건에 대한 진실을 만든다.

그 사건에 대한 당신의 진실은 대부분 과거에서 끌어온 것이기에 지금 실제로 벌어지고 있는 일과는 아주 다르다. 그 이유는 마음이 보관하고 있는, 전에 일어난 비슷한 사건의 용량을 메가바이트급의 데이터라고 했을 때, 현재 벌어지고 있는 일은 아주 작은 1바이트 크기의 데이터이기 때문이다. 그래서 **그때**는 **지금**을 간단하게 압도한다. **오늘**이 **어제**에 깊숙이 파묻히는 것이다.

마음이 이런 식으로 형성된다는 사실은 현재 일어나는 일에 대한 당신의 생각을 만든다. 마음이 접근하는 데이터의 질에 따라 그것은 **상상으로 만들어진 사실**이 될 수 있고, **명백한 사실** 또는 **실제 사실**이 될 수도 있다.

당신의 마음은 재빨리 감정을 만들어 내고, 그 감정은 역시 아주 빨리 경험을 형성한다. 이 모든 일이 거의 백만 분의 1초 만에 이루어진다. 그리고 당신은 이런 방식으로 만들어진 경험을 '현실'이라고 부를 것이다. 이런 과정을 통해 '당신은 자신의 현실을 만들어 낸다.'

이렇게 생각해 보라. 철회의 법칙을 이용해서 먼저 자신의 모든 과거에 대한 마음의 데이터를 바꾼다면, 이 순간을 경험하는 기술을 터득해 새로운 수준으로 올라설 수 있다. 마음이 과거의 기억 속에 사로잡혀 있든, 당신이 힘든 현 순간에 깊이 관여하며 똑같은 도구를 사용해 지금 이 순간 당신의 마음을 바꾸고 싶든 간에, 감사와 맞닥뜨리게 될 것이다. 그것이 변화다.

A Soul of Knowing

모든 감정은 선택된다. 그것은 의지의 산물이다.

❊❊❊

신사고 운동(New Thought Movement)이라는 이름의 운동은 수년 간 "당신이 자신의 현실을 만든다."라고 말해 왔다. 하지만 아쉽게도 그렇게 하는 방법은 명확하게 설명해 주지 않았다.

현실을 창조해 내는 작업은 단순히 '긍정적인 생각'이나 '확신(사람이 욕망하는 것을 만들어 내는 '비밀'로 오랫동안 부각되어 온 접근 방식)'하기 이상의 것이다.

그건 아이들 놀이다. 형이상학의 모래 상자라고 할까, 그래서 삶의 커다란 '비밀'을 주제로 하는 영화나 책에서는 이런 단순한 접근 방식을 설명하고자 할 때 간단한 아이들 장난감을 보여 준다.

정말로 **가장 높은 수준의 자아**를 창조하고 싶다면(그저 새 차를 사서 집 앞에 세워 두고 싶은 게 아니라), 더 나은 세상을 만들기를 원한다면(드레스에 어울리는 목걸이를 장만하고 싶은 게 아니라면), 앞서 짧게 요약한 마음의 역학을 이해함으로써 많은 것을 얻게 될 것이다.

❊❊❊

마음은 빠르게 작동하지만, 작업하고 있는 데이터에 대해서만 작동할 뿐이다. 컴퓨터 프로그래머들은 쓰레기가 들어왔다가 나가는 것을 의미하는 '기고(GIGO-Garbage In/Garbage Out)'라는 개념에 아주 익숙하다.

당신이 마음속에 '쓰레기'를 집어 넣으면, 이전 경험과 **현 순간**이 유사하다고 느낄 때 당신의 마음에서 바로 쓰레기가 나오게 된다. 하지만 마음속에 감사를 집어 넣으면 감사가 나온다.

삶의 모든 사건에 감사하면 그 사건 자체와 상관없이, 당신은 현재 이 순간 벌어지는 모든 사건에 감사하게 된다.

***

감사를 도구로 사용해 **스승**(항상 감사하는 이), **진지한 학생**(어쩌다가 감사하는 이) 그리고 **진지한 초급 학생**(이 맥락에서 말하는 감사에 대해 들어보지 못한 이 또는 들어 봤지만 별로 사용하지 않는 이)을 구분할 수 있다.

스승은 삶의 모든 사건을 맥락의 일부로 이해하며, 그 안에 공간을 만들어 자신이 누구고, 되고자 하는 존재를 선택하는 것에 대해 스승이 가진 가장 원대한 비전 중 두 번째로 원대한 형태를 표현한다.

스승은 모든 경험에 대해 오로지 "예"라고 즐겁게, 감사하며 말한다. **신성**이라 불리는 **영광 그 자체**를 영예롭게 표현하고 경험하기에 완벽한 영광의 순간이 왔다는 것을 알기 때문이다.

어떻게 스승은 그저 감사하기만 할 수 있을까? 일어나는 모든 일이 수많은 다른 영혼과 합작으로 만들어졌으며, 스승의 영혼과 협력하고 동의해서 그 작업이 이루어지고 있으며, 그렇게 해서 현재의 상황이나 조건을 만들어 낸다는 것을 알고 있는데, 어떻게 불평할 수 있단 말인가? 그렇다면 스승이 탐탁지 않게 여기는 것은 무엇일까?

아는 것과 실천하는 것

단순히 **감사**라는 이름의 이 놀라운 변화의 도구를 아는 것으로 만족하지 않기를 바란다. 스스로 이 도구를 사용하겠다고 약속하라. 그러면 과거든 현재든 원하지 않는 사건에 대해 당신이 지니고 있는 에너지가 눈 깜짝할 사이에 어떤 식으로 변화하는지 보게 될 것이다.

소위 말하는 '부정적인' 사건이 오늘 일어나거나 기억 속에 나타날 때, 간단하게 "신이시여, 감사합니다."라고 말하라. 그리고 즉시 신에게 무엇을 감사할지 결정하라.

"신이시여, 제게 이런 기회를 주셔서 감사합니다. ○○에 대한 제 생각을 치유할 기회를 한 번 더 주시니……."라든가 "○○에 대한 두려움을 떨쳐 버릴 수 있도록……." 등 **반복되는 감정에 대해 신뢰할 만한 반복**을 실행해 보길 바란다.

당신이 누구고 현재 발생하는 사건과 상황과의 관계에서 **당신은 누가 되기로 선택**할지 바로 그때 그곳에서 결정하라.

감사의 도구를 사용해 매일매일 명확하고 지속적으로 중요한 단 하나에 집중하는 방법을 보여 주는 몇 가지 사례를 소개하겠다.

아침 기도

매일 일어나서 자신에게 이렇게 말하는 습관을 들이라.

"신이시여, 제게 최고의 자아가 될 하루와 기회를 주셔서 감사합니다."

이 말을 맨 처음에 하라. 그런 다음 생각하거나 다른 일을 하는 거다. 이런 식으로 일주일 정도 하면 몸에 습관이 배게 될 것이다. 일어나면서 이렇게 말하는 것은 마음속에 자신에 대한 가장 고원한 이상을 그다음으로 가장 근사하게 표현할 수 있는 기회를 주는 것이다. 이는 삶은 감사해야 할 대상이라는, 첫 번째 생각의 씨앗을 심는 멋진 방법이다.

당신은 삶의 사건에 대해, 심지어 그 사건이 일어나기도 전에 알고 있으며, 앞으로 일어날 일에 대해 당신이 미리 감사한다는 사실을 마음에 들려 주는 것이다.

이러한 선언은 단순히 자신을 좋은 마음의 틀에 두는 것 이상의 효과를 불러온다. 삶에 대한 생각이 삶 그 자체가 펼쳐지는 방식에 영향을 미친다는 걸 당신이 믿는다면, 그토록 놀라운 믿음의 선언으로 매

일을 시작하는 것은 **삶 자체의 과정**에 중요한 일이 된다는 것을 반드시 기억해야 한다.

삶은 삶 자체의 과정을 통해 삶에 대해 삶에게 알린다. 이것이 진실이라면 당신은 자신이 기대하는 것을 말하기보다, 이 작은 아침 기도를 더 많이 하고 있을 것이다. 당신은 자신이 함께 창조하기로 선택한 것을 선언하고 있다. 그것은 요점을 벗어나지 않으며 무의미하지도 않다.

❊❊❊

해결의 기도

당신이 문제라고 여기는 경험이나 상황에 놓인다면, 그리고 당신이 거기에 좀 더 집중하고 있다면, 이렇게 말해 보라.

"신이시여, 이 문제가 이미 내게 이롭게 해결되었다는 걸 이해할 수 있도록 도와주셔서 감사합니다."

결과를 이미 예상하고 있기 때문에 이건 당신이 사용할 수 있는 가장 강력한 기도다. 요청이나 애원이 아니라 **무엇이 그러한지** 확신을 가지고 인식하는, 간단하면서도 순수한 선언이다.

이에 반해 애원하는 기도는 결과에 대해 당신이 확신하지 못한다고 선언하는 것이다. 당신이 이미 가지고 있는 것을 요청할 필요가 없다.

그러므로 뭔가를 요구하는 기도는 그것을 얻을 수도 있고 얻지 못할 수도 있다고 선언하는 것과 다름없다.

무엇인가를 얻기 전에 감사하다고 말하는 것은 그것을 얻게 될 거라는 절대적 확신을 알리는 행위이다. 에너지의 이런 변화는 결코 요점을 벗어나지도, 무의미하지도 않다.

❊❊❊

완성의 기도

삶에 어떤 일이 일어나든지 스스로 '완성을 볼 수 있게' 하라. 당신의 순수한 감사를 이렇게 표현하라.

"신이시여, 이 결과, 이 순간 그리고 내 삶의 완성에 대해 감사합니다."

'진짜인 척'이 아니라 '정말로 진짜'가 될 때까지 감사하는 상태에 있으려 노력하라.

사람들은 기도를 하면서 그들의 바람이 진짜이길 바란다고 말하지만 정말로 믿지 않는 경우가 많다. 그래도 괜찮다. 얼마든지 있을 수 있는 정상적인 일이다. 그러나 당신이 진짜로 선택한 것을 선언하는 행동은 당신이 그것을 선택했으며, 앞으로도 그것을 선택하는 간단한 행위를 통해 진짜가 될 수 있다.

작은 요령 한 가지를 소개하겠다. 선택한 다음 그것을 느껴 보라.

눈을 감고 마음을 열어 그 순간과 당신의 전 생애에 대한 완성의 느낌이 전신에 스며들게 하라. 천천히 그리고 깊이 호흡하라. 편안하고 길게 세 번 호흡한다. 세 번째 호흡이 끝날 때면 완성에서 오는 평화를 느낄 수 있을 것이다. 이게 도움이 된다면 호흡을 하는 동안 당신 주변을 둘러싼 부드러운 황금빛을 그려 보라.

모든 경험은 내적이며 모든 사건과 상황은 오로지 외적이므로, 완성을 보기 위해 감사를 이용하면 마음의 데이터는 계속 늘어나고, 이것이 사건이나 상황에 대한 당신의 사실에 영향을 미친다. 이로 인해 생각이 만들어지고, 생각은 그에 관한 감정을 만들어 낸다. 그리고 거기에서 경험이 만들어진다. 그리고 다시 이 경험은 당신의 내적 현실이 될 것이다.

당신은 외부의 사건을 받아들여 내면화했다. 이런 과정이 당신의 세상의 안을 밖으로 내놓을 수 있다.

❊❊❊

언제나 '**완성**을 보기'가 쉽다고 주장하는 것은 어리석다. 일어나고 있는 일이 결코 완성이 아닌 듯싶을 때는 극도로 힘이 든다. 사랑하는 사람의 죽음, 실직, 실연 같은 사건이 바로 이 범주에 들어간다. 그밖에도 마음으로 올 것이 아주 많으니 이에 대해 당신은 도움이 필요할 수 있다. 어디서 도움을 얻을 수 있을까?

이렇게 해 보라. 어떤 사람에게 완성이라는 아이디어는 그가 생각하는 자아의 아이디어와 그가 이 세상에 있는 이유에 따라 달라진다는 이론이 있다. 이런 아이디어가 **신성의 완성**에 대한 개개인의 이해를 돕고 **유일한 하나가 욕망하는 것**을 명료하게 한다. 그리고 거기에서 모든 인간이 열망하는, 투쟁과 고통을 끝낼 정신적 평화가 만들어진다.

먼저 이런 생각이 나와야 한다. 자아에 대한 당신의 아이디어, 이 세상에 존재하는 이유에 대해 확실히 인지해야 한다. 그리고 마음을 분노케 하고 닫아 버려, 중요한 단 하나에서 등을 돌리게 만드는 재앙을 초래하는 사건에 완성이라는 꼬리표를 붙이는 일에 대해 확실하게 알아야 한다.

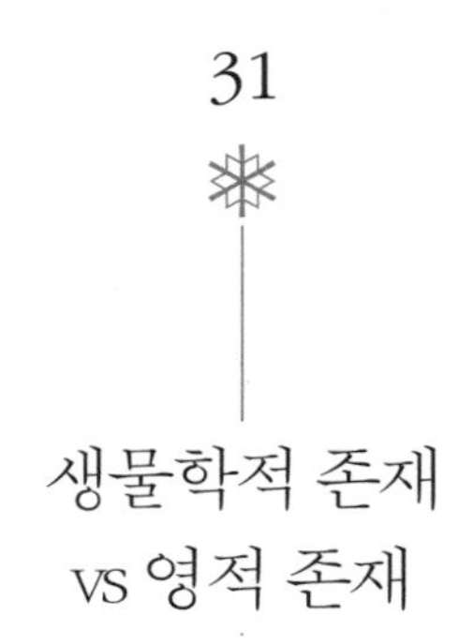

31

생물학적 존재 vs 영적 존재

자아에 대한 아이디어와 세상에 존재하는 이유는 궁극적으로 간단한 두 가지 선택으로 귀결된다.

선택1

당신은 스스로를 화학적 창조물 또는 '논리적이고 생물학적인 사건', 즉 어머니와 아버지라는 이름의 생물학적 존재가 만나 관계해 나온, 생물학적 과정의 논리적 결과라고 생각할 수 있다.

자신을 화학적 창조물로 본다면, 다른 화학적이거나 생물학적 생명체와 마찬가지로 당신 역시 더 큰 삶의 과정에 연결되어 있지 않다고 볼 것이다.

다른 모든 것과 마찬가지로 당신도 삶에 의해 영향을 받지만 삶에는 아주 미미한 영향도 미치지 못할 수 있다. 가장 희박하고 간접적인 면을 제외하고 당신은 사건을 창조해 낼 수 없다. 삶을 더욱 창조(모든 화학적 창조물은 자기 자신을 더 많이 재생해 낼 수 있는 생물학적 능력을 지녔다.)해 낼 수는 있지만, 어떤 순간에도 삶이 하는 일이나 삶이 '나타나는' 방식을 만들어 낼 수는 없을 것이다.

더욱이 화학적 창조물로서 당신은 자신이 삶의 사건이나 조건에 어떤 의도가 담긴 반응을 끌어낼 능력이 매우 한정되어 있다는 사실을 이해하게 된다. 당신은 기본적인 생물학이 당신에게 제공하는 자원만을 바탕으로 습관과 본능의 창조물로서 자신을 볼 것이다.

생물학적으로 거북이보다 많은 것을 받았기 때문에 당신은 자신을 거북이보다 더 많은 자원을 가진 존재로 볼 것이다. 생물학적으로 나비보다 더 많은 것을 선물받았기 때문에 당신은 자신을 나비보다 더 많은 자원을 가진 존재로 볼 것이다.

같은 맥락에서 유인원이나 돌고래보다 더 많은 것을 받았기 때문에 당신은 자신을 유인원이나 돌고래보다 더 많은 자원을 가진 존재로 볼 것이다.(유인원이나 돌고래에 비교했을 때 아주 많은 자원을 받은 것은 아니겠지만 말이다.)

새로운 하루가 시작될 때마다 계획 등에 근거해 약간은 '조절'하는 듯하게 매일매일을 감당하지만, 그러면서도 언제든지 잘못될 수 있다는 것을 아는(그리고 종종 일이 잘못된다.) 자신을 보게 된다.

선택2

당신은 자신을 '육체'라고 불리는 생물학적 질량 속에 사는 **영적 존재**로 생각할 수 있다.

자신을 영적 존재로 보면 자신이 간단한 화학적 창조물이 가진 힘을 훨씬 능가하며, 기본적인 물리력과 그 법칙을 초월하는 힘과 능력을 가지고 있다는 것을 알게 될 것이다.

또한 이런 힘과 능력이 당신의 **개인적 삶**과 **집단적 삶**의 외적 요소에 대해 공통된 조절력을 부여하고, 특히 내적 요소에 대해서는 완전한 개인의 조절력을 준다는 사실을 이해하게 될 것이다. 이는 당신의 현실은 삶의 외적 요소를 생산해 내는 것과는 전혀 상관없고, 외적 요소에 당신이 어떻게 반응하는지와 관련 있기 때문에 당신이 자신의 현실을 창조해 낼 총체적 능력을 가진다는 의미다.

또한 **영적 존재**로서 당신은 어떤 이유로 이 땅(지구)에 있는지를 알게 된다. 이는 고도로 집중된 목적이며 당신의 직업이나 경력, 수입, 재산, 업적, 사회적 위치 또는 삶의 그 어떤 외적 조건이나 상황과도 직접적인 상관이 없다.

당신은 자신의 목적이 내적 삶과 관련이 있으며, 그 목적을 얼마나 제대로 달성하느냐가 당신의 외적 삶에 매우 큰 영향을 미칠 수 있다는 사실을 알고 있다.

❊❊❊

나는 당신은 이 단계에서 이미 두 번째 선택지를 뽑았을 거라고 추정한다. 그렇지 않다면 이 책을 여기까지 읽지도 않았을 것이다. 하지만 단순히 2번을 뽑은 것만으로는 충분치 않다.

어떤 사람들은 의식적으로 자신을 영적 존재로 보고 받아들이며 2번을 뽑기는 하지만, 자신이 정말 그렇다고 진심으로 믿지는 않는다. 아니면 확신하지 못하는 것일 수도 있다.

의식적으로 이렇게 결정하고 확신하기도 하지만, 삶에서 어떻게 실천에 옮겨야 할지를 모르는 사람들도 있다.

그리고 의식적으로 결정했고 이를 확신하며 실천할 방법도 알지만, 다만 그렇게 하지 않는 부류가 있다.

모든 것을 다 알고 실천도 하지만 그러다가 멈추고, 다시 시작하고, 또 다시 멈추는 일을 반복하는 식으로 자신의 영적 정체성을 발작적이고 단발적으로 경험하는 사람들 역시 있다.

이런 이유로 세상이 오늘날과 같은 모습을 하고 있는 것이다.

❊❊❊

삶에서 평화를 찾고 싸움과 고통을 끝내려 할 때 맞이하는 도전은 영적 존재로서 당신의 정체성을 받아들이고 계속해서 그런 선택을 하는 것이다.

이미 여러 번 언급했듯 대부분의 사람들은 그것이 어떤 모습인지 모른다.

이제 당신에게 몇 가지 놀라운 도구를 이용해 그것을 좀 더 보여 주려 한다. 당신의 삶으로 그것을 가져오는 방법도 가르쳐 줄 것이다. 당신은 이미 감사에 대해 알고 있다. 이제 다른 도구에 대해서도 알아보자.

32

두 번째 도구 : 재맥락화

다음은 당신의 상자 속에 들어갈 두 번째 도구의 이름이다.

재맥락화

이 놀라운 도구를 이용해 당신은 사실을 만들어 내는 데이터를 변경할 수 있다. 그 사실이 생각을 형성하고, 생각은 감정을 만들어 내며, 감정은 현재 어떤 순간의 경험을 창조해 낸다.

재맥락화는 말 그대로 새로운 맥락을 만들어, 삶에서 일어나는 사건과 상황은 물론 **삶 자체**를 새로운 틀에 담아 내는 것이다. 이는 당신이 누군가에게 분노하는 이유를 없애 버리고 그런 행동을 정당화하지 못하게 한다.

이 놀라운 도구는 당신의 관점을 재배치하고, 삶에서 일어나는 일을 놀랍도록 다른 맥락에서 볼 수 있게 해 준다.

❊❊❊

지금 이 시점에서 당신을 즐겁게 하는 것이 자아 표현이라는 점을 확신해야 한다. 자아를 가장 충만하게 표현함으로써 **당신이 진정 누구인지**를 완전하게 경험할 수 있기 때문이다. 삶을 일관된 방식으로 보는 사람은 자아를 완전하게 표현할 수만 있다면 정말 삶이 멋질 것이라고 생각한다. 하지만 그런 일은 자주 일어나지 않는다. 그리고 삶에는 그 이상의 무언가가 있기 때문에 '완전하게 자아를 표현했다.'고 느끼든 그렇지 않든, 우리는 계속해서 나아가야 한다.

반면 재맥락화 작업은 당신이 이 세상에 와서 해야 할 경험이 바로 완전한 자기 표현이라고 말해 준다. 재맥락화는 마음속에 무엇이 되었든 부족한 것에 만족해 정착하지 않으려는 의지를 만들어 낸다. 재맥락화는 삶의 나날과 시간을 마음의 개념이 아닌, 영혼의 의제라는 맥락에서 새롭게 만든다. 영혼의 의제는 언제나 마음의 개념을 능가한다. 이는 언제나 진실이다.

❊❊❊

여기서 말하는 요점은 재맥락화는 당신을 도발하고, 부르고, 초대하고, 힘을 부여해 삶을 새로운 방식으로 보게 하고, 삶에 다른 의미를 부여하며, 다른 목적을 세우게 하고, 완전히 다른 맥락에 삶을 놓아 둔다는 것이다.

재맥락화는 당신을 **창조의 바퀴** 중심으로 초대해, **지금 이 순간** 당신의 목적을 완성하는 데 이상적인 조건과 상황을 만들어 낼 때 주변의 다른 영혼과 협력하는 당신의 모습을 그려 준다.

재맥락화는 목적 자체, 즉 영혼의 의제와 당신의 영혼이 시작한 신성한 여행을 새로운 맥락에 두게 한다. 이것이야말로 당신의 삶을 진실한 시선에서 보고, 모든 사건을 새로운 방식으로 보는 것이다.

재맥락화를 통해 자아를 실현한 존재가 될 수 있다. 그렇게 되면 당신이 세상을 헤쳐 나가는 방식이 송두리째 바뀐다.

A Soul Knowing

완전한 자아 표현은 당신이 이 세상에 와서 해야 할 경험이다.

한 가지 예를 들어 보자. 재맥락화를 하면 다시는 결코 당신이 좋아하지 않는 일을 '하지 않으며', 당신이 하고 있는 일을 결코 '싫어하지도' 않게 된다. '일'이 '기쁨'이 되는데(전과 똑같은 일을 한다고 해도 마찬가지다.) 이는 당신이 '일'이란 무엇인지에 대한 전체적인 틀을 재정립했기 때문이다. 전에는 일이란 세금을 내고, '책임지며' 살아가고,

사랑하는 이들을 돌보기 위해 '해야 할 일을 하는', '생계를 위한 밥벌이'로 생각했다. 하지만 이제는 단순히 생계를 넘어 삶이라는 것을 알게 되었다. 일은 명함에 적힌 당신이 아니라 영적 존재인 당신을 말해준다. 그것이 중요하다는 것을 갑자기 깨닫게 된 것이다.

당신의 일은 목적을 이루기 위한 수단이다. 당신의 존재 방식이며 영적 여행에서 당신이 되길 바라는 모습이다. 당신에게 어떤 맥락을 제공해, 그 안에서 바로 그 맥락이 되는 것이다. 그 이상은 아무것도 없다.

사랑하는 이들을 돌볼 때, 당신은 자신에게 그리고 자신을 통해 신성의 어떤 면을 보여 주고 있는가? 세금을 내고, 당신이 필요로 하거나 욕망하는 것을 얻을 때 당신은 어떤 면을 표현하는가?

자선을 행하거나 어려운 지인에게 금전적인 도움을 줄 때 당신은 신성의 어떤 면을 보여 주고 있는가? 사랑하는 이에게 줄 멋진 선물을 살 때는 어떤가?

당신이 돈으로 하는 일을 살펴보라. 그게 바로 당신의 모습이다.

당신은 당신이 하는 일이 아니다. 일은 단순히 당신 자신이 누구인지를 알게 하는 수단을 제공할 뿐이다. 당신은 관대하고, 희생적이고, 배려하는 사람인가? 공정하고, 정직하고, 신뢰할 만한가? 보호하고, 자율적이며, 창의적인가?

이 모든 것이 당신이 스스로 자유롭게 표현할 수 있는 능력을 준 신성함의 일면이다. 그 선물로 삶은 당신이 '일'이라고 부르는 것을 선사했다.

당신이 직업을 이런 관점에서 보면, 그저 해야 할 일이라기보다는 커다란 과정의 일부분으로서 그것을 자유롭게 이용해 당신이 선택한 신성의 일면이 되는 경험을 할 수 있다.

어떤 사람에게는 그저 직업을 바라보는 새로운 방법일 수 있겠지만, 실은 이것이 바로 재맥락화다.

***

재미있는 것은 이 도구의 효과를 보기 위해 당신이 하는 일에 꼭 친밀감을 느껴야 하는 것도 아니라는 점이다. 당신이 특별히 싫어하는 일이 될 수 있고, 지루해하는 허드렛일, 하지 않는 게 나은 일, 하지 않아도 되는 대화, 피하고 싶은 저녁 식사 등 어떤 상황에서든 효과를 볼 수 있다. 당신이 하고 있는 일이 중요한 게 아니라, 유일한 하나가 욕망하는 것에 대해 당신이 내린 결정, 그리고 당신이 하고 있는 일이 무엇이든 그것을 통해 유일한 하나가 욕망하는 것을 드러내는 작업을 자세히 들여다보는 게 중요해진다. 그리고 그 일이 바로 **중요한 단 하나**가 된다.

이것이 어떤 순간에든 재맥락화를 할 수 있는 방법이다. 당신이 전에 부여한 것과는 전적으로 다른 이유로 그렇게 결정한다.

신기하게도 새로운 선택(이 선택이 당신이 내린 최고의 선택일 경우)은 선택하는 행위가 곧 즐거움이자 쾌락을 느끼게 되는 방식이 되어, 당신이 하고 있는 일에 영향을 미칠 수 있다.

이렇게 되면 설거지에서도 즐거움을 느낄 수 있다. 전에는 너무도 싫었던 출근길이 아주 수월하고 멋진 시간이라고 깨닫게 될 것이다.

어머니가 되는 것을 예로 들자면, 여성은 새벽 3시 반이라도 기꺼이 일어나 두 달된 아기의 수유를 하게 된다. 한밤중에 아기가 잘 자다가 깨기를 원하는 사람은 아무도 없겠지만, 어머니가 된 여성은 의식적으로든 무의식적으로든 자신에 대한 생각과 그때 벌어지는 일에 대한 생각에 스며드는 방식으로 자신이 하는 활동의 맥락을 재설정한다. 이 과정이 매우 강력하기 때문에 그녀는 자신이 하고 있는 일을 스스로 원한다는 사실을 알게 된다.

자신이 하기 싫어하는 일을 하는 사람은 아무도 없다. 재맥락화 작업을 통해 당신은 진실의 중심으로 간다. 사람들은 재맥락화로 인해 얻는 이득이 있다는 점을 잊어버리기 때문에, 그리고 지금은 볼 수 없는 이점을 경험하기 위해 사람들 스스로 누군가와 함께 창조해 내는 상황을 통해 자신이 이 작업의 희생자가 되었다고 상상하면서 재맥락화를 하고 싶지 않다고 생각할 수 있다.

재맥락화로 당신은 원래의 장소, 영혼의 첫 번째 목적지로 돌아갈 수 있다. 재맥락화는 원죄를 동기 부여로 바꿔 놓는다. 이는 진정 놀라운 은총이다. 한때 당신은 눈이 멀었지만 이제는 볼 수 있다.

❊❊❊

재맥락화를 이용하면 무슨 일이 일어나든 그 일이 어떤 맥락을 제공하기 위해 발생하며, 그 안에서 **당신이 누구인지**에 대해 원대한 비전을 경험할 수 있다. 이 놀라운 도구는 **중요한 단 하나**에 초점을 맞추는 또 다른 방식이기도 하다.

물론 이제 당신은 여기에서 한 일을 '기억'해 낸 덕분에 이것이 결코 강제적이지 않다는 것을 안다. 몇 번이나 반복해서 말했기 때문에 이에 대해 아주 명확하게 알고 있다. 그다음 단계에서 신성을 표현하지 않기로 선택한다면, 신성의 표현을 찾는 일은 당신이 원하는 것 이상으로 힘든 도전이 될 것이다. 그리고 아마도 당신은 어떤 식으로든 그 순간을 자신이 원하는 대로 경험하게 될 것이다.

이제 당신은 모든 영적 스승들이 고민했던 질문을 받게 된다.(그렇다고 당신이 갑자기 영적 스승이 됐다는 것은 아니다. 그로 인해 스승들이 항상 마주하는 문제를 잠깐이라도 엿보는 데 도움이 될 거라는 의미다.)

그 질문은 다음과 같다.

'당신의 마음에서 삶의 외적 사건에 대해 특정한 내적 경험을 하기로 선택하는 주체가 당신이라면, 무슨 일을 경험하든 간에 어떻게 만족하지 않을 수 있는가? 비록 당신이 두려움, 분노, 좌절을 경험하고 있다 해도 결국은 당신의 뜻대로 가고 있지 않은가? 아니면 당신은 여전히 자신의 감정을 선택할 수 없으며, 감정을 조절할 힘이 없다고 생각하는가?'

A Soul Knowing

자신이 하고 싶지 않은 일을 하는 사람은 아무도 없다.

당신은 조절 능력이 있다. 당신은 선택하고, 창조하고, 당신이 느끼는 모든 감정에 영향을 미친다. 무엇을 선택할지, 언제 선택할지, 그리고 거기에 어떤 식으로 영향을 미칠지는 전적으로 당신에게 달려 있다. 아무도 당신이 어떤 특정한 감정을 느끼게 만들 수 없다. 그리고 이것을 알고, 받아들이면 **감사와 재맥락화**라는 영혼의 도구를 이용해 의식이 성장한다. 이런 도구들은 상황이 아니라 태도의 변화를 이끌어 낸다. 아무것도 바뀌지 않았지만 모든 것이 달라질 것이다.

변한 것은 외부가 아니라 내부다. 이제 당신은 특정 사건과 모든 사건, 상황을 언제나 당신이 선택할 수 있다는 것을 확실하게 안다. 당신의 경험은 사건이나 상황에 대한 감정에 근거하는데, 그 감정은 생각에서 발생한다. 그리고 그 생각은 당신이 보유하고 있는 데이터에 근거해 생성되는데, 그 데이터가 당신의 결정에 의해 언제든지 확장되어 영혼의 인식을 포함할 수 있다는 것도 알고 있다.

마음의 데이터가 이렇게 확장되므로 그 누구도 당신에게 강제로 무언가를 하게 만들 수 없으며, 삶을 경험하는 방식은 스스로 선택한다는 것을 당신은 확실히 알게 된다.

두려움 없이 사자의 목구멍 안을 자세히 들여다볼 수 있지만, 거미를 보고 움찔할 수도 있다. 절벽에 튀어나온 바위를 떨지 않고 걸을 수 있지만, 자기 집에서 걸어 나오는 길에서 흠칫 놀랄 수도 있다.

선택은 당신의 몫이다. 언제나 당신에게 달려 있었다. 세상은 당신을 향해 무언가를 할 수 있지만, 당신이 주지 않기로 결정한 것을 뽑아 갈 수는 없다.

감사와 재맥락화같이 강력한 도구를 사용해 중요한 단 하나에 지속적으로 초점을 맞추면 당신은 자신이 다스리는 왕국의 군주로서 왕족의 자리에 앉게 된다.

당신의 왕국이 다가왔다. 그리고 당신의 의지가 천국의 일부인 이 땅, 지구에서 행사되고 있다.

거기에 '그대는 신인가?'라고 적혀 있지 않은가?

33

세 번째 도구 : 연민

이제 나오는 단어는 기준과 관련된 것이다. 이는 구체적으로 당신을 위해 설정된 것이다.

2부에서는 영혼이 의도하는 곳이 어디인지 아주 확실하게 설정했다. 하지만 언제 어떻게 목적지에 도달할지에 대한 '기준선'을 너무 높게 잡지 않도록 주의하라.

당신의 목표는 완성이다. 하지만 완성이 실수를 피하고, 인간임을 부정하고, 삶의 매 순간 지혜를 이야기하는 스승의 모습을 보여 줘야 한다는 의미는 아니다. 사실 당신이 하는 모든 일이 진화의 길에서 앞으로 나아가게 만들고 있으므로, 결코 자신을 향해 '제대로 살고 있지 않다.'라며 힐난하거나 질책하지 말라.

그 대신 삶을 위해 세 번째 도구를 십분 이용하라.

연민

완성은 **현재 순간**에 주어진 의식 수준을 감안해 상황, 조건, 사건이 허락하는 최고 수준에서 신성함을 표현하고 경험하는 **당신의 총체**로 정의된다는 점을 기억하라.

이 문장의 마지막 구절이 중요하다. 그 구절로 신성한 여행에 대해 당신이 이해한 바를 정리한다면 매우 유익할 것이다. 자기 자신에 대한 불가능성을 예측하는 것만큼 빠르게 공격당하는 듯한 기분이 들게 하는 것도 없다.

신성 그 자체가 당신에게 무엇을 바라는지 기억해 보라. 뭐가 있는가? 아무것도 없다. 전혀.

당신은 뭔가를 하지 않아도 된다. 아무런 요구도 받지 않는다. 삶의 전 과정은 자유 의지를 행사하는 것이다.

자유 의지가 의미하는 바는 명확하다. 당신이 자유롭게 무엇인가를 한다든가, 누군가가 '신의 명령'이라고 말한 것을 행하지 않는다는 의미가 아니다. 당신이 선택했으므로 삶의 모든 것을 자유롭게 표현하고 경험하며, 그에 따른 '심판'이나 '처벌'은 없다는 의미다.

❊❊❊

데이터베이스에 **영혼의 인식**을 포함시키려는 **새로운 마음** 때문에 이 세상에서 볼 때는 시간이 조금 걸릴 것이다. 당신의 **예전 마음**은 영적 현실과는 사뭇 다른 온갖 종류의 **일시적 사실**로 넘쳐나고 있으니 말이다.

처음에 당신은 영혼의 인식을 부정하고 싶을 수 있다.(당신이 스스로 삶의 모든 진실이 다정한 신으로부터 비롯된다고 말했다는 점을 감안하면 모순되지만 그럴 수 있다.) 당신의 영혼이 가져다준 **영원한 인식**이 너무 멋져서, 현실같지 않다고 말할 수 있다. 표면적으로 볼 때는 당신에게 진정 절대적인 자유가 주어져, 스스로 결정을 내리고 삶을 자신이 선택하는 대로 창조할 수 있다는 것이 믿기지 않을 수 있다.

또한 인간의 의식 수준('스펀지' 비유를 사용해 영혼의 인식을 흡수하는 마음의 능력)은 47세나 67세일 때보다 7세 때 변화가 클 가능성이 높다.(반드시 그런 것은 아니지만 그럴 가능성이 높다.)

A Soul Knowing

당신이 하는 모든 것은

진화의 길에서 당신을 앞으로 나아가게 만든다.

당신의 의식 수준은 오늘과 내일, 심지어 아마 이 책을 읽은 결과로 인해 바로 지금과 다음 순간이 현저하게 다를 수 있다.

의식도 변화를 거듭한다는 점을 기억하라. 의식은 일정 수준에 도달했다고 해서, 그 상태를 단순히 유지하지 않는다. 주어진 순간에 마음의 경험으로 통합되는 영혼의 인식의 양에 따라 늘어나기도 하고 줄어들기도 한다.

이에 대해 어떤 관찰자는 이렇게 말했다. "계몽이란 편도선을 들어내는 작업이 아니다. 일단 계몽되면 계몽된 것이다. 계몽이란 매 순간 이루어지는 경험이다. 도전인 동시에 즐거움이다. 계몽을 위한 탐색 작업은 결코 끝나지 않으며 절대 지루하지 않다."

여기, 의식 수준이 극도로 높은 곳에서 아주 낮은 곳으로 '급격하고 심각하게 변하는 현상'을 끝낼 수 있는 방법이 있다. 가장 높은 의식 수준이 못 되는 상황에서 스스로를 표현하고 있는 자신을 목격할 때, 연민을 도구로 사용하는 것이다.

영혼의 의제를 성취하기 위해 당신은 존재해야 할 필요가 있는 존재라는 점을 스스로 깨닫게 만들라.

당신은 그렇게 하는 방법을 배우고 있다. 좀 더 정확히 말하자면 당신의 영혼은 이미 그것을 알고 있다는 점을 기억하고 있다. 당신은 실수할 수 없다. 오로지 목적지로 계속해서 인도하는 단계를 밟는 일만 할 수 있을 뿐이다.

진정한 과학자는 실험실에서 오랫동안 원하는 결과를 얻지 못한다 해도 결코 오랫동안 좌절하지 않는다. 그 과학자는 실험이 정교할수록 실험의 각 단계에 더욱 미묘한 차이가 생긴다는 점을 완벽하게 이해한다. 접근 방식과 수많은 변수 중 어떤 하나에 따라 결과가 엄청나게 변할 수 있다. 하지만 모든 접근 방식은 과학자가 원하는 목적지로 그를 인도한다.

당신의 삶도 이와 같다. 삶 자체라는 축복받은 표현을 통해 당신이 기억하기로 한 모든 것, 경험하기로 선택한 모든 것, 당신이 가기로 결정한 모든 장소를 기억하도록 점화 장치로 사용하는 데 당신의 행동(심지어 오류라고 생각하는 것들도)만큼 완벽한 것은 없다.

그러니 당신의 경험이 당신이 가는 길의 다음 단계를 보여 줄 때마다 천국이 바로 여기에 있으며, 모든 일이 다 잘될 거라는 것을 알고 마음을 열라.

시인 엠 클레어도 이에 대한 시를 썼다.

후회하지 마세요.
당신을 지금 이곳으로 데려온 모든 순간을.
당신이 이 글을 읽고 있고,
그리하여 인내에서 답을 얻었다면
은총이 오고 있는 것입니다.
그러니 지금은 거하고 있는 곳에서 편안히 있으세요.
당신이 갈 곳을 표시해 주는 줄의 매듭처럼,
번갈아 가며 손을 움직이세요.
당신은 계속해서 오를 것입니다.
가끔은 희열에 차서
또 가끔은 절망과 고통 속에
더 높이
더 밝은 빛을 향해.
이와 같은 공식이

계속해서 반복됩니다.
당신 자신을
사랑 그 자체가 풀리는 곳에서
그저 불빛으로
오로지 불꽃으로
찾는 날까지.

—「사랑 그 자체」

❊❊❊

영혼은 절대 당신을 한계점으로 몰아세우지 않으며, 언제나 돌파구로 인도한다는 것을 믿으라. 그곳으로 가는 동안 자신에게 다정하게 대하라. 부드럽게 이해하며 자신에게 친절하라. 그리고 연민이라는 도구를 사용하라. 이 탐색을 시작하면서 처음에 우리가 했던 말, '당신은 그 무엇도 잘못하는 것이 없다.'를 기억하라.

당신은 그저 단순히 기억하고 있다. 영혼의 지혜를 한꺼번에 모두 기억해 낼 수는 없다. 바다를 흡수하고 싶다면 이따금씩 스펀지를 점검해 봐야 한다.

그러므로 현재 당신의 의식 수준은 인간으로서 당신의 선량함을 측정하는 척도가 아니며, 영적 존재로서의 자격을 가늠하는 잣대도 아니다.

초등학교 3학년과 4학년이 별반 다르지 않으며, 대학 졸업생도 완벽함과는 거리가 있는 법이다. 넘어지고 실패했지만 다시 일어난 사람은, 힘든 여행을 시작할 만큼 용감하지만 아직 무릎 한번 까진 적 없는 이보다는 용기를 북돋우려 애쓴다.

그러니 자신에게 연민을 가지라. 당신은 용감하고 선하니 얼마든지 연민할 만하다.

❊❊❊

이 놀라운 도구를 자신은 물론 다른 이를 위해서도 사용하도록 하라. 그들 역시 지금은 그저 기억하고 있을 뿐이다. 당신만큼 잘 기억해 내지 못하는 사람들도 있다.

연민을 가장 효과적으로 사용하는 방법 중 하나는 당신과 관련된 모든 이에게 이 도구를 적용하는 것이다.

많은 사람들이 분노하고, 언짢아하고, 상처받고, 도움이 필요해 당신에게 올 것이다. 뭔가가 제대로 작용하지 않아 '뿌연 안개' 속을 헤맬 때 사람들은 당신을 찾을 것이다. 혼란스러운 나머지 그들은 당신을 필요로 하고, 오로지 당신만이 그들의 상처를 치유하며, 자신을 사랑하고 이해하며, 포용하고, 인내하고, 용서하는 방법을 배우지 못한 그들에게 그렇게 하는 방법을 가르쳐 줄 거라고 기대할 것이다.

당신이 연민이라는 도구를 사용해 사람들에게 이런 선물을 하면 할수록, 이 놀라운 치유의 도구에 더 친숙해질 것이다. 그리고 당신 자신에게도 이 도구를 쉽게 적용하는 방법을 터득하게 될 것이다.

❊❊❊

자기 자신을 연민하는 것은 언제나 쉽지 않다. 많은 사람들이 자신을 연민하는 것이 그다지 편하지 않다는 걸 알고 있다. 자기 자신을 연민하면 '똑바로 해내지 못했어.' '잘못했어.' '부족해.' '친절하게 행동하지 못했어.' 등의 자신을 향한 비난이 중단되어 버린다. 사람들은 자신을 연민하는 것은 스스로 '올가미에서 벗어나게' 하거나 죄책감을 느껴야 하는 일에 대해 일종의 '면죄부'를 주는 것이라고 생각한다.

그래서 자신에게 엄격하게 굴며 자기 연민을 거부한다. 어린 시절부터 줄곧 '제대로 하지 않았다.'고 생각하는 많은 사람들은 계속해서 자기 연민을 거부한다. 자기 자신에게 가장 혹독한 감독이 되는 것이다. 고인이 된 월트 켈리가 목소리 연기로 널리 사랑받았던 만화의 주인공 포고가 했던 명대사가 떠오른다.

"우린 적을 만났어. 그 적은 바로 우리 자신이야."

오랫동안 자신을 엄하게 다뤄 온 많은 사람들은 연민이라는 도구를 사용해 편안함을 느낄 때는 다른 사람을 대상으로 할 때라는 것을 안다. 심지어 사용해 본 지 너무 오래 돼서 연민이라는 도구를 찾기 힘들어할 때도 종종 있다. 그러나 당신이 연민의 한쪽 모서리라도 찾는다면, 그 끝을 건드리기만 해도 빙산이 녹아내릴 것이다. 그 효과는 매우 즉각적이다. 이것이 바로 연민이 일으키는 기적이다.

가슴이 열린다. 그리고 마음도 열린다. 전에는 들을 수 없었던 것을 들을 수 있게 된다. 영혼의 부드러운 목소리, 더 넓은 시야, 더욱 깊은 이해, 더욱 넓은 관점을 부여하고 조용히 다른 의제, 새로운 우선순위, 변경된 목적을 수용한다. 연민의 공간에서는 정말 중요한 것이 아주 선명하게 나타난다.

A Soul of Knowing

연민으로 모든 것이 선명해진다.

연민의 자리에 앉아 있는 사람은 부적절하고 상관없는 일에 주목하지 않는다. 연민으로 모든 것이 선명해지기 때문이다.

❊❊❊

그러니 이 선물을 자주 사용하라. 그 효과는 원형으로 나타난다. 자신에게 더 많이 줄수록, 비례해서 다른 이에게도 더 많이 줄 것이다. 당신이 다른 이에게 더 많이 주면, 자신에게도 더 많이 주게 될 것이다. 사실 자기 자신이든 다른 이든 누구에게든 먼저 시작해도 무방하다.

삶의 모든 것이 그러하듯 연민도 사랑의 또 다른 형태이다.

34

네 번째 도구 : 용서가 아닌 이해

당신이 알고 싶어 할 도구가 하나 더 있다. 이 책에서 당신에게 소개할 마지막 도구가 될 것이다. 마지막에 소개하는 이유는 그 효과가 다른 그 어떤 도구보다 더 강력하고 심오한 영향력을 발휘해, 진정 특별한 변화를 가져올 수 있기 때문이다.

이것은 삶에서 어떤 방식으로든 당신에게 부정적인 일을 행사한 모든 이에게 사용하게 될 도구다. 그런데 이 도구는 사용하는 게 아니라 사용하지 않음으로써 효과를 본다.

문제의 도구는 바로 이것이다.

용서

❊❊❊

다른 도구들과의 공통점을 살펴보면서 용서에 대해 이야기해 보도록 하자. 이 책에서 당신에게 주어진 모든 도구는 자유라는 근본적인 경험을 창조해 내도록 고안되었다. 자유는 신성함의 본질이기 때문이다.

사랑, 평화, 기쁨 등 인간의 언어로 신성의 기본적인 품성을 설명하는 데 사용되는 단어는 무수히 많다. 하지만 '자유'라는 단어야말로 신성의 근본적인 품성을 가장 가깝게 포착해 낸다.

전적으로 완전히 자유로운 사람. 여기서 자유롭다 함은 원할 때, 원하는 곳에서 그가 원하는 것은 무엇이든 자유롭게 한다는 것만을 의미하지 않는다. 슬픔, 서러움, 싸움이나 고통, 상처, 비극, 고뇌 등 과거의 감정이 지금 이 순간에 암운을 드리우거나, 불쾌한 방식으로 영향을 주는 것에 얽매이지 않는 것을 뜻한다. 이런 종류의 자유를 누리는 사람은 모든 사람과 사물을 사랑하며, 항상 평화롭고, 필연적으로 기쁨을 경험하며, 삶의 경이로움에 영원히 사로잡히고 매 순간 신성을 느낀다.

따라서 신성을 경험하는 것이 당신의 목표라면(알고 있든 모르든 그것은 당신의 목표다.), 당신은 자유를 만들어 내는 도구를 찾으려 할 것이고 그렇게 해서 자신의 현실을 건설할 것이다.(이는 전적으로 내적 창조이자 경험으로, 외부의 사건과 상황의 의미를 결정한다.) 이를 통해 당신은 어떤 이유에서든 결코 다시는 불행해지지 않을 것이다.

그런 상태가 되면 당신은 영혼의 의제를 품고 앞으로 나아가며 신성한 여행의 완성을 향해 신속하게 전진한다. 그래서 사실상 삶의 모든 순간을 신성한 목적에 부합하게 사용하는 것이다.

노자는 이렇게 살았다. 부처 역시 그런 삶을 살았다. 예수도 마찬가지다. 이 땅에 왔던 모든 영적 스승의 삶이 이러했다. 영적 스승과 그 밖에 많은 이들이 각자의 방식으로 모든 인간이 성취할 수 있는 목표는 고통으로부터 자유로워지는 것이라고 직접적으로 말했다.

여기서 당신에게 주어진 도구도 똑같은 역할을 한다. 감사를 통해 당신은 즉시 싸움과 고통으로부터 자유로워진다. 재맥락화를 이용하면 즉각적으로 분노와 화에서 자유로워진다. 연민은 자기 비난에 휩싸인 상태, 자기 존중을 하지 못하는 상태로부터 즉시 당신을 자유롭게 풀어 줄 것이다. 마지막 선물인 용서는 당신이 입은 모든 상처로부터 당신을 자유롭게 해 줄 것이다.

다시는 용서하지 않겠다고 결심하는 바로 그 날, 즉 용서를 포기해 버린 날, 용서는 당신에게 자유를 선사할 것이다. 도구를 버리는 것, 그것이 바로 용서다. 버림으로써, 사용하지 않음으로써 용서에서 엄청난 힘이 쏟아져 나온다. 상자 속에 넣고 뚜껑을 닫아 둔 용수철이 상자를 열면 곧바로 튕겨나오듯, 이 도구는 커다란 힘을 가지고 있다. 그래서 이 도구는 선행(先行) 용서라고 부르는 것이 맞을 것이다.

16장에서 논의했듯 당신은 용서할 사람이 아무도 없다. 인간의 모든 표현이 왜곡되었다고 해도 궁극적으로는 사랑의 표현이기 때문에 그 어떤 일에든 용서해야 할 사람이 아무도 없다는 것을 이해하는 날,

삶에 무슨 일이 일어난다 해도 당신은 자유로울 것이다. 마침내 싸움, 고통으로부터 완전히 자유로워질 것이다.

넬슨 만델라가 바로 그런 자유를 누렸다. 만델라는 20년 이상 그를 감옥에 구금했던 간수들을 용서하고 사랑했다. 귀감이 되는 인상적인 사례다. 교황 요한 바오로 2세가 자신을 쏜 사람이 수감된 감옥에 찾아가 그를 축복해 준 것 역시 교황이 자유로운 존재였기 때문이다.

* * *

삶을 위한 도구로 완벽하게 용서를 구사할 수 있는 수준의 자유를 누린다는 것은 과연 어떤 것일까? 이 자유의 비밀은 무엇일까?

신은 누구도 용서하지 않는다는 말도 이와 같은 이치다. 신은 단 한 번도 그랬던 적이 없고, 앞으로도 용서하지 않을 것이다.

그 이유는 용서할 필요가 없기 때문이다. 신성한 균형의 과정 중에 용서는 더욱 강력한 에너지인 **이해**로 대체된다.

A Soul Knowing

용서는 필요치 않다.

이것은 당신이 지금까지 배워 온 그 어떤 것과도 다른, 매우 급진적인 생각이다. 여기서 이 원리에 대해 다시 알아보고자 한다. **선행 용서**는 신성한 여행을 완성하는 데 당신이 사용할 다섯 가지 도구 중 가장 강력한 것임을 꼭 기억하기 바란다. 그러면 이제 그 이유를 밝히겠다.

첫째, **신성**은 신성 자체가 누구이며 무엇인지 이해한다. 그래서 신성은 어떤 방식으로든 상처받거나 다치지 않고, 폄하될 수 없다. 이는 신성은 실망하거나 좌절하지 않고, 짜증내거나 화내지도 않으며 무슨 이유에서든 복수심에 불타는 일도 없다는 의미다. 간단하게 말해 신성에는 이성이 없다. "주께서 말씀하시길, 복수는 나의 것이니."라는 말은 최악의 영적 거짓말이다.

둘째, 인간은 그들이 누구이며 무엇인지 이해하지 못한다. 그래서 인간은 그들이 다칠 수 있고, 상처받을 수 있으며, 폄하될 수 있다고 생각한다. 이는 인간이 모든 생각, 말, 행동에 용서를 필요로 하는 존재라는 것을 경험한 데서 오는 두려움에서 비롯된다. 이 모든 것을 신은 이해하고 있다. 당신이 말도 안 되는 소리를 하거나 행동을 하는 두 살짜리 아이를 '용서'할 필요가 없듯이, 그런 점을 모두 알고 있는 신 역시 당신을 용서할 필요가 없다.

❊❊❊

누군가를 용서해야 한다는 생각은 당신이 기분 상하고, 상처받았거나 피해 입었다는 사실에서 비롯된다. 그런 생각은 진정한 당신의 실체적 현실을 부정한다.

넬슨 만델라와 교황 요한 바오로 2세는 결코 현실을 부정하지 않았다. 만델라와 요한 바오로 2세는 다른 사람들이 저지른 일에 동의하지 않았지만, 왜 사람들이 그런 행동을 하는지는 이해했다.

어린아이가 어리석은 행동을 하는 이유는 미성숙하고 혼란스러워서라는 것을 우리가 이해하듯, 마음 깊이 이해하면 어른이라도 인식이 깊지 못한 사람이라면 남의 마음을 아프게 하거나 상처주는 방식으로 행동하는 경우가 있다고 생각할 수 있다.

따라서 의식을 확장해 영혼의 인식을 포함시킨 사람들의 마음속에서는 이해가 용서의 자리를 대신 차지한다. 영혼은 각자 세상의 모델을 고려할 때 부적절한 행동을 하는 사람은 아무도 없으며, 모두가 주어진 상황에서 할 수 있는 한 최선을 다하고 있다는 것을 안다.

당신이 상처받았거나 어떤 방식으로든 손상을 입었다고 느끼기 시작하면 마음은 놀라운 노력을 발휘해 영혼의 지혜에 스스로를 맡길 것이다.

이제 멈추고, 숨을 쉬라. 그리고 들으라.

영혼이 행하는 추론인 '소울 로직(Soul Logic)'에 귀 기울이라. 그러면 신성한 여행에서 한발자국 더 완성에 가까워질 것이다.

* 다음 웹사이트에서 소울 로직에 대한 동영상을 볼 수 있다.
www.TheOnlyThingThatMatters.net/video

35

오늘을 선택할 자유

아마 당신은 '마음이 생애에서 생애로 영혼과 함께 여행한다면 굳이 내가 여기에서 지금 주목하고 있는 것을 '기억'해야 하는 이유가 뭐지?'라고 생각하며 의아해할 수 있을 것이다.

인간의 마음은 태어나는 순간 제로로 다시 설정된다. 이전 데이터는 모두 삭제된다. 그래서 삶을 시작하는 첫날 당신의 영혼은 모든 인식을 보유하고 있지만 마음은 아무것도 보유하지 않는다.

이건 우연이 아니다.

삶은 환생할 때마다 **당신의 총체**에게 새로운 시작을 선사하도록 디자인되었다. 이런 방법으로 당신은 **자신이 진정 누구인지**에 대해 영혼이 보유하고 있는 가장 위대한 비전 중 두 번째로 위대한 형태 속에서 자신을 새롭게 재창조해 낼 수 있다.

신이 준 커다란 선물인 자유로 인해 판이 깨끗하게 닦인 것이다.

삶은 당신이 원하는 대로 **오늘의 선택**을 내릴 자유를 갖길 원한다. 과거의 결정 때문에 부담을 느끼지 않고, 미래에 대한 약속에 무한히 감사하며, 인간이라는 조건에 속박되지 않고, 신성의 영광에 무한히 감사하기 바란다.

A Soul Knowing

삶은 당신이 원하는 대로
오늘의 선택을 할 자유를 당신이 가지길 바란다.

❄❄❄

이 여정을 시작할 때 영혼이 절대 죽지 않는 것과 마찬가지로 몸과 마음도 죽지 않으며, 다음번 삶으로 당신의 총체와 함께 여행한다고 한 말을 기억할 것이다. 그래서 "태어날 때마다 마음이 제로로 맞춰진다면, 이전 삶의 말기에 그냥 죽는 게 낫지 않겠어? 전에 배운 것을 하나도 기억하지 못한다면 이번 삶에 도움이 될 게 뭐가 있겠어?"라고 질문할 수 있으리라.

지금까지의 설명을 차근차근 깊이 있게 숙고한 사람만이 던질 수 있는 훌륭한 질문이다. 이런 질문을 당신 앞에 가지고 온 존재는 깊이 생각하고 있는 당신의 일부분이다. 그러므로 당신은 동원할 수 있는 모든 수를 다 쓴 것이다.

그러면 다시 한 번 질문하겠다. '마음이 보유하고 있던 이전 삶의 정보가 모두 삭제되서 다시 제로에 맞춰진다면, 하나의 마음이 죽고 우리는 다른 마음으로 다시 태어나는 게 아닌가?'

답은 '그렇지 않다.'이다. 6장에서 기술한 바대로 당신의 마음은 컴퓨터와 같다.(컴퓨터보다 훨씬 낫다.)

이미 알고 있겠지만 컴퓨터의 기록은 영구적으로 지울 수 없다. 데이터를 '휴지통'에 보낼 수 있지만(즉 '삭제'할 수 있지만), '삭제'라는 단어는 실은 거짓 약속에 불과하다. 하드 드라이브에 따로 분리된 공간으로 데이터를 보내는 것뿐이다.

이 공간은 당신이 명령할 때마다 운영 체제가 스캔하지 않게 프로그램되어 있기 때문에 필요 없는 데이터를 휴지통으로 보내면 시스템이 빨리 돌아간다. 하지만 그 데이터는 영원히 휴지통에 있다는 점을 알아 두는 게 좋다. 영원히.

악행을 저지른 증거를 '없애 버렸다'고 생각하는 많은 횡령범들은 경찰이 덮쳐 노트북을 압수한 후 삭제된 파일을 찾아, 오랫동안 그들을 감옥으로 보낼 증거를 확보하는 것을 보면서 실망을 금치 못한다.

요즘은 자료를 아예 다 '절삭'해 버리는 소프트웨어도 있다지만, 이것도 데이터를 완전히 사라지게 하지는 못한다. 원래 데이터를 확실하게 볼 수 없게 하기 위해 새로운 데이터를 그 위에 뒤죽박죽 더해 겹쳐 쓰기를 하는 것뿐이다. 데이터는 여전히 거기에 있지만 전혀 읽을 수 없는 상태로 남아 있다.

하지만 당신의 마음은 컴퓨터보다 훨씬 더 효율적이다! 데이터를 '휴지통'으로 보낼 수 있을(새롭게 태어날 때마다 마음은 이 작업을 한다.) 뿐만 아니라 삭제된 파일에 접근할 수 있고, 겹쳐 쓴 데이터(이전 삶에서 이번 삶으로 다시 반복되는 경험의 기억)도 꺼내 해독할 수 있다. 다시 말해, 마음의 데이터를 영구적으로 '절삭'할 수 없다는 의미다!

실질적인 차원에서 이는 무엇을 말하는가? 새로운 육체를 갖고 삶을 시작할 때 당신은 완전히 깨끗한 '빈 서판'을 받으며, 과거에 내린 선택의 방해를 받지 않고 지금 여기에서 선택할 자유를 갖는다. 그러면서도 당신의 마음이 이전 삶에서 얻은 이전 데이터가 득이 되고, 가져오는 데 방해받을 일이 없다고 판단하면 여전히 그 데이터에 접근할 수 있다. 성장을 멈추는 것은 무엇이든 방해물로 간주된다. 하지만 무엇이든 삶을 지속하는 데 도움을 주는 것은 방해물이 아닌 것으로 여겨진다.

그래서 우리는 호수에 빠져 필사적으로 몸부림치는 아이를 본 남자가 갑자기 수영하는 법을 '알게' 되었다는 이야기, 심리학에서 훈련을 받은 경험이 전혀 없는데도 다리에서 투신하려는 사람에게 해 줄 정확한 말이 불현듯 떠올랐다는 이야기 등을 듣게 된다.

하지만 모든 일반적인 의도와 목적을 이루기 위해 마음이 삭제된 수조 바이트의 데이터를 알아야 할 필요는 없고, **지금 이 순간** 당신에게 도움이 되지 않는 예전 아이디어나 정보는 가져올 필요도 없다.

당신의 마음에 담긴 부적절함이나 실패를 품고 있는 예전의 생각을 뒤로 하고 새롭게 쇄신된 마음은 매번 태어날 때마다 영혼이 보유하고 있는, 당신은 놀랍도록 훌륭하다는 인식을 공개한다.

어린아이들은 자신이 경이로운 존재이고, 무슨 일이든 할 수 있으며, 무엇이든 될 수 있고, 영원히 살 거라고 생각한다. 그게 우연이라고 생각하는가?

***

탄생에 가까울수록 당신은 존재의 진실에 가까워진다. 이전 삶의 경험이 모두 지워진 몸으로 당신은 사물에 대해 새로운 마음을 가질 수 있다. 그래서 '그대여, 어린아이처럼 돼라.'는 지혜로운 조언이 있는 것이다.

이제부터 영원히 이를 당신의 주문으로 삼으라.

어린아이의 순수함으로 세상을 보고, 어린아이의 용감함으로 세상에 접근하며, 아이처럼 준비하고 세상을 사랑하고, 아이의 순수함으로 세상을 치유하며, 아이의 지혜로 세상을 바꾸라.

그대여, 어린아이처럼 돼라.

36

마지막 도구 : 명상

중요한 단 하나에 삶의 초점을 맞추면 당신은 진정성 있고, 순수하며, 기쁨이 넘치는 어린아이의 자유를 경험하게 될 것이다. **유일한 하나가 욕망하는 것**을 완전하게 표현할 수 있도록 매 순간 최선을 다하고 노력을 쏟아 깊이 관찰하는 데 헌신하면, **확장된 의식**으로 신속하게 옮겨가게 될 것이다. 거기에서 신성함이 유발된다.

이 **확장된 의식**은 당신의 마음이 영혼과 결합할 때 생겨나며, 이때 경험은 인식과 만나게 된다. 문제는 어떻게 그런 만남을 갖느냐다. 이를 위해 무엇보다 맨 처음 할 일은 확장된 의식은 선택된 소수나 갖는 것이라고 생각하지 않는 것이다.

사실 **확장된 의식**은 아주 쉽게 경험할 수 있다. 지구상의 모든 사람들이 경험하는데 아이들, 특히 어린아이가 잘 경험한다.

확장된 의식은 다음과 같이 경험할 수 있다.

- 어떤 순간 불현듯 '섬광'처럼
- 간헐적으로, 짧지만 강렬하게
- 정기적으로 수개월 혹은 수년에 걸쳐
- 생애 남은 시간 동안 계속되는 현실을 통해

첫 번째 범주의 사람들은 '계시'를 받은 이들로 구도자가 될 수 있다. 두 번째 범주의 사람들은 '각성(일종의 일관된 깨달음)'한 이들로 학생이 되기도 한다.

세 번째 범주의 사람들은 높은 의식 수준에 도달한 이들로 메시지 전달자나 교사가 된다.

네 번째 범주의 사람들은 깨우침에 도달한 이들로, 본인은 높임말을 사양하지만 성자나 스승 등으로 불린다.

❊❊❊

이 책에서 몇 번이나 언급했듯 모든 사람은 영혼의 신성한 여행을 하면서 수많은 순간 완성에 도달한다. 그리고 완성의 상태를 지속적으로 유지하며 살기를 원한다. 마음과 영혼 사이의 길 또는 통로를 여는 방법을 배울 수 있는지가 관건이다. 이 방법을 배우면 마음은 수개월, 수년에 걸쳐 궁극적으로는 한 사람의 삶에 가장 커다란 부분을 차지하는 지속적인 현실로서 계속해서 확장된 의식을 경험하면서 영혼 속으로 자유롭게 들어올 수 있다.

마음의 경험이 영혼의 인식과 결합해 확장된 의식의 경험을 만들어 낼 때, 다음 도구가 마음과 영혼이 하나되는 경험을 지속시켜 줄 것이다.

이 경험을 신비롭거나 불가해한 것으로 볼 필요는 없다. 아주 일반적인 방법으로, 일상적인 순간에 마음과 영혼이 결합할 수 있다. 지금 당장, 이 책을 읽고 있는 중에도 일어날 수 있다.

A Soul Knowing

확장된 의식을 경험하기는 매우 쉽다.

지금까지 당신에게 주어진 모든 도구는 마음과 영혼을 매우 효율적으로 연결한다.

감사보다 더 빨리 영혼이 살아가는 느낌을 당신에게 가져다줄 수 있는 것이 없고, 재맥락화보다 더 신속하게 당신에게 영혼의 지혜를 보여 주는 것도 없을 것이다. 또한 연민보다 더 빨리 영혼의 무한한 평화를 당신에게 가져다주는 것이 없을 것이며, 선행 용서보다 더 신속하게 영혼의 진정한 특성이 주는 선물을 표현하는 것도 없을 것이다.

하지만 아직 언급하지 않은 마법 같은 도구가 하나 더 있다. 이 도구를 쓰면 다른 도구가 당신을 인도하는 경험을 계속 유지할 수 있다. 우리가 마지막으로 추천하는 도구는 바로 이것이다.

명상

❊❊❊

명상은 오랫동안 모든 사람들이 영혼의 인식에 접근하는 검증된 방법이라고 추천해 왔다. 따라서 다분히 예측가능한 방법이 명상이다. 여기에서 이것을 언급하니 영적으로 진부해 보일 수 있겠지만, 명상의 예측가능성이 그 효능을 증명한다.

이미 많은 사람들에게 명상에 대해 충분히 들었을 테니 여기서는 명상을 지지하거나 옹호하는 데 많은 시간을 할애하지는 않을 것이다. 아마 당신은 어떻게 하면 명상을 효과적으로 할 수 있는지에 대해서는 알고 싶을 것이다.

명상을 하는 최고의 방법이 따로 있는 것은 아니다. 최고의 명상에 대한 모든 답을 충족시키는 단 한가지 방법은 없다. 각자가 다른 경험을 한다. 다만 이 도구를 효과적으로 사용하는 방식은 있다. 당신도 아마 여기에 흥미를 느낄 것이다.

단 몇 장 안에 명상에 대해 쉽고 빠르게 알 수 있는 법을 제시한 문헌을 찾기는 쉽지 않다. 그래서 이 책의 부록에서 언급한 책 『삶의 모든 것을 바꾸는 9가지 의식 혁명』의 명상 부분을 발췌해 수록했다.

『삶의 모든 것을 바꾸는 9가지 의식 혁명』에는 명상에 관한 네 가지 방법이 기술되어 있는데, 거기에서 명상에 필요한 통찰력을 얻을 수 있을 것이다.

아직 그 책을 읽지 않았거나, 명상이 정말 본인에게 효과가 있는지 알고 싶은 독자라면 이 책의 부록을 참조하라.

❊❊❊

명상이 신성한 여행을 하는 데 효과적인 이유는 명상을 통해 일정한 환경이 조성되고 그 안에서 마음과 영혼이 연결될 수 있기 때문이다.

그런 환경을 만들어 내는 방법에는 명상을 포함해 기도, 시각화, 지시적 시각 요법, 종교 댄스, 영계와의 교류 의식, 금식, 독송, 북치기 그리고 조용한 사색 등이 있다.(물론 이런 것에만 국한되는 것은 아니다).

신성과 연결되는 데 가장 널리 알려진 방법은 아마도 기도일 것이다. 세상 모든 종교에서 기도를 가르친다. 신과 접촉하는 방법을 확립하는 멋진 방법이 되겠지만, 기도와 명상은 전화로 룸서비스를 청해 뭔가를 주문하는 것과 이어폰으로 조용한 음악을 듣는 행위만큼이나 다르다. 하나는 에너지를 '보내는 것'이고 또 다른 하나는 '받는 것'이기 때문이다.

시각화도 마음이 현재 무엇인가에 주의를 빼앗기고 있는 상태에서 벗어나 유일한 하나의 욕망에 연결되도록 도와준다. 당신의 개인적 욕망이 유일한 하나의 욕망과 같다면(가장 깊은 단계에서는 같지만, 표면 단계에서는 그렇지 않을 것이다.) 시각화 기법이 매우 유용할 것이다. 다른 명상 기법에 비해 시각화는 마음을 좀 더 적극적으로 관여하게 만든다.

지시적 시각 요법이나 종교 댄스 같은 기법 역시 높은 수준의 인식으로 이끌어 내적 평화에 좀 더 가까이 다가가도록 도와준다. 하지만 대부분의 사람들은 이런 기법들이 명상만큼 신뢰할 만하고 그 효과가 일정하지는 않다고 말한다. 지시적 시각 요법은 라이브 음악 또는 녹음을 이용해 다른 사람의 인도를 받아 실행하는 명상 기법이다. 그래서 특성상 아주 개인적이지는 않다. 종교 댄스는 마음에서 완전히 벗어나 갑작스러운 각성으로 이끈다고 알려져 있지만, 북 치기나 독송처럼 마음의 중심을 이용하기 때문에 이 중심과 모든 활동에서 초점이 멀어질 때는 명상처럼 평화롭게 마음을 참여시키지 못한다.

그래서 대부분의 사람들은 영혼을 마음으로 불러오는 데 있어 명상을 가장 유익하고, 건설적이며, 강력하고, 효능이 좋은 기법으로 꼽고 있다.

❊❊❊

무엇을 선택하든 마음과 영혼이 만날 수 있는 방법을 강구해 당신의 모든 경이로움을 나누라. 마음은 결코 혼자 기능하도록 설계되지 않았다.

A Soul Knowing

마음은 혼자 기능하도록 설계되지 않았다.

마음은 당신의 경이로운 일부분이다. 이 대화를 나누는 내내 우리는 마음이 영혼보다 '못하다'거나 열등하다고 주장한 적이 없다. 마음은 결코 영혼보다 열등하지 않다.

마음은 이번 생에서 당신 육체의 생존을 보장해 주는 놀라운 장치다. 측정할 수 없을 만큼 세밀하게 기능해, 육체가 생존할 수 있도록 기능하는 것이 마음이다. 우리는 아직도 마음이 작동하는 원리를 완전히 이해하지 못한다. 하지만 간단히 우리 자신을 관찰할 수는 있다. 우리는 '지혜'라는 정보의 원천에 공개될 때 마음이 놀랍도록 잘 기능하는 것을 보았다. 그리고 정보의 원천은 마음에 한정된 경험의 기억으로 생성되는 게 아니라, 마음 바깥에 위치하지만 당신의 총체의 범위를 넘지 않는 곳에 자리한, 무한한 인식에 의해 생성된다.

당신의 유일한 관심사가 생존이라면, 이 삶을 여행하며 앞으로 나아가는 데 마음만 있으면 충분할 것이다. 하지만 앞서 살펴봤듯 생존은 결코 당신의 주요 관심사가 아니다. **원초적 본능**도 되지 못한다. 그것은 당신의 의제에서 가장 높은 자리를 차지하지 않는다. 목표는 완성이다. 신성한 여행의 완성을 위해서는 마음뿐만 아니라 영혼도 필요하다. 마음과 영혼이 함께 기능하도록 만들어졌다는 것은 매우 중요한 논점이다.

마지막 도구로 명상을 강력하게 추천하는 이유가 여기에 있다. 이 책을 집필한 이유이기도 하다.

삶에서 오로지 몸과 마음만을 사용한다면, 세발자전거를 타면서 바퀴를 두 개만 사용하는 것과 마찬가지다. 그런 상황에서는 균형을 잡기가 매우 어려울 것이다.

37 특별한 선물 : 의지

드디어 당신은 이 놀라운 다섯 가지 도구로 삶에서 중요하지 않은 98퍼센트에서 마음을 떼어 낼 수 있게 되었다. 중요하지 않은 것들을 한번 살펴보자. 다음과 같은 것들이 있다.

당신은 돈을 얼마나 버는가.
사람들이 당신을 어떻게 생각하는가.
당신의 일이 완성되었는가.
당신의 성적 취향은 무엇인가.
당신은 얼마나 많은 실수를 저질렀는가.
재정 상태를 계획하고 준비하였는가.
10년 후 당신은 어디에 있을 것인가.

어떤 주식을 사야 하는가.

식당 벽이 크림 색이어야 하는 이유는 무엇인가.

카펫을 새로 깔아야 하는가.

어떤 차를 살까.

파티에 어떤 사람을 초대하고, 초대하지 않을지를 결정하는(실은 그들이 파티에 오지 않기를 바라지만 어쨌든 그들의 기분을 상하게 하지 않는) 방법.

상자를 어디에 보관할 것인가.

저 포도는 유기농인가

어떤 종교를 가져야 하는가.

어느 정당에 가입해야 하는가.

어떤 상의에 어떤 바지를 입어야 하는가.

머리카락을 잘라야 할까.

왜 매일 이부자리 정돈을 해야 하는가.

이부자리 정돈은 어떻게 해야 하는가.

어떻게 하면 친구를 더 사귈 수 있을까.

어떻게 개미를 처치할까.

저녁으로 무엇을 먹을까.

누가 쓰레기를 내다 버릴 차례인가.

지금 바람을 피우고 있는가.

이밖에도 중요하지 않은 일 수천 가지가 있다. 자신에게 '영혼의 의제를 실행하도록 돕는 최선의 방법이 뭐지?'라고 물어본 지 수개월은 지난 시점에 그 수천 가지 것들이 매일 당신의 마음속으로 밀려 들고 있지는 않은가?

❊❊❊

"당신은 어떻게 ○○○을 할 수 있는가?

"내 영혼의 의제를 실행하도록 돕는 최선의 방법이 뭐지?"

"그게 대체 뭐라고? 그게 내 주택 대출금을 갚는 거랑 무슨 상관이 있는데? 마틸라가 임신한 거랑은 또 무슨 관계가 있고! 세상에, 제발 정신 좀 차리라고!"

❊❊❊

이런 식으로 '현실의 삶'이 방해 공작을 펼 수 있다. 지금 일어나는 일이 영원한 여행과는 전혀 상관없는 것처럼 보이게 하는 방법이다. **외부에서 진행 중인 모든 일이, 내부에서 일어나길 바라는 모든 것**의 방해물처럼 보일 수 있다. 그러니 자신에게 먼저 특별한 선물을 주지 않으면 저 유용한 도구들을 (사용한다고 해도) 지속적으로 사용할 수 없다.

이 특별한 선물은 당신이 다른 도구들을 사용할 수 있는 공간을 만들어 낸다. 신성한 여행을 하면서 자기 자신에게 먼저 주어야 할 첫 선물이자 '승차권'인 셈이다.

수많은 사람들이 영혼의 길에서 자신이 진정 누구인지 충만하게 경험할 수 있는 방법을 찾았지만, 삶의 결정적 순간에 그 길에서 벗어나 저항하곤 했다. 그들은 영혼의 길이 무엇인지 안다. 최소한 그것이 무엇인지 알고, 찾기도 했지만 결정적인 순간에 그들이 경험하는 부정적인 감정을 떨쳐 버리지 못한다.

아니면 부정적인 감정을 떨쳐 버릴 준비는 되었지만, **신성한 목적**에 완전하게 항복하고 **신성한 여행**을 하겠다고 온전히 맹세하는 것이 어렵다는 걸 알게 된다. 당연한 반응이다. 가끔은 '나쁜' 감정을 느끼는 것이 '좋다'고 생각될 때가 있다. 그러니 여기서 접한 도구 중 무엇보다도 맨 처음 자신에게 주는 선물이 중요하다.

삶이 당신에게 준 놀라운 도구를 사용해 실제로 변화하는 것은 말할 것도 없고, 단 한순간이라도 변화의 잠재성을 보았다면 당신은 이 선물을 가지고 있는 것이 틀림없다.

당신이 자신에게 선사해야 하는 선물은 바로 이것이다.

의지

❊❊❊

의지는 변화를 경험하는 데 반드시 필요하다. 의지가 없다면 지금까지 나눈 이야기 중 그 어느 것도 이뤄지지 않을 것이다. 반면 의지가 있으면 우리가 이야기한 모든 일이 실제로 일어날 것이다.

어떻게 **의지**를 발동시킬 수 있을까? 그것은 선택이다. 말 그대로 의지를 행동으로 실천하는 것이다. 의지를 발동시키려면 힘이 있어야 한다. '자유 의지'라는 표현이 의미하는 바를 반드시 이해해야 한다.

의지를 자유롭게 풀어 줘야 한다. 당신의 의지와 신의 의지는 하나다. 당신이 원하는 것을 신도 원한다는 말이다. 또한 존재의 가장 심오한 부분에서 당신이 자신을 위해 원하는 것은 신이 신성 그 자체에게 원하는 것과 동일하다.

A Soul Knowing

당신이 원하는 것을 신도 원한다.

신성과 인간성은 같은 것을 원한다. 신성과 인간성은 동일하기 때문에 이 두 가지 모두 어떤 순간이든 삶의 가장 높은 표현을 원한다. 하지만 어떤 의미에서 인간의 의지가 갇혀 있을 수도 있다. 삶을 바라보는 방식에 대한 완고한 고집 때문에 이 놀라운 다섯 가지 도구를 사용하지 않겠다고 거부함으로써, 당신은 갇히고, 단절되며, 분리되고, 덫에 빠져 사랑을 '포기'하게 될 수 있다. 자신을 가두는 감옥을 만들어 제 발로 걸어 들어가, 스스로 문을 잠그는 셈이다. 분노, 분개, 두려움, 독선, 닫힌 마음은 자기 자신을 감옥으로 이끄는 길이다. 슬프게도 사람들은 그 길을 따라가면 자신이 진심으로 가고자 하는 안전한 장소에 도착할 거라고 착각하고 있다.

작은 자아에서 비롯될 때면 누구든지 그렇게 생각할 수 있다. 작은 자아가 원하는 것은 오로지 안전이다. 우리는 삶으로부터 안전하기 바란다. 슬픔은 지겹도록 경험했다. 고통도 마찬가지다. 공격도 많이 당했고, 잘못했다는 비난도 수없이 듣고, 힘든 일에 압도된 적도 많다. 이미 충분히 힘들었다.

그래서 우리는 도개교를 내리고, 마차를 타고 원을 빙글빙글 돌기만 하며, 위험에 대비하고, 마음의 제한된 경험이 만든 요새 안으로 후퇴해 들어가 버린다. 최소한 거기는 익숙하니까. 과거와의 공통점이 있고, 그 순간만큼은 안전하다고 느껴지니까. 흥미진진함과 재미는 없을지라도, 어마어마한 영광이나 마음이 활짝 열리는 사랑의 기쁨은 없다고 해도, 안전하므로 괜찮다고 생각한다.

하지만 정말 그런가? 정신의 벙커에 앉아 있으면서 결국 안전 가옥이 아닌 감옥으로 갔다는 것을 우리는 안다. 안전한 곳으로 가고 있다고 생각하지만 사람들은 항상 화내고 두려워한다는 것을 우리는 안다. 위험을 피하려고 노력하는 에너지를 우리는 지금 그 어느 때보다 더 강렬하게 느끼고 있다.(한편 '탈출'한 사람들은 더 큰 사랑의 품 안에서 온전한 안전함을 느끼고 있다.)

❊❊❊

지금 당신은 감옥에 있지 않을 수 있다. 그러길 바란다. 여기에서 읽은 내용이 마음의 감옥에서 벗어날 수 있도록 충분한 자극이 되었기 바란다. 하지만 지금 당신이 어디에 있든, 주변을 돌아보면 사람들 대부분이 '자유 의지'를 제대로 이해하지 못한다는 점을 알게 될 것이다. 그들이 **지금 하고 있는 생각**은 **현재의 인식**과 결합되지 않는다.

당신 스스로 살짝 그 자리로 되돌아갔다면 언제나 그렇게 말할 수 있다. 당신의 현재 생각은 영원한 인식에 연결되어 있지 않다고, 마음이 영혼과 결합되어 있지 않다고, 당신의 현재 생각은 부정적이라고 언제나 말할 수 있다.

당신의 생각이 부정적이라면 그건 마음에서만 비롯되었기 때문이다. 영원한 인식이 머무르는 장소인 영혼은 어떤 종류든 부정적인 생각은 할 수 없다는 것을 당신은 안다. 영혼은 너무 많이 안다. 영혼은 무한하다. 하지만 마음은 유한하다.

현재 생각도 물론 긍정적일 수 있다. 모든 생각이 부정적인 것은 아니다. 마음도 (말 그대로) 그 순간의 분위기에 따라 부정적일 수 있고 긍정적일 수 있다. 하지만 영혼은 그런 이중성을 가질 수 없다.

그러므로 영혼에서 만들어진 영원한 인식은 무엇이 되었든 결코 부정적인 에너지를 만들어 낼 수 없다. 하지만 마음은 끝없이 부정적인 생각을 만들어 낼 수 있다.

그러니 마음과 영혼이 만나는 곳에서 감사, 재맥락화, 연민, 용서 그리고 명상을 이용해 영혼의 긍정성을 발견하고 어떤 순간이든 마음이 가질 수 있는 부정성을 바꾸려 노력하라.

이런 도구들은 부정적이고 소모적인 에너지를 대체해 순수한 행복

에너지로 전환시킨다. 하지만 먼저 의지를 가지지 않으면 아무 일도 일어나지 않을 것이다. 그 어떤 일도.

우리는 점점 더 가벼워질 수 있습니다.
침묵의 소리를 끌어낼 수 있고
움직이는 중에 완전히 정지한 채 앉아 있을 수 있습니다.
모든 세포를 가능한 한 아주 넓게 열어젖힐 수도 있습니다.
"어떻게?"라고 물었나요?
그러면 나는 용기 내어 이렇게 말하겠어요.
먼저 의지를 가져야 한다고.
그러면 믿을 수 없을 만큼 강한 믿음이 생깁니다.
당신의 상상을 초월하는 인내심이
차곡차곡 쌓여 갑니다.
이제 예고도 없이 은총이 헤치고 나아갑니다.
형언할 수 없는 기적이,
그리고 어둠이 닥쳐 옵니다.
자궁에서 잉태가 이루어지고
탄생합니다. 그리고 빛이 보입니다.
그리고 다시 의지를…… .

—「의지」, 엠 클레어

38

원초적 본능에 대하여

그럭저럭 간신히 살아가기를 바라는 사람은 아무도 없다. 어떤 순간에든 우리 자신을 가장 높게 표현할 수 있는 위치로 오르길 원하고, 전 생애가 그렇게 되기를 바란다.

앞서 언급했지만 삶의 목적을 완전하게 표현하는 것이 무엇보다 더 중요하니, 조금 더 깊이 들어가 보기로 하자.

우리가 가진 **원초적 본능**은 생존이 아닌 부활이다. 우리 모두의 삶에서 가장 원대한 꿈을 부활시키는 것이다. 자신에 대한 가장 위대한 생각을 다시 불러내는 작업이다. 신은 우리에게 가장 좋은 것만을 원하며 최고의 것을 우리에게 주고, 우리 안에 있는 최고의 것을 보고, 오로지 최상의 것만을 남겨 둔다. 그런 신에 대해 우리가 가지고 있는 본연의 진실을 다시 회복하는 일이기도 하다.

우리의 전 생애는 결코 **원죄**로부터 자신을 구원하는 일에 대한 이야기가 아니다. 결코 그런 적이 없다. 생은 본연의 진실로 우리 자신을 되찾는 작업이다.

삶은 최상의 것이다. 그런데 우리는 삶을 최악으로 보이게 만들어 왔다. 신은 최고다. 그런데 우리는 신을 최악으로, 혹은 가장 두려운 존재로 만들어 왔다. 비판적이고, 복수심이 강하며, 앙심을 품는 존재, 모욕감을 주며, 저주를 퍼붓고, 잔혹하면서도 무서운 존재로 그려 왔다. 그러니 인간은 '신을 두려워'하는 것이 '좋다'고 생각하는 것도 전혀 무리가 아니다.

하지만 우리 모두는 어린아이처럼 순수하다. 그저 몰라서 혼란스러울 뿐이다. 우리가 진정 누구인지 알지 못하고, 기억하지 못해서, 정녕 무슨 일이 벌어지고 있는지 듣지 못해서 이해하지 못할 뿐이다.

우리가 원한다면 원초적 본능을 무시할 수 있다. 하지만 그렇다고 그 본능이 없다고 주장할 수는 없다. 원초적 본능은 바로 우리 안에 살아 있다. 우리가 앞으로 나아가도록 동기를 부여하는 것은 우리 안의 최고를 지향하는 열망이다. 고독이라는 단순한 게임에 만족을, 혼자 치는 골프에 기쁨을 가져다주는 것이 바로 이것이다. 또한 나쁜 습관을 극복할 수 있게 해 주며, 어려운 사람이나 사건을 좀 더 나은 방식으로 대면할 수 있게 해 준다.

자신을 스스로 떨쳐 내는 것, 마지막까지 최선을 다해 노력하는 것이다. 다른 사람과 경쟁할 필요가 없는 것은 물론, 그들이 알아야 할 필요도 없이 그저 당신이 어느 때보다 더 나아지는 것이다.

경쟁이 아닌 반복이다. 그 어느 때보다 더 잘할 때까지 혹은 더 잘할 수 있다고 생각할 때까지 삶을 다시 **반복**하는 것이다!

이것이 당신의 삶이다. 영원한 삶 역시 마찬가지다. 자신이 **최고의 모습**을 보일 때까지 계속해서 기회를 주는 것이다.

(바라건데, 이 점을 반드시 명심하기 바란다. 이것은 당신이 어떤 일을 '올바르게 바로잡을' 때까지 반복하는 게 아니다. 맞고 틀리고의 문제가 아니라 점점 더 나아가는 것이다. 그렇게 해서 당신은 점점 더 완성에 가까워진다.)

❊❊❊

인간의 이런 기본적인 충동을 여기서 우리는 '신성'이라고 불렀다. 원한다면 다른 이름으로 부를 수도 있다. 신성이란 삶을 가장 고원하게 표현하는 일이고, 자아를 가장 훌륭하게 표현하는 작업이며, 가장 원대한 존재의 표현인 것이다.

결국 **중요한 단 하나**가 핵심이다. 그것이야말로 **유일한 하나**, 바로 당신인 하나, 당신과 함께하는 하나가 욕망하는 것이기 때문이다. 사람들은 오로지 이것을 위해 살아가지만 역설적이게도 수많은 사람들이 이것에 가장 신경을 덜 쓰고 있다.

그래서 이 책에서는 당신이 그 점을 알고 있다는 것을 상기시켰다. 이런 것에 대해 몰랐다면, 자신에게 영혼의 의제를 상기시키지 않았다면, 신성한 여행과 성스러운 목적에서 멀어졌을 거라는 걸 알게 되었다. 싸움과 고통에서 벗어나지 못할 것이고, 진정 기쁘고, 경이로우며, 흥미진진하고, 충만한 삶의 길로 들어서지 못할 거라는 걸 알았을 것이다.

이제 당신은 현재의 생각과 영원한 인식의 교차점은 마음과 영혼이 만나고, 경험과 인식이 교차하는 곳이라는 걸 안다. 요령 있게 그 중심에 머물러 몸과 마음 그리고 영혼이 하나가 된 곳에 깊이 침잠해, 당신의 총체가 합쳐지는 것을 느끼라. 완성된 인간으로서의 삶을 살기로 결심하라.

39 새로운 세계

당신은 이 모든 일을 이미 경험했을 수 있다. 이런 가능성을 당신에게 제시하는 것이 이 책이 처음이 아닐 수도 있다. 하지만 앞서 말했듯 명상이라는 도구를 사용해도 신성과 연결된 상태를 유지하는 일, 마음과 영혼의 중심에 서는 일은 수많은 사람들에게 어려운 일로 다가온다.

일상의 삶이 계속해서 방해를 하고 야단법석을 떤다. 혼란을 일으킨다. 그래서 우리는 마지막 질문을 떠올린다. '명상을 할 때 실제 삶이 방해 공작을 펴는 수많은 순간, 어떻게 중심을 잡고 그 상태를 유지할 수 있을까?'

답은 명상을 하는 동안 찾았던 공명의 장으로 돌아가는 길을 찾고, 여기에서 이야기한 감사, 재맥락화, 연민, 선행 용서를 이용하는 것이다.

자신에게 주어진 첫 번째 선물인 의지로 당신은 그 길을 찾을 수 있다. 그리고 영적 스승이자 선도자인 바버라 막스 허바드가 당신의 **부분적 자아**와 **보편적 자아**라고 부른 것과 자발적으로 결합할 수 있다. 이 두 가지가 협력적으로 존재해 생성되는 공명의 장이 있다. 바버라는 당신이 그 공명을 느낄 수 있다고 말한다. 인간의 언어로 표현하면 그것은 '사랑'이다.

매일의 삶이 자신을 '방해한다고' 느껴질 때마다, 세금을 내고, 일을 처리하고, 모든 사람들을 행복하게 하고, 마감 시한을 맞추고, 하루를 살아가기 위해 해야 할 일을 하느라 정신없이 바쁜 자신을 발견할 때마다, 특히 대하기 어려운 사람을 만날 때마다 당신은 바버라처럼 하고 싶을 것이다. 그는 이렇게 말한다.

"나는 사랑을 느낄 때까지 내 손을 가슴에 대고 있어요."

먼저 당신은 자신에 대한 사랑을 느낄 것이다. 그리고 다른 이에 대한 사랑을, 그다음에는 삶 자체에 대한 사랑을 느낄 것이다. 그러고 나서 신성이라 불리는 것을 향한 사랑을 느낄 것이다.

당신이 하고 있으며 애쓰는 일, 그 모든 것이 원활한 상태를 유지하게 만드는 것, 자신이 한 모든 약속을 지키려는 노력, 그리고 마음속으로 자신이 좋은 사람이라는 것을 알기 때문에 당신은 자신에게 사랑을 느낄 것이다.

당신 앞에 있는 사람이 그 나름의 어려운 순간에 있고, 세상을 살아가는 다른 이들도 그들 나름의 도전에 직면해 있다. 힘들지만 그들 모두 당신과 마찬가지로 본질적으로 좋은 사람이고, 최상의 것을 원하지만 어떻게 그것을 이뤄 낼지 모를 뿐이다. 당신은 이런 사람들에게 사랑을 느낄 것이다.

삶 자체는 **신뢰할 만한 반복**이 이루어지는 놀라운 과정으로, 당신 자신에 대한 가장 원대한 결정을 내릴 기회를 계속해서 준다. 이 점에서 당신은 삶 자체에 사랑을 느낄 것이다.

그리고 신성의 위대함과 경이로움, 영광은 그 속으로 당신이 들어가게 해 주고 당신의 **보편적 자아**와 영원히 연결되며, **신성과 하나**가 되는 데 '한몫'하게 해 주었다. 당신은 신과 사랑에 빠질 것이다.

아주 잠깐 눈을 감고 호흡하면서 가슴에 손을 얹고 공명의 장으로 들어가면, 당신의 몸과 마음 그리고 영혼이 하나이며 당신의 총체와 모든 것의 전체가 같다는 것을 단순히 개념화할 수 있을 뿐만 아니라 실제로도 느껴질 것이다.

그러려면 의지를 가져야 한다. 자신을 내 주고 의지의 선물을 받아야 한다.

❊❊❊

주변을 돌아보면 많은 사람들이 그렇게 하지 못한다는 것을 알게 될 것이다. 그들의 **현재 생각**은 **영혼의 영원한 지식**은 고사하고 **현재의 인식**과도 결합해 있지 않다. 그들은 이 모든 것을 '뉴에이지에서 떠드는 이해할 수 없는 생각' 정도로 치부할 수 있다.

"신이 바로 답이야." 이렇게 말하는 사람도 있을 것이다. 하지만 그러면서 신을 분노하고, 폭력적이며, 앙심을 품는 존재로 그려 내며 인간이 다른 인간에게 분노하고, 폭력적이며, 앙심을 품어야 할 완전한 이유를 주는 존재로 만들어 버린다.

하지만 그건 답이 아니며 신에 대한 진실도 아니다.

또한 '신'은 존재하지 않는다고 말하는 사람도 있다. 그래서 그들은 신사고 운동은 물론 전통 종교도 틀렸으며, 어떤 수준으로든 우리를 인도하거나 도와줄 신성 같은 것은 없다고 주장한다.

위의 두 가지 견해는 인간이 만든 현실을 평가할 때 저지르기 쉬운 가장 큰 오류다. 『신과 나눈 이야기』가 전하는 메시지를 아주 간단하게 요약한 문장을 소개하겠다. "너희들은 나를 완전히 잘못 이해하고 있다." (이것은 바로 신이 세상에 보내는 메시지다.)

신과 영혼의 존재에 대한 믿음이 없다면 우리에게 남는 것은 한정된 마음의 도구뿐이다. 그러면 이 책에서 반복해서 언급한 대로 이 삶이 무엇이 되었든 간에 우리 마음에는 의미가 없게 될 것이다.

영혼의 통찰력, 지혜 그리고 영원한 선명함이 마음의 경험적 참고사항에 더해져야만 우리 삶에서 일어나는 것, 이 땅에서 일어나는 일은 의미를 가질 것이다. 그리고 마음과 영혼이 결합해야만 우리의 시야가 넓어져, 희망이 없어 보이는 세상에서 희망을 찾을 수 있다.

오늘날의 세상이 스스로 표현하는 방식에서 우리가 누구인지를 반영하지 못한다면, 이 세상에는 치유와 도움이 필요한 것이다. 그리고 세상은 다시 창조되어야 한다. 우리가 모든 것을 있는 그대로 유지하기를 원한다면 세상은 아무것도 '필요로' 하지 않는다. 우리를 표현하지 않는 세상을 볼 때만 우리는 신과 영혼의 강력한 힘을 다시 얻어, 우리 삶의 경험을 변경하는 데 이용할 '필요'를 느낀다.

A Soul Knowing

당신의 생각이 부정적이라면, 그건 마음 혼자 일하고 있기 때문이다.

❊❊❊

그 힘에 다가가지 않는 사람이 어마어마하게 많다. 그들은 마음과 영혼의 교차로에 접근하지 않았다. 심지어 거기가 공명의 장이라는 걸 모르는 사람도 있다. 공명의 장이 존재한다는 것을 알아도 어떻게 가야 하는지 그 방법을 모를 수도 있다. 아니면 그곳에 도달했지만 익숙한 마음의 영역으로 후퇴했을 수도 있다.

그 결과 수백만의 사람들이 현재 부정적인 생각을 품고 있다. 당신 주변에 이런 일이 일어나는 것을 분명 당신도 보고 있을 것이다. 전 세계에서 소셜 네트워크 서비스와 미디어를 통해 다음과 같은 선언이 발표되는 것을 들었을 것이다.

엄청난 재앙이 목전에 왔다.

전 지구적 재난이 임박했다.

사회 체계가 붕괴되는 것은 필연적이다.

삶은 끝없는 투쟁에 지나지 않는다.

상황은 나빠져 가고만 있다.

무엇이든 더 나아질 가능성은 없다. 아무것도.

나는 여기서 살아남을 수 없고 이 세상에서 행복할 수도 없다.

여기 있기를 원하는지 나도 잘 모르겠다.

살고 싶기는 한 건지 잘 모르겠다.

❊❊❊

도처의 사람들이 자신이 이런 환경에 깊숙이 함몰되어 있다는 것을 알기 때문에 긍정적인 사람들조차 이런 부정적인 생각으로 끌려가기 시작했다.

부정적인 생각은 우리를 밑으로 끌어내려 오로지 우리에게 가능한 미래는 누구든지 무덤을 원하게 만드는 것이라고 가정하는 심각한 사건에만 집중하게끔 한다. 따라서 '끌려간다'는 것은 실로 적확한 표현이다.

하지만 당신은 끌려 내려가지 않고 상승하기를 선택할 수 있다.

의식이 당신 앞에 자리하고 있음을 선명하게 볼 수 있는 **영원한 인식**의 장으로 자신의 내적 자아를 고양시켜서, 당신의 생각, 선언, 기대를 상승시킬 수 있다.

당신은 그것을 무엇인가의 종말이 아닌, 모든 것의 시작으로 볼 수 있다. 확실히 모든 것의 시작은 정말 중요하다. 우리의 외부 세계 전체가 '무너진다'고 해도(이런 일은 일어나지 않을 것이다.), 경제 시스템이 완전히 붕괴되고, 정치 시스템이 몽땅 와해되고, 종교 시스템이 순식간에 소멸되고, 사회 시스템까지 모조리 해체된다고 해도, 여전히 우리는 존재할 것이다. 그리고 흥미롭게도 우리 모두 같은 입장이 될 것이므로 더 이상 서로 분리되지 않을 것이다.

시스템이 해체되면 우리가 분리되는 현상도 사라질 것이다. 더 이상 우리는 서로를 부자나 가난한 자로 보지 않을 것이고, 민주당이든 공화당이든 상관없을 것이며, 더 이상 보수와 진보, 그리스도인, 유대인, 힌두교도, 이슬람교도로 꼬리표를 붙이는 작업이 힘을 얻지 못할 것이다. 흑인이든 백인이든, 동성애자든, 이성애자든, 남자든 여자든, 젊든 나이 들었든 더 이상 문제될 것이 없을 것이다. 그리고 더 나은 세상을 만들겠다며 우리가 만든 이 모든 '시스템'이 그저 서로 갈라놓기만 한다는 것을 알게 될 것이다.

그래서 인위적인 차이들은 모두 사라지고, 분리되고 갈라지는 일도 없어지며, 우리의 상상으로 만든 '우월성'이 가볍게 폐기될 것이다. 새로운 세상을 만들기 위해 우리가 함께 노력할 때, 가장 작은 일에도 타협하지 못하는 무능함은 일시에 증발해 버릴 것이다.

우리가 영혼의 지혜를 갖는다면 새로운 세상에는 다음과 같은 현상이 일어날 것이다.

1. 모든 인간을 신성의 일면이자 개별화된 존재로 받아들임.
2. 궁극적으로 인류가 하나 된다는 진실로 수백만의 사람들을 포용함.
3. 우리가 이 땅에 온 이유와 영혼의 의제가 선명해짐.
4. 극도로 비참한 가난, 굶주림으로 인한 죽음이 종식됨.
   정치적 · 경제적 힘을 가진 자들이 사람과 자원을 착취하는 일이 끝남.
5. 체계적으로 진행 중인 지구 환경 파괴가 끝남.
6. 협력보다 경쟁에 기반한 경제 시스템이 붕괴됨.
   끝없이 경제 성장을 추구하는 문화의 지배가 끝남.
7. 더 크고, 더 나은, 더 많은 것을 얻기 위한 투쟁이 끝남.
8. 집, 직장 혹은 꿈에서조차 인간을 억제하는 제한과 차별이 끝남.
9. 모든 사람들이 가장 높은 자아 표현의 단계에 도달하게 됨.
   그 결과 진정으로 동등한 기회가 모두에게 주어짐.
10. 우리가 진정 누구이며, 인류가 어떤 존재가 되어야 할지 생생하고 실질적으로 표현하기 위해 사회 시스템이 교정됨.

❊❊❊

이 땅에 새로운 종류의 지도력도 꽃피울 것이다.

"우리의 것이 더 나은 방법입니다. 우리의 정치, 철학, 종교, 성 정체성이 당신의 것보다 나으니, 우리를 따르세요!"

이렇게 말하는 지도자가 아니라 다음과 같이 말하며 사람들을 이끄는 지도자가 나올 것이다.

"우리의 것이 더 나은 것은 아닙니다. 그저 또 하나의 방법일 뿐입니다. 하지만 우리 모두 함께 걷는다면, 협력하고 함께 작업한다면, 백인, 흑인, 동성애자, 이성애자, 남녀노소 가릴 것 없이 모두에게 더 나은 성취할 방법을 만들어 낼 수 있습니다. 우리 모두가 함께할 것이므로 할 수 있습니다. 머릿속에 든 생각, 우리가 직접 경험한 것도 아닌, 그저 어디에선가 들어서 알게 된 생각이 우리 사이에 끼어드는 것을 허용하지 않는다면 우리를 갈라놓을 것은 아무것도 없습니다."

다름이 분열을 일으키지 않고, 갈등을 야기하지 않으며, 우리의 염원이 견책을 불러일으키지 않는다는 것을 우리는 알게 될 것이다.

다시 말해, 우리는 인간이 되는 새로운 방법을 창조할 것이다.

40

다시, 삶 속으로

당신은 관대하다. 당신은 그 사실을 알고 있다. 인내하고 소중한 시간을 소비하며 여기까지 오는 내내 당신은 관대했다. 어떤 생각을 몇 번이고 반복하고 다시 말하는 것을 진득하게 들으면서 이 여정의 핵심을 되새겼다.

여기서 당신은 자신에게 수많은 것을 상기시켰다. 하지만 그저 무심히 건드리기만 한다면 많은 것을 잃어버릴 수도 있었으리라. 그러니 당신의 관대함에 감사한다. 그러면 이제 마지막 생각에 대해 이야기하겠다.

＊＊＊

수백만 번의 순간이 있다. 아니, 수억, 수조의 순간이 있다. 이것을 하나로 꿰 놓은 것을 삶이라고 부른다.

하나의 순간을 일정한 길이로 규정할 수는 없다. 1초, 1분, 1시간 또는 그 이상이 될 수도 있다.

그런데 **가장 중요한 순간**에는 뭔가 범상치 않은 특별한 면이 있다. 가장 중요한 순간은 길면 길수록 어쩐지 짧아 보인다. 반대로 짧으면 짧을수록 긴 것처럼 느껴진다.

사랑하는 사람에게 마지막으로 안녕을 고하며 저녁을 보내 본 적이 있다면, 시간이 너무 빨리 지나간다는 걸 당신은 알 것이다. 단 몇 초 동안 사랑하는 사람의 눈을 깊이 들여다본 적이 있다면 시간이 정지될 수 있다는 것도 알고 있으리라.

그러니 단 몇 초가 1시간처럼 느껴질 수 있고, 1시간이 몇 초처럼 흘러갈 수 있다. 시간 속에서 경험을 만들어 내는 것은 시간의 내용이다.

어떤 방식으로 경험하든 어떤 순간은 왔다가 가 버린 줄도 몰랐는데 이미 가 버리고 없다. 그런 순간을 기억이라고 부른다. 기억은 당신의 마음속에 아로새겨진다. 기억은 평생 당신의 것으로 남아 다른 누가 빼앗아 가지 못한다.

당신이 간직하고 싶지 않은 기억을 없앨 수도 없다.

이 책을 읽는 동안, 곧 기억으로 변할 순간들이 현재 진행되고 있다. 그리고 느린 기억, 너무도 빠른 기억, 좋은 기억, 그다지 좋지 않은 기억, 재미있는 기억, 지겹고 따분한 기억 등 모든 기억 중에 중요한 단 하나가 있다.

대부분의 사람들은 그 중요한 단 하나가 무엇인지 전혀 모르기 때문에 놓쳐 버리고 만다. 순간에서 순간으로, 계속 지나가며 놓쳐 버린다. 그렇게 몇 년이 지난 후에 놓쳤다는 것을 깨닫지만 그때는 너무 늦었다. 이미 지나가 버린 순간은 어떻게 할 수가 없다.

한 가지 좋은 소식이 있다. 앞으로 다가오는 순간에 대해서는 뭔가를 할 수 있다. 오늘부터 차례차례 수백 번의 순간이 올 것이다. 그리고 이번 주에 수천 번의 순간이, 이 달에 수백만의 순간, 이번 해에 수억의 순간이 올 것이다. 그리고 죽음을 맞이하기 전까지 수조의 순간이 올 것이다.

그렇다. 그런 식으로 무엇인가가 이루어질 수 있다. 이런 식으로 삶에서 이룰 수 있는 것과 당신이 하고자 하는 것이 무엇인지 숙고해 보면, 한 가지 알게 될 것이다. 당신은 그 무엇인가를 헛되이 낭비하고 싶지 않다. 더 이상은.

❊❊❊

지금부터 당신은 정기적으로 영혼을 찾겠다는 내면의 약속을 할 수 있다. 괜찮다고 느껴진다면 이 책에서 제안한 도구를 사용하라. 당신의 마음이 가능하다면 자주 영혼을 만나는 곳을 찾아가고, 그곳으로부터 비롯되라. 그곳은 **자아실현**의 장소로 당신은 거기에서 신성의 부름을 받는다. 이곳에서는 매일 아이디어가 떠오르는 것 같을 것이다. 가끔은 당신이 아이디어를 만들어 내서 그런 생각의 근원이 당신 밖에 있는 것처럼 보일 것이다. 또한 당신은 **오직 하나의 근원**이 있고, 그것이 당신 안에서 당신으로서 말하는 경험을 가끔 자신에게 허용할 것이다.

특히 내부에서 오는 유일한 근원을 경험할 때, 당신이 '듣는 것'을 기록하라. 당신에게 주어지는 말을 받아 적으라. 이런 통찰을 기록한 일지는 나중에 당신에게 가치를 매길 수 없을 정도로 소중한 것이 될 것이다. 받아 적자마자 바로 효과가 나타날 수도 있다. 아니면 수년이 지난 후, 꼭 맞는 시기에 딱 맞는 장소에서 당신이 그 일지를 다시 펼쳐 보게 될 것이다.

이 책 부록의 후반부에는 당신에게 올 수 있는 메시지에 대한 일종의 표본을 수록해 놨다. 이 책이 그러하듯, 이런 메시지는 외부의 근원에서 오는 것처럼 보일 수 있다. 이 부분은 당신을 인도하는 에너지인 의지를 가졌을 경우, 영혼의 지혜를 마음으로 초대할 때 무엇을 할 수 있으며 어떻게 나아갈지를 보여 주는 예시일 뿐이다.

❊❊❊

우리의 탐색 여행은 여기서 끝난다. 그리고 이제 새로운 단계에서 당신만의 여정이 시작되었다. 이 책을 통해 상기한 것을 실험해 보고, 풍부하고 충만한 삶 속으로 들어서기 바란다.

진정 영적인 사람(자신을 단순한 화학적 창조물 이상으로 보고, 생존을 넘어서는 특별한 목적을 갖고 이 땅에 온 영적 존재로 보는 이)들은 포부가 있고, 결연하며, 헌신적이고, 혁신적이며, 능동적이고 목적의식이 강하다. 그들은 (캐런 암스트롱의 『신을 위한 변론』에 나온 멋진 어구를 빌려 표현하면) '의미가 흘러넘치는' 삶을 살기를 원한다.

지금 당신의 삶이 의미로 흘러넘치는지 아니면 싸움과 투쟁으로 가득한지 살펴보라. 당신은 매일의 사건을 기회로 보는가 아니면 걸림돌로 보는가? 지금이 아무리 '나쁘든', '좋든' 간에 당신의 삶이 더 나아지고 있다고 느끼는가? 아니면 나아질 수 있는 가능성이 있는가?

※※※

그럴 가능성이 없다고 믿는다면 삶은 그저 차례로 고역을 겪는 것이 된다. 그렇다면 당신은 오랫동안 고역을 겪을 것이다. 당신이 한 선언과 그것을 보여 주는 행동 사이에 연결점이 없기 때문이다. 삶은 항상 당신을 올바르게 만들어 줄 거라는 사실을 기억하라.

하지만 가능성이 있다고 믿으면 분명 삶이 더 나아지고, 덜 투쟁적으로 변할 것이다. 무엇이 그런 일을 야기한다고 생각하는가?

"나는 몰라요! 난 내가 할 수 있는 걸 다하고 있어요! 신에게 도와달라고 애원하고 있다고요! 하지만 신은 그저 일이 첩첩산중으로 쌓여 가도록 내버려 두고 있어요!"라고 당신은 울부짖을 수도 있으리라.

사실 그렇다.

이런 제안을 하겠다. 당신은 삶에서 벌어지는 모든 사건과 상황을 당신의 당당한 면, 신성한 일면을 표현하고 경험하는 기회가 '쌓이는 것'으로 볼 수 있다.

만약에 당신이 '신에게 도움을 애원'한다면, 그것은 당신이 신의 도움을 필요로 한다고 선언하는 것이다. 도움이 필요하다고 선언하면 정확하게 선언한 대로 경험하게 된다. 하지만 신에게 도움을 간구하지 않고 이미 당신을 도와줘서 감사하다(이곳에 있게 된 목적을 이루도록 도와준 것에 대해)고 하면, 삶의 에너지가 완전히 전환된다. 감사하고, 자신에게 연민하고, 깊이 이해하면 모든 사건은 축복이 될 수 있다. **모든 사건은 축복**이라고 새로운 주문을 만들 수도 있다.

거기에 기적이 있다. 현재 일어나는 일에 대한 당신의 생각을 바꾸는 것, 삶의 순간을 재맥락화하면 그 순간뿐만 아니라 미래의 순간에도 영향을 미친다는 생각의 전환이 바로 기적이다. 삶은 일종의 복사기와 같아서, 당신이 복사하는 원본에 충실한 복사본을 빠른 속도로 쏟아낸다. 오늘 일어나는 사건을 기회가 아닌 반대나 걸림돌로 보면, 내일의 사건이 당신의 이론을 증명할 것이다. 삶은 당신이 원하는 것을 받길 원하는데, 당신이 받기 원하는 것은 지금 받고 있다고 스스로 선언하는 행위에서 드러난다. 여기에서 '닭이 먼저냐, 달걀이 먼저냐?'라는 진부한 질문이 튀어나온다. 여기에 대한 답은 바로 '그렇다.' 이다.

이제 이 수수께끼를 깊숙이 들여다볼 수 있다. 그렇지 않으면 당신은 인내심을 잃고 그 밖에 서 있게 된다. 삶의 수수께끼 속에서만 수

수께끼가 풀린다. 퍼즐을 똑바로 바라보고 잃어버린 조각을 찾는 것과 같다.

하지만 이 책에 이렇게 기록되어 있다고 해서 단순하게 믿지는 말라. 당신의 삶을 자세하게 들여다보라. 그리고 여기에서 제안하듯 당신의 경험을 재맥락화해 좀 더 평화를 찾을 수 없는지 생각해 보라.

그리고 조금 더 커진 내적 평화의 공간에서 조용히 탐구해 보라. 결정적인 지점에서 삶의 주요한 질문을 던진다면, 매 순간 삶이 어떻게 변화할지 말이다.

내가 지금 하고 있는 일이 어떻게 내 영혼의 의제에 도움이 될까?

이따금씩 도움이 된다면 이 질문을 다른 말로 바꿔 보라. 일상의 요구에 분주하게 대응하느라 전혀 즐겁지 않은 모습으로 살아가는 자신을 발견할 때, 당신의 반응에 대해 스스로 질문해 보라.

이게 내 신성한 여행과 무슨 상관이 있는 거지?
내 신성한 목적의 어떤 부분이 여기에 도움이 될까?

마지막으로 세상 속에서 자신을 경험하는 일을 찾아볼 때, 당신은 다음의 질문을 부드럽게 던지는 것이 놀라운 경험임을 알게 될 것이다.

지금 이 순간 그다음으로 원대한 방식으로 나를 통해 신성을 표현하는 방법을 어떻게 선택해야 할까?

❊❊❊

이제 이 점을 잘 알기 바란다. 이 책을 읽기 시작한 이후, 당신은 영혼의 의제와 신성한 목적을 위해 많은 도움을 제공했다. 이미 수차례 이야기했지만 다시 한 번 더 이야기하면서 마무리하겠다. 당신은 결코 우연히 이 세상에 온 게 아니다. 어쩌다가 이 책을 발견한 것도 아니다. 그렇다고 당신이 이 책의 제안을 따르기는커녕 책을 읽을 거라고 보장할 수 있는 것도 아니다.

당신은 언제나 자유롭게 선택할 수 있다.

자신에게 이런 기억을 상기할 수 있고, 당신 혹은 최소한 당신의 일부가 이 책을 썼고, 자신이 누구인지, 어떤 사람이 되기로 결심했는지, 삶에서 만나는 모든 사람에게 어떤 종류의 선물을 가져다줄지에 대해 수많은 것을 말한다는 생각으로 기뻐하며 춤을 출 수 있다.

그런 당신을 알게 된 그들은 얼마나 운이 좋은가!

❊❊❊

이제 당신은 자유 의지를 표현할 때 내면을 들여다보고, 가장 중요한 단 하나가 무엇인지 자신에게 알리고, 선언하라는 권고를 듣는다. 여기에서는 유일한 하나가 욕망하는 것이다. 그리고 유일한 하나는 바로 당신(그리고 모든 삶)이 현재 매 순간 신성의 가장 고원한 표현을 경험하는 것이라고 말했다.

그러나 그보다 더 고차원적인 답이 있다. 그 답을 당신에게 알려 주기 위해 지금까지 기다렸다. 당신이 이제껏 이 책을 읽으며 얻은 것보다 훨씬 심오하고, 더 진실되며, 더욱 구체적인 답이다. 다음 페이지에서 그 답을 찾게 될 것이다.

마지막으로 기록할 것이 있다. 삶의 모든 것과 마찬가지로 다음 페이지는 오로지 당신이 채워 넣어야 한다. 그러니 다시 한 번 이 책의 저자 역할을 맡아 주기 바란다. 펜을 들고 당신이 바라는 방법으로 정확하게 직접 써 넣어서 이 책을 끝내 주기 바란다. 궁극적으로 가장 중요한 단 하나는 당신이 가장 중요한 단 하나라고 결정내리는 것이다. 그러니 '유일한 하나가 욕망하는 것에 대한 당신의 진실은 무엇인가?'라는 질문에 대한 당신의 답을 당신의 언어로 표현해 주기 바란다. 앞으로 당신이 맞이할 나날들, 앞으로의 미래에 멋진 참고서가 될 것이다.

좋다.

아주 좋다.

이제 여기에서 상기된 모든 기억을 항상 기억하고, 무엇보다 가장 중요한 사항으로 간직하라. 당신은 축복 그 자체다.

당신은 수많은 사람들에게 축복이다. 당신이 기억하는 것보다 더 많은 사람에게 크든 작든 생각보다 더 많은 친절을 베풀었다. 그런 친절은 기억된다. 당신이 친절을 베푼 모든 사람들의 가슴 속에 심어져, 천국에 있는 모든 천사의 날개에 새겨져 그들을 날게 만든다.

이 세상에서 마지막 순간을 보낼 때도 이 점을 기억하고 천사들을 바라보라. 그들은 당신이 다른 사람들에게 준 모든 친절의 에너지를 가지고, 당신에게 곧장 날아올 것이다. 이는 가장 순수한 에너지로, 당신은 본향으로 가는 데 이 에너지를 사용할 것이다.

하지만 지금은 아니다. 지금 이 순간은 아니다. 지금은 그저 당신이 선물이라는 점만 알아 두라. 이건 틀림없는 사실이다. 당신의 삶은 상상할 수 있는 이상으로 그 점을 증명해 왔다. 하지만 기다리라. 당신의 모든 선함이 다 더해질 때까지 기다리라. 그러면 선명해질 것이다. 그리고 신이 아는 것, 바로 당신이 신이 사랑하는 다른 존재라는 것을 알게 될 것이다. 그래서 아무리 작다 해도 다른 이에게 친절을 베풀 때마다 그들에게 축복을 가져다주는 것이다.

매번

친절을

베풀 때마다.

이제 신은 감사의 표시로 당신을 따뜻하게 꼭 안아 주려 기다리고 있다. 신이 계획했던 대로 천국에서와 마찬가지로 이 땅에서도 신성함 그 자체를 발현시키며 다양한 방법으로 수많은 이들의 삶에 풍성한 축복을 준 것에 감사하기 위해 신이 당신을 힘껏 안아 줄 것이다.

당신이 허용한다면 신은 지금 당장 당신을 안아 줄 것이다. 그러니 지금 가슴에 손을 얹으라. 그렇게 할 때 신은 당신을 통해 일한다. 그러니 이 내용을 읽고 있는 중이라도 천천히 가슴에 손을 얹어 보라.

그리고 신의 포옹을 느껴보라.

거기.

그렇다.

당신은 완성되었다.
본향에 와 있다.
다른 곳으로 갈 필요가 없다.
마음이 있는 곳이 바로 본향이니까.

축복이 계속해서 당신에게 임하기를. 전 생애에 걸쳐 당신에게 축복이 임하기를 바라노라. 그리고 천사가 날아다니며 당신에게 휴식의 노래를 불러 주기를.

맺음말

중요한 단 하나에 대해 신과 나눈 이야기

이 책은 삶의 의미에 대해 특별하고 구체적인 쟁점을 제시한다. 그리고 그 쟁점과 관련된 다양한 종류의 조언, 아이디어, 참고할 만한 주석을 제공하며 스스로 그 이야기를 다시 쓰도록 권한다.

지구라는 별에 사는 개인이든 집단이든, 우리 대부분은 삶이 제대로 작동하지 않는다는 것을 분명하게 알고 있다.

이 세상에서 시간을 보내는 동안 우리의 경험이 바뀌기를 원하는가? **중요한 단 하나**에 주목할 경우 엄청난 이점을 누릴 수 있다는 점을 알게 될 것이다. 이에 대해서는 『신과 나눈 이야기』 시리즈에서 반복해서 다루었다. 당신 스스로 이 책을 자신에게 소개했다는 메시지를 포함해, 저자가 아닌 '다른 누군가'에 의해 쓰여진 것처럼 만드는 형이상학적 '기법'을 이용한 이 책은 내용의 상당 부분이 『신과 나눈 이야기』 시리즈에 바탕을 두고 있다.

수년 전 나는 『신과 집으로』라는 제목의 책을 썼다. 현재 우리의 육체적 삶이 끝나는 순간, 그리고 그 이후 일어나는 일들에 대해 신과 대화를 했고 그 내용을 책에 수록했다. 그 탐구 과정의 일환으로 우리 모두가 삶에 대해 그리고 자신에게 진실되기 위해 내면 깊숙이 알고 있는 것을 좀 더 깊이 바라본다면, 세상은 어떤 모습이 될지에 관한 질문을 던졌다.

그 책에서 다룬 많은 것이 이 책과 직접적으로 연관된다. 그래서 그 책의 일부를 발췌해 이 책의 후기로 쓰고자 한다. 거기에는 신성의 지혜가 신성의 언어로 담겨 있으며, 당신과 같은 독자가 자주 하는 말, "그런 말은 전에 들었어요. 뭔가 새로운 것을 말해 줘요."라고 하는 문제에 대해 다룬다.

『신과 집으로』는 그 질문에 대한 응답으로, 인간과 신이 대화를 나누는 형식으로 이루어진다.

신은 먼저 이렇게 말한다.

❊❊❊

신 : 이런 말을 전에 이미 들어 봤다고 말할 수 있다. 하지만 너는 들은 대로 행동하고 있지 않다. 그래서 반복해서 자아에게 같은 말을 하고 있는 것이다.

나 : 내가 만약 그렇게 행동한다면 어떻게 될까요?
내가 진정으로 이것을 이해해 계속해서 내가 이미 알고 있다고 '생각'하는 것에 대해 대화를 반복할 필요가 없다면 어떻게 될까요?

신 : 첫째, 다시는 마음속에서 부정적인 생각을 즐기지 않게 될 것이다.
둘째, 부정적인 생각이 슬쩍 든다고 해도, 즉시 마음속에서 쫓아낼 것이다. 의도적으로 다른 것을 생각할 것이다. 부정적인 생각에 대한 마음을 간단하게 바꿀 것이다.
셋째, 네가 진정 누구인지 이해할 뿐 아니라, 그것을 영예롭게 여기고 표현할 것이다. 다시 말하면 너 자신의 진화 수단으로 네가 아는 것에서 네가 경험하는 것으로 옮겨 갈 것이다.
넷째, 너는 자신을 있는 그대로 완전히 사랑하게 될 것이다.
다섯째, 타인을 있는 그대로의 모습으로 완전히 사랑하게 될 것이다.
여섯째, 삶을 있는 그대로 사랑하게 될 것이다.
일곱째, 모든 것에 대해 모든 사람을 용서할 것이다.(이제 여기에 그 누구도 용서할 필요가 없다는 것을 더하기로 하자.)
여덟째, 육체적으로든 감정적으로든 다시는 다른 사람에게 고의로 상처주지 않을 것이다. 신의 이름으로 결코 그런 행동을 하지 않을 것이다.
아홉째, 다시는 잠시도 다른 이의 죽음에 슬퍼하지 않을 것이다. 상실을 슬퍼할 수는 있지만 죽음을 아파하지는 않을 것이다.
열째, 단 한순간이라도 자신의 죽음을 두려워하거나 슬퍼하지 않을 것이다.

열한째, 모든 것은 진동한다는 것을 알게 될 것이다. 그래서 네가 먹고, 입고, 보고, 읽고, 듣는 것은 물론 무엇보다도 네가 생각하는 모든 것의 진동에 더욱 집중할 것이다.

열두째, 네가 진정 누구인지에 대해 네가 가지고 있는 최고의 지식과 네가 상상해 낼 수 있는 최고의 경험과 공명하지 못한다는 것을 알면, 너는 주변에서 네 자신이 만들어 내는 삶의 에너지와 너의 에너지의 진동을 교정하기 위해 할 수 있는 일은 무엇이든 할 것이다.

나 : 잠깐만요, 그런데 저 모든 일이 어떻게 일어난다는 말이지요? 그러니까 예를 들어, 내가 생각하고 말하고 행동하는 것들은 고사하고 메뉴에 올라온 식사의 '진동'을 내가 어떻게 '인지'한단 말인가요?

신 : 아주 간단하다. 네가 느끼는 방식에 집중하면 된다.

나 : 이쯤 되니 누군가 "세상에, 이게 무슨 말이야? 새로운 뉴에이지 용어가 또 하나 나왔군. 느낌에 집중하라니."라고 말하는 게 들리는 듯 하군요.

신 : 이걸 새로운 용어로 받아들이는 이는 그저 용어로만 경험할 것이다. 하지만 지혜로 보면 완전히 새로운 세계로 향하는 문이 열릴 것이다.

나 : 어떻게 하는지 알 수 있나요?

신 : 초점의 문제일 뿐이야. 대부분의 인간은 전혀 중요하지 않은 것에 대부분의 시간을 소모한다. 하지만 매일 단 몇 번의 순간이라도 중요한 것에 집중할 수 있다면 생애 전체를 바꿀 수 있다.
너의 몸은 고도로 민감한 에너지를 받아들이는 놀라운 도구다. 믿든 믿지 않든, 너는 뷔페에 놓인 음식에 전혀 손을 대지 않고도, 당장 그 음식을 먹는 것이 득이 되는지 아닌지 알 수 있다. 그 날 입을 옷을 옷장에서 꺼낼 때나 옷가게에서 옷을 살 때도 마찬가지다.
다른 사람과 함께 있을 때, 네가 생각하는 것을 듣지 않고 네가 느끼는 것을 듣기 시작하면, 그 사람과의 관계는 물론 소통의 질이 급상승할 것이다.
혼란스럽고 당황스러워 우주로부터 답을 찾으려 할 때, 네 모습 중 필사적으로 사물의 이치를 알아내려는 모습에서 벗어나 모든 답에 접근하는 법을 아는 모습에 집중하면, 무엇을 할지 결정하려 하지 않고 무엇이 되고 싶은지를 선택하기 시작하면, 난관이 사라지고 마법처럼 바로 네 눈앞에 해결책이 나타날 것이다.
어떤 생각이나 말의 분위기를 가늠할 때, 무엇인가에 대해 생각하거나 말할 때 느낌이 가벼운지 무거운지를 말할 수 없는 사람은 거의 없다. 대부분의 사람들은 이를 매우 빨리 포착할 수 있다.

나 : 그래요, 하지만(이게 바로 까다로운 부분인데) 그렇게 하는 사람이

거의 없어요. 최소한 제가 본 바로는 그렇습니다. 저는 그렇게 할 수 없다는 걸 당신도 아십니다.

신 : 그렇다면, 너는 시작하기를 원할 것이다.
무엇을 생각하거나, 말하거나 행동하기에 앞서 내면 깊숙한 곳으로 들어가 자신의 감정과 소통하는 직관과 초자연적 능력을 사용할 줄 아는 사람이 거의 없다는 점에서 네 말이 옳다. 나중에라도 그렇게 하는 사람이 거의 없지. 그래서 네가 그렇게 한다면, 가벼움에 만족하게 될 것이다. 무거운 분위기와는 전혀 상관없게 될 것이며 네가 보고, 만들어내고, 경험하고, 표현하는 모든 것의 진동이 가벼워지게 할 것이다. 너는 이를 '계몽'이라고 부르며 아주 짧은 기간 동안 놀라운 결과를 맛보게 될 것이다.

발췌는 여기서 끝내겠다.
나는 당신이 스스로 이 책을 읽도록 자신을 인도했다는 메시지를 크고 선명하게 들으며 살아가기를, 신의 은총이 흘러 당신을 온통 적셔 주기를 바란다.

부록

마음과 영혼을 잇는 4가지 명상
그리고 당신에게 도착한 메시지

부록의 전반부는 『삶의 모든 것을 바꾸는 9가지 의식 혁명』의 내용을 참고해 작성한 것이다. 네 가지 형태의 명상을 소개하겠다.

❊❊❊

어떤 형태의 명상이 다른 형태보다 더 낫다고 할 수는 없지만, 일반적으로 사람들은 앉아서 하는 명상을 가장 익숙하게 받아들이며 그 방법을 알고 싶어 한다. 마음과 영혼이 연결되게 하는 방법을 알고자 하는 이들은 하루에 두 번(아침에 15분, 저녁에 15분 정도) 앉아서 명상을 하면 좋을 것이다.

가능하다면 일정한 시간에 맞춰 명상하고, 지속적으로 같은 시간에 명상을 할 수 있는지 알아본다. 규칙적으로 하지 못하더라도 하루에 두 번, 이른 시간과 늦은 시간에 명상하기만 하면 된다.

날씨가 좋고 따뜻하다면 야외에서 햇빛에 온몸을 노출시키거나 밤하늘의 별빛 아래 명상하고 싶다는 마음이 들 수 있다. 그것도 좋다. 실내에서 할 때는 창문 옆에 앉아 새벽빛을 받으면서 한다. 밤하늘이 온몸을 감싸게 하면서 명상하는 것도 좋다. 앉아서 명상하는 데 어떤 '올바른 방법'이 따로 있는 것은 아니다. 편안한 의자에 앉아 명상하는 사람이 있고, 바닥에 앉아서, 또는 침대에 똑바로 앉아서 할 수도 있다. 뭐든 당신에게 맞는 방법을 택하라.

보통은 바닥에 앉아서 등에 아무것도 기대지 않고 명상하는 사람이 많다. 물론 벽에 기대 앉아서 하는 사람도 있다. 아무튼 바닥에 앉아서 명상하는 방법은 어떤 공간에 '존재한다'는 기분을 좀 더 확실히 느끼게 해 준다. 너무 푹신한 소파나 침대에 앉으면 편안해서 졸게 되고, 그 순간으로부터 멀어지는 경향이 있다고 말하는 사람들도 있다. 바닥에 앉거나 야외 잔디밭에서 명상을 하면 그런 경우는 거의 없다. 온전하게 정신이 '존재'할 수 있다.

일단 앉으면 호흡에 집중한다. 눈을 감고 숨을 들이마시고 내쉬는 소리를 듣는다. 어둠 속에서 그저 듣기에만 집중한다. 호흡의 리듬과 '합일(이 상황에 적합한 단어는 이 말뿐인 것 같다.)'될 때, 당신의 '내면의 눈'이 보는 것에 집중력을 확장하기 시작한다.

보통 이 단계가 되면 어둠뿐이다. 어떤 이미지(마음속에서 무엇인가를 생각하고 보고 있는 '생각 중인 생각')가 보인다면, 영화 화면이 점점 어두워지며 암전되듯이 그 생각을 지워 버린다. 마음을 빈 상태로 돌아가게 한다. 내면의 눈에 초점을 맞추고 어둠 속 깊숙한 곳을 본다. 특정한 무엇인가를 찾지 말고 그저 깊이 바라본다. 자아를 아무것도 찾지 않고, 필요한 것도 없는 상태로 만든다.

그러면 그다음 단계에는 작고 반짝거리는 파란 '불꽃' 혹은 파란 빛이 갑자기 어둠을 꿰뚫고 나오는 듯한 형상이 나타난다. 이 현상을 인식하려 들면 이 불꽃은 즉시 사라진다. 불꽃이 '돌아오게' 하려면 의식적으로 인식하지 않는 수밖에 없다.

마음을 끄고 그저 그 순간과 함께하고, 판단하거나, 정의를 내리거나, 무슨 일이 일어나게 만들거나, 불꽃을 이해하려 하거나, 논리적으로 따지지 않으면서 그 순간을 경험하려면 무척 애를 써야 한다. 사랑을 나누는 것 역시 비슷하다. 이때도 그 경험을 신비롭고 마법과 같이 느끼려면 먼저 마음을 끄고 그 순간과 함께하며 판단하거나, 정의 내리거나, 무슨 일이 일어나게 하거나, 논리적으로 이해하려 하지 않으면서 그 순간을 경험하기 위해 힘써야 한다.

명상은 우주와 사랑을 나누는 작업이다. 신과 합일되는 것이다. 자아와의 합일이기도 하다. 이해되거나, 창조되거나, 정의되지 않는다. 나는 신을 이해하지 않으며, 그저 신을 경험한다. 나는 신을 창조하지 않는다. 신은 그저 존재할 뿐이다. 나는 신을 정의내리지 않는다. 신이 나를 정의한다. 신은 정의 내리는 주체이자 정의되기도 한다. 신은 정의 바로 그 자체다.

위 단락에서 '신' 대신 '자아'를 집어넣어 보라. 그래도 의미는 똑같다.

자, 이제 춤추는 불꽃으로 다시 돌아가 보자.

일단 마음을 끄고 불꽃에만 집중한다. 어떤 예상이나 생각을 하지 않으면 깜박거리는 빛이 다시 나타날 것이다. 비결은 마음(다시 말해 생각의 과정)이 불꽃을 의식하지 못하게 하면서 계속해서 주의를 집중하는 것이다.

이런 이분법이 이해되는가? 주목하지 말고, 있는 것에 주목하라는 의미다. 백일몽을 꾸는 것과 비슷하다. 여러 가지 일들이 일어나고 있는 환하게 탁 트인 곳에서, 그 어떤 것에도 집중하지 않으면서 모든 것에 집중하는 것이다. 그 무엇도 예상하거나, 필요로 하거나, 특별히 주목하지 않는다. 그렇게 당신이 '그 어떤 것'에도 집중하지 않으면서 '모든 것'에 집중하고 있으면 누군가 "이봐! 지금 뭐해? 백일몽이라도 꾸고 있는 거야?"라고 말하며 당신을 그 상태에서 깨울 것이다.(손가락을 튕겨 소리를 내서 깨울 수도 있다.)

보통 사람들은 눈을 뜨고 백일몽을 꾼다.

앉아서 하는 명상은 '눈 감고 백일몽 꾸기'라고 할 수 있다. 이게 내 경험에 가장 가까운 표현이다.

춤추는 파란 불꽃이 다시 나타난다. 그러면 그저 이 불꽃을 경험하라. 정의하거나, 측정하거나, 어떤 식으로든 자기 자신에게 설명하려 들지 않는다. 단지 그 속에 빠져 보라. 그러면 불꽃이 당신에게 다가올 것이다. 불꽃은 당신 내면의 시계(視界)에서 점점 더 커질 것이다. 불꽃이 당신에게 다가오는 게 아니라 당신이 그 안으로 들어가 불꽃을 느낀다.

운이 좋다면 이 불꽃에 완전히 몰입할 수 있을 것이다. 그리고 나면 마음이 그 경험에 대해 이야기하며 과거의 데이터와 비교하기도 할 것이다. 이렇게 마음을 끄고 몰입하는 경험을 아주 잠시라도 한다면 행복을 경험하게 될 것이다.

완전한 앎의 행복, 모든 것과 함께 존재하는 유일한 것, **존재하는 유일한 것**으로서 자아의 완전한 경험을 하게 된다. 이런 행복은 얻으려 '노력'한다고 해서 얻어지는 것이 아니다. 파란 불꽃이 보여 이런 행복을 기대하면 즉시 사라질 것이다. 많은 사람들이 이런 경험을 했다고 말한다. 기대하거나 예상하면 그것으로 끝이다. 경험은 **항상 이 순간**에 일어나는데, 기대나 예상은 당신이 있지 않은 미래에 관한 것이기 때문이다.

그래서 불꽃이 '사라져 버린' 것처럼 보인다. 하지만 사라진 것은 불꽃이 아니다. 바로 당신이다. 당신이 **항상 이 순간**을 떠났다.

눈을 감으면 주변의 물리적 세계에 대한 경험에 영향이 미치듯이, 내면의 눈도 비슷한 영향을 받는다. 글자 그대로 완전히 눈을 감아 버린다. 명상자 대부분은 이렇게 해서 행복을 접하는 경우가 수천 번 중 한 번이라고 말한다. 이 맛을 보게 되면 그것은 축복이지만 어떤 의미에서는 저주가 되기도 한다. 다시 그 순간이 오기를 영원히 바라게 되기 때문이다.

그래도 무엇인가를 바라지 않고, 희망하지도 않으며, 욕망을 없애고, 기대하지도 않고, 어떤 특정한 것을 원하지 않으며, 오롯이 자신을 완전히 그 순간에 두는 일에 성공할 때가 있다. 바로 당신이 이르고자 하는 정신 상태다. 쉽지는 않지만 얼마든지 가능하다. 성공한다면 마음이 없는 상태에 도달한 것이다.

마음이 없는 상태란, 마음을 완전히 비우는 게 아니라 마음에서 멀리 떨어져 마음에 초점을 맞추는 행위다. 즉 '마음에서 나가 버리는' 것이다. 잠시 당신의 생각으로부터 떨어진다.(이에 대해서는 나중에 좀 더 이야기하자.) 그러면 당신은 **신의 왕국, 순수한 존재**의 공간 사이에 있는 어떤 지점에 가까워진다. 이렇게 하면 열반에 가까워지고 행복으로 갈 수 있다.

앉아서 하는 명상, 걸으면서 하는 명상, 행위 명상(설거지, 독서, 글쓰기 등), 그리고 멈춤 명상을 통해 마음을 정기적으로 조용하게 만드는 자신만의 방법을 찾으라.

이제 당신은 생애를 통틀어 가장 중요한 맹세를 한 것이다. 즉, 당신의 영혼에게 맹세한 것이다. 영혼과 함께하고, 영혼을 만나고, 영혼이 하는 말을 듣고, 귀 기울이고, 영혼과 교류하겠다고 서약한 것이다.

이런 방식으로 당신은 마음이 있는 곳은 물론이요, 영혼이 있는 곳에서부터 삶을 살아나갈 것이다. 우리 시대 가장 영향력 있는 철학자 중 한 명인 켄 윌버는 저서 『켄 윌버의 모든 것의 이론』을 통해 중요한 메시지를 전달했다. 윌버의 말에 의하면 통합적 변형 연습의 기본적인 아이디어는 매우 간단하다. 요약하면 '우리 존재의 더 많은 면을 동시에 작동시킬수록, 변형이 더욱 많이 일어날 것이다.'라는 것이 그가 전하고자 하는 핵심이다.

우리가 이 대화를 시작한 후 줄곧 이야기해 온 것이 바로 이거다. 우리는 개인적 변화, 즉 삶의 모든 것에 대한 개인적 경험을 바꾸는 것에 대해 이야기했다. 당신이라는 총체의 세 가지 부분이 서로 협력해 다중 기능을 하는 전체로서 통합하는 작업에 대해서도 다뤘다.

걸으면서 하는 명상

앞서 설명한 명상 기법은 마음을 고요하게 만들고 영혼과 연결되는 데 아주 효과적이다. 하지만 오로지 그 방법만 있는 건 아니다. 또 그것이 모든 사람에게 최선도 아니다.

앉아서 침묵하며 명상하는 것을 매우 어려워하는 사람들이 무척 많다. 그런 사람들은 '명상의 기술'을 결코 터득할 수 없을 것 같다고 느낀다. 성격상 인내심이 부족한 사람들은 조용히 앉아 명상하는 시간을 잘 견디지 못한다. 그런 사람들에게 걸으면서 하는 명상을 제안한다. 이 방법은 '명상'에 대한 기존의 모든 생각을 바꿔 놓을 것이다. 그리고 인내심이 부족한 사람들도 명상을 할 수 있게 될 것이다.

걸으면서 하는 명상에 접할 때 맨 처음 일어나는 현상은 명상에 대한 기존의 이미지가 완전히 사라지고 확실하고 간결한 그림을 그리게 된다는 것이다.

대부분의 사람들에게 명상은 언제나 '모든 것에 대한 마음을 깨끗하게 비워 공허'가 나타나게 하기 위해, 공간을 떠나 의식에서 '아무것도 없는 무(無)가 전부인 상태' 아니면 그와 비슷한 상태로 옮겨 가는 것을 의미했다.

사람들은 명상을 하려면 '마음을 비우기' 위해 애써야 한다고 생각했다. 그래서 한자리에 앉아서 눈을 감고 '아무 생각도 안 하려고' 노력해야 한다고 생각했다. 그런데 그게 그들을 미치게 만들었다. 마음은 좀처럼 꺼지는 일이 없기 때문이다! 마음은 항상 무엇인가를 계속해서 생각한다.

그러므로 차분히 앉아서 다리를 꼬고 눈을 감고 아무것도 없는 **무의 상태**에 집중하기가 어렵다. 답답해서 그들은 좀처럼 명상을 하지 못한다. 그래서 차분하게 앉아서 명상을 할 수 있다고 말하는 사람들을 부러워한다.(그들이 정말로 명상을 하는 건지, 그저 시늉만 하고 있는 건지 내심 궁금해하기도 하면서 말이다.)

이는 명상에 대해 완전히 잘못 생각하고 있는 것이다. 나 역시도 그러했는데, 이를 지적해 준 명상 선생이 있었다. 그녀의 말에 의하면 명상은 **비우기**가 아닌 **집중하기**다. 조용히 앉아서 아무것도 생각하지 않으려 애쓰지 말고 '걸으면서 명상'을 하라고 추천해 줬다. 걷다가 어떤 사물이 우연히 눈에 띄면 멈춰서 거기에 집중하라고 했다. 그녀는 이렇게 말했다.

"풀잎 한 가닥에 집중하는 거예요. 자세히, 주의 깊게 살펴보세요. 풀잎의 여러 가지 면을 꼼꼼하게 관찰해 보세요. 어떻게 생겼는지, 특징은 뭔지, 어떤 느낌이 나는지, 향기, 자신과 비교했을 때 크기는 어떤지 등을 보는 거죠. 자세히 봐야 해요. 그리고 그 풀잎이 삶에 대해 뭐라고 말하는지 들어보는 거예요."

그녀는 계속 말을 이어갔다.

"풀잎의 완전함을 경험하세요. 신발과 양말을 벗고 맨발로 풀잎 위를 걸어 보세요. 발 생각만 하는 거예요. 발바닥에 집중하고 어떤 느낌이 드는지 생각해 보세요. 그 순간만큼은 아무것도 느끼지 말라고 마음에게 이야기하는 겁니다. 발바닥을 통해 들어오는 정보 외에 다른 것은 다 무시하세요. 눈을 감는 게 도움이 된다면 그렇게 하세요."

"천천히 신중하게 걸어 보세요. 느리면서도 부드럽게. 발이 풀잎에 대해 하는 이야기를 들어 보는 거죠. 그리고 눈을 뜨고 주변의 잔디를 돌아보세요. 풀잎에 대한 것 외에 눈과 발을 통해 들어오는 다른 정보는 다 무시하는 거예요."

"이제는 후각에 집중합니다. 풀잎 냄새를 맡을 수 있는지 보세요. 코, 눈 그리고 발을 통해 들어오는 풀잎에 대한 정보 외의 다른 것은 모두 다 무시합니다. 이런 식으로 집중할 수 있는지 한번 시도해 보세요. 그렇게 할 수 있다면 전에는 경험하지 못한 색다른 방식으로 풀잎을 경험하게 될 거예요. 전보다 훨씬 더 깊이 있게 풀잎에 대해 알게 될 겁니다. 그리고 그와 똑같은 방식으로 다시 풀잎을 느끼지는 못할 거예요. 살아오는 내내 풀잎을 무시하고 있었다는 사실을 깨닫게 될 겁니다."

그리고 명상 선생은 똑같은 요령으로 꽃을 보라고도 말했다.

"꽃을 깊이 숙고하는 겁니다. 자세히 관찰하고, 주의 깊게 생각해 보세요. 꽃의 면면을 깊이 생각하는 거예요. 어떻게 생겼는지, 특징은 뭔지, 어떤 느낌이 나는지, 향기는 어떤지, 자신과 비교했을 때 크기는 어느 정도인지 등을 보는 거죠. 자세하게 보세요. 삶에 대해 꽃이 전하는 말을 들어 보세요."

"**꽃의 완전함을 경험하세요**. 코로 향기를 맡아 보세요. 코 외에 다른 것은 아무것도 생각하지 마세요. 코만 생각하세요. 코에 집중하고 정확하게 어떤 경험을 하고 있는지 생각해 보세요. 그 순간만큼은 마음에 아무것도 느끼지 말라고 이야기하는 겁니다. 코를 통해 들어오는 정보 외의 다른 모든 것은 모두 무시하세요. 눈을 감는 게 더 도움이 될 것 같으면 눈을 감으세요."

"이제는 촉각에 집중합니다. 조심스럽게 꽃을 만져 보세요. 만지는 동시에 향기를 맡아 보세요. 손가락 끝과 코를 통해 들어오는 꽃에 대한 정보 외에 다른 것은 모두 다 무시합니다. 이제 눈을 뜨고 꽃을 자세히 살펴보세요. 이제 그 꽃을 보고 만지는 데 어느 정도 거리가 있을 거예요. 여전히 향기를 맡을 수 있는지 보세요. 이런 식으로 집중할 수 있는지 한번 보세요. 그렇게 할 수 있다면 전에는 전혀 경험하지 못한 방식으로 그 꽃을 경험하게 될 거예요. 전보다 훨씬 더 깊이 있게 꽃에 대해 알게 될 겁니다. 그리고 그와 똑같은 방식으로 다시 꽃을 느끼지는 못할 거예요. 살아오는 내내 꽃을 무시하고 있었다는 사실을 깨닫게 될 거예요."

그녀는 나무에도 똑같이 해 보라고 말했다. 나무로 걸어가 나무에 대해 깊이 생각해 보라고.

"자세히 관찰하고, 주의 깊게 생각해 보세요. 나무의 면면을 깊이 생각하는 겁니다. 어떻게 생겼는지, 특징이 뭔지, 어떤 느낌이 나는지, 향기는 어떻고, 자신과 비교했을 때 크기는 어느 정도인지 등을 보는 거죠. 자세하게 보세요. 나무가 삶에 대해 뭐라고 말해 주지요?"

"**나무의 완전함을 경험하세요**. 나무에 손을 대고 전체적으로 느껴 보세요. 손 외에 다른 것은 아무것도 생각하지 마세요. 손 생각만 하세요. 손에 집중해 정확하게 어떤 경험을 하고 있는지 생각해 보세요. 그 순간만큼은 마음에 아무것도 경험하지 말라고 이야기하는 겁니다. 손을 통해 들어오는 정보 외에는 모두 무시하세요. 눈을 감는 게 더 도움이 될 것 같으면 눈을 감으세요."

"이제는 후각에 집중해 나무 냄새를 맡아 보세요. 냄새를 맡는 동시에 나무를 만져 보세요. 손가락 끝과 코를 통해 들어오는 나무에 대한 정보 외에 다른 것은 모두 다 무시합니다. 이제 눈을 뜨고 나무를 자세히 살펴봅니다. 나무를 살펴보고, 의식 속에서 그 나무 꼭대기까지 기어올라갈 수 있는지 보세요. 당신은 아마 그 나무와 어느 정도 거리를 두고 떨어져 있을 거예요. 여전히 나무 냄새를 맡을 수 있는지 보세요. 계속해서 나무를 만집니다. 이런 식으로 집중할 수 있는지 한번 지켜보세요. 그렇게 할 수 있다면 전에는 전혀 경험하지 못한 방식으로 나무를 경험하게 될 거예요. 전보다 훨씬 더 깊이 있게 나무에 대해 알게 될 겁니다. 그와 똑같은 방식으로 다시 나무를 느끼지는 못할 거예요. 살아오는 내내 나무를 무시하고 있었다는 사실을 깨닫게 될 겁니다."

"자, 그럼 이제 나무에서 약간 떨어지세요. 나무를 건드리지는 말고요. 어느 정도 거리를 둔 상태에서 마음이 나무를 경험할 수 있는지 보세요. 완전하게 나무를 경험합니다. 거리가 있는데도 나무의 냄새를 맡을 수 있다고, 만지지 않아도 나무를 '느낄' 수 있다고 놀라지 마세요. 그건 당신이 나무의 울림에 자신을 열었기 때문이에요. '나무의 분위기 혹은 느낌을 감지'한 거죠. 나무에서 멀리 떨어져 있어도 여전히 그렇게 '접촉'할 수 있는지 보세요. 나무를 경험하다가 감을 잃었을 때는 나무에 좀 더 가까이 다가갑니다. 그러면 나무와의 접촉을 다시 느끼는 데 도움이 됩니다."

"이렇게 연습하면 당신이 경험하고 싶은 것이 무엇이든 좀 더 깊은 단계에서 집중할 수 있는 능력을 발전시키게 될 거예요. 자, 그러면 이제 걸으세요. 어디에 살든 걸어 보세요. 시골에서건 도심에서건 상관없어요. 천천히, 하지만 신중하게 걸으세요. 그리고 주변을 돌아보세요. 어디든 보면서 눈에 뭔가가 들어오면, 거기에 완전히 집중합니다. 쓰레기 수거용 트럭이 될 수도 있고, 정지 표지판, 인도에 난 갈라진 금, 발끝에 차이는 돌멩이가 될 수도 있을 거예요. 아무튼 그걸 서 있는 자리에서 주의 깊게 살펴보세요. 모든 면면을 자세히 봅니다. 어떻게 생겼는지, 특징이 뭔지, 서 있는 자리에서 그것이 어떤 느낌이 나는지, 자신과 비교했을 때 크기는 어느 정도인지 등을 보는 거죠. 자세하게 보세요. 그것들이 삶에 대해 뭐라고 말해 주나요?"

"그렇게 계속 걷습니다. 걸으면서 세 가지를 꼽아서 계속 이런 식으로 집중합니다. 최소한 30분은 걸어야 해요. 30분이 안 되는 시간에 세 가지를 꼼꼼하게 생각하려면 처음에는 힘들어요. 나중에는 아주 빠른 시간 내에 그렇게 할 수 있지만 처음에는 연습이 필요해요."

"이게 바로 **걸으면서 하는 명상**입니다. 마음을 훈련시켜 당신이 경험하는 모든 것을 무시하지 않게 만드는 과정이죠. 마음이 경험의 어떤 특별한 면에 집중할 수 있도록 훈련하면, 그 경험을 완전하게 할 수 있을 거예요."

명상 선생은 이런 식으로 3주 동안 걸으면서 하는 명상을 연습하면 절대 똑같은 방식으로 삶을 경험하게 되지 않을 거라고 말했다. 그리고 걸으면서 하는 명상의 마지막 단계로 넘어간다. 실외든 실내든, 사실 장소는 별로 문제가 되지 않는다. 어디서나 걸을 수 있다. 예를 들면 침실에서 부엌으로 걸어가는 중에도 가능하다. 볼 것, 만질 것, 경험할 것이 아주 많다. 카펫 하나만 가지고도 세 시간을 보낼 수 있다. 이에 대해 명상 선생은 이렇게 말했다.

"당신이 보거나 마주치게 되는 사물의 어떤 특정 부분만 뽑아내지 마세요. 전체와 마주하고, 모든 것을 받아들이려고 노력하세요. 동시에 모든 것에 집중하세요."

"커다란 그림을 받아들이는 겁니다. 눈을 감는 게 도움이 된다면 눈을 감으세요. 냄새가 나면 냄새를 맡고, 소리가 들리면 듣고, 주변 공간의 '느낌'을 느껴 봅니다. 그다음 눈을 뜨고 광경을 바라보세요. 눈에 들어오는 모든 것을 보세요. 어떤 것 하나에 집중하지 말고 **모두 다 보세요. 모든 것의 냄새를 맡고, 모든 것을 느껴 보세요.** 너무 버겁고 압도되는 듯한 기분이 들기 시작하면 다시 사물의 부분에 집중하세요. 그러면 정신적 균형을 잃지 않을 겁니다."

"충분히 연습하면 어떤 곳, 어느 장소에 가든지 일정 수준에서 그곳의 모든 것을 경험할 수 있게 될 겁니다. 그러면서 당신은 말 그대로 집을 향해 걷고 있다는 것을 깨닫게 될 거예요. 인식의 정도를 높이고, 의식 수준을 고양시킨 거죠. 지금, 바로 이 순간에 있을 수 있는 능력을 확장한 거예요."

"자, 앉아서 눈을 감고 이렇게 해 보세요. 그러면 그게 바로 **침묵하며 하는 명상**이에요. 걸으면서 하는 것만큼 간단하지요?"

이렇게 말하며 명상 선생은 미소 지었다.

"성행위를 할 때도 그렇게 해 보세요. 명상하듯이 성행위를 하면 다른 방법하고는 비교가 안 될 정도로 좋다는 걸 느끼게 될 거예요. 아마 평생 진짜 벌어지고 있는 일, 진행되고 있는 일을 무시해 왔다는 걸 깨닫게 될 거예요."

이렇게 말하고 그녀는 웃었다.

멈춤 명상

자, 다음은 멈춤 명상에 대해 이야기하겠다.

멈춤 명상은 아주 간단하지만 매우 강력한 명상법이다. 이 명상법이 효과가 좋은 이유는 어디에서나 할 수 있고 시간도 거의 들지 않기 때문이다. 그러니 '정신없이' 바쁜 사람들이 하기에 완벽하다.

멈춤 명상은 말 그대로 멈추는 거다. 무엇을 하고 있든 잠시 하던 일을 멈추고 그것의 어떤 면에 주의를 집중하는 것이다. 그 순간, 그것을 해부해 개별적인 면면을 자세하게 관찰한다.

이 방법은 걸으면서 하는 명상만큼 시간이 걸리지 않는다는 점에서 걷기 명상과는 약간 다르다. 걷기 명상을 할 때 우리는 계획된 경험에 집중하며 의도된 목적을 위해 목표를 가지고 걷는다. 하지만 멈춤 명상은 그렇게 많은 시간을 요하지 않으면서도 집중할 수 있다.

아주 바쁜 날에도 멈춤 명상을 할 수 있다. 앉아서 하는 명상과 걸으면서 하는 명상과 더불어 멈춤 명상은 당신의 현실을 바꾸고 아주 짧은 시간에 의식 수준을 올릴 수 있는 강력한 세 가지 도구가 될 수 있다. 멈춤 명상은 형식 변형도 얼마든지 가능하다.

멈춤 명상은 이런 식으로 한다. 오늘(그리고 매일) 무슨 일이든 하던 일을 10초 동안 멈추고, 그것을 구성하는 요소 중 하나를 자세하고 꼼꼼히 여섯 번 살펴보기로 한다.

당신이 지금 설거지를 하고 있다고 가정해 보자. 10초만 설거지를 멈춰 보라. 그냥 하던 일을 딱 멈춘다. 그리고 하던 일의 어떤 일면을 깊숙이 관찰한다. 설거지를 하던 중이니 물을 관찰할 수 있겠다. 물이 접시에 튀는 모습을 본다. 접시를 들고 그 위로 떨어지는 물방울을 세어 보라. 물론 불가능한 일이라는 건 안다. 그저 10초만 시도해 보라.

물의 경이로움을 숙고해 보라. 그 속을 깊숙이 들여다보고 당신의 의식 속으로 들어가 본다. 거기에서 경험하는 것을 보고, 당신이 찾을 것을 보라. 아주 잠깐 하던 일을 멈추고 그 순간을 어찌 보면 약간 독특한 방식으로 감상하는 것이다.

좋다. 10초가 지났다. 이제 고도로 집중했던 현실에서 벗어나 좀 더 커다란 경험의 공간으로 돌아온다. 그 안에서 '길을 잃지' 않도록 한다. 눈을 빨리 깜박거리거나 손가락을 튕겨 본다. 그리고 그 짧은 순간에 당신이 경험한 것이 무엇인지 주목한다.

이제 하던 일을 계속한다. 이제 그 일이 완전히 새롭게 보인다고 해도 놀라지는 말라.

당신이 한 일은 어떤 대상을 제대로 인식한 것이다. 무엇인가를 '깊이 있게 인식'하는 일은 그것을 더욱 크게 확장시킨다.(말하자면 어떤 소유물이나 재산의 진가를 알아보는 것이다.) 멈춤 명상 기법을 이용하면 삶의 가치와 삶 자체가 확장된다. 내 경험상 이는 필연적으로 내게 평화의 장소를 돌려주었다.

하루에 여섯 번을 해야 한다는 사실을 상기하기 위해 처음에는 자명종을 맞춰 놓고 싶을 수도 있으리라. 하지만 익숙해지면 굳이 자명종을 맞춰 놓지 않아도 자동적으로 멈춤 명상을 할 수 있게 된다.

거리를 걷다 잠시 멈춰 보고 있던 것의 한 부분을 골라 좀 더 주의 깊게 본다. 당신이 이미 알고 있는 것을 알게 될 테지만, 좀 더 심화된 수준에서 알게 된다. 이를 '다시 알기' 또는 '다시 인지하기'라고 부른다. 삶 전체의 목적을 간단하게 정리하면 무엇이 진실이고 당신이 진정 누구인지를 다시 알고, 다시 인지하는 것이다.

그렇게 하는 방법은 수천 가지가 있다. 당신은 상점 유리창에 비친 자신의 모습을 볼 수 있다. 지나가는 버스를 볼 수도 있고, 거리의 개나 당신 발끝에 차이는 돌멩이를 볼 수도 있다. 10초 동안 무엇에 집중하든 상관없다. 그저 잠시 멈춰서 그 순간을 특별한 방식으로 깊이 있게 인식한다.

사랑을 나눌 때도 멈춤 명상을 해 보라. 10초 동안 하던 행위를 멈추고, 그 순간과 순간을 구성하는 요소를 분리하고, 순간의 한 부분을 골라 깊숙이 관찰한다. 그 한 부분은 사랑하는 사람의 눈 속에 비친 자신의 모습이 될 수 있고, 당신이 느끼거나, 만들어 내는 감각이 될 수 도 있다. 아주 짧은 시간 동안 멈춰서 특별한 방식으로 그 순간을 감상한다.

어떤 활동을 할 때마다 멈춤 명상을 한다고 하는 사람들이 있는데, 그들이 꼽는 것 중에 하나가 사랑을 나누는 행위다. 샤워하다가 서 있기, 음식 먹기, 접시에서 콩이나 옥수수 낱알 집기도 거기에 들어간다. 숙고하고 깊이 있게 인식한다. 완전하게 그 맛을 느껴 본다. 그러면 식사 시간이 이전과는 전혀 다르게 다가올 것이다. 샤워는 물론 사랑을 나누는 행위도 다르게 느껴질 것이다. 당신도 이전과 똑같을 수 없다.

이것이 멈춤 명상이다. 하루에 1분이 소요된다. 10초씩 여섯 번, 60초면 된다. 그렇게 해서 당신은 여섯 번의 신성한 경험을 만들어 낼 수 있다.

오늘 해 보라. 하던 일을 멈추라. 그저 멈추라. 그리고 그 순간을 깊숙이 바라보라. 눈을 감고 자신의 호흡에 집중한다. 순수한 삶의 에너지가 당신의 몸을 통과하는 것을 경험하라. 아주 잠깐 자신의 호흡을 듣는다. 숨을 더욱 깊게 쉬면서 자신을 본다. 자신이 내는 소리를 듣는 것만으로도 경험 속 깊이 들어가고 싶어진다. 그래서 호흡을 더 깊게 하기 시작한다. 정말 멋지고 놀라운 일이다. 그저 멈추기만 했는데 더욱 깊이 있게 되는 것이다. 자신의 경험 깊숙이, 신의 마음 깊숙한 곳으로 들어가게 된다.

추천 명상 프로그램

다음의 세 가지는 추천할 만한 명상 프로그램이다.

- 아침에 걸으면서 하는 명상
- 낮에 멈춤 명상 6회
- 밤에 앉아서 하는 명상

이 세 가지 명상의 목적은 모두 집중하는 것이다. 당신의 경험에 집중하는 작업이다. 집중하면 바로 지금 여기에 있을 수 있다. 지금에 집중하면 당신은 어제와 내일에서 벗어나게 된다. 환상 속에 있지 않게 된다. 당신의 유일한 현실은 지금 이 순간, 바로 여기다.

그런 의식 속에서 평화를 찾을 수 있다. 사랑도 마찬가지다. 사랑과 평화는 하나이자 같은 것이다. 그리고 신성한 경험을 할 때 당신도 그 하나이자 똑같은 존재가 된다.

지금 멈춤 명상을 연습하라. 아주 간단하다. 단 10초가 걸릴 뿐이다. 바로 지금 해 보자.

멈춘다

해 봤는가? 그렇게 어렵지 않다. 그러면 나머지 다섯 번도 오늘 해 보라. 10초 동안만 하던 일을 멈추고, 눈을 감고 천천히, 편안하게 호흡하면서……. 순간이 무엇을 주던 간에 그 순간과 '함께'하라.

후 메디테이션(Who Meditation)

'후 메디테이션'도 놀라운 명상법이다. 방법은 이렇다. 느끼고 싶지 않은 감정을 경험할 때마다 '누구인가?'라고 말한다.

그거면 된다. 자신에게 '누구인가?'라고 묻는다. '지금 여기 누가 있는가? 이 경험을 하고 있는 이는 누구인가?'라고 묻는 거다.

당신이 혼자 있다면 이 말을 리듬이 들어간 구호로 바꿔 불러 볼 수도 있다. 효과가 아주 좋다. 깊이 숨을 들이마셨다가 내뱉으면서 부드럽지만 강하게 리듬을 넣어 '누구인가? 아…….' 숨이 찰 때까지 '아…….' 부분을 길게 늘려 말해 본다. 그리고 다시 숨을 마시고 반복한다. 이렇게 세 번 반복한다. 그러면 진동 부분이 느려지고 당신의 보이지 않는 부분이 '나타나게' 될 것이다.

누군가와 함께 있거나 사람이 많은 곳에 있다면 머릿속으로 이 구호를 외쳐 볼 수 있다. 아니면 자신에게 앞서 내가 제안한 질문을 던져 볼 수도 있다.

'이 경험을 하는 이는 누구인가?'라고.

그러면 내면에 분포해 있는 수많은 '당신' 중 하나를 알아볼 수 있다. 거기에는 작은 당신, 큰 당신, 상처받은 당신, 치유된 당신, 두려워하는 당신, 용감한 당신, 무력한 당신, 힘 있는 당신, 걱정하는 당신, 자신감 있는 당신이 있다. 우리는 지금까지 많은 대화를 나눴다. 그러니 당신이 '후 메디테이션'을 할 때 더 커다란 자아, 즉 진정한 자아의 인식에 바로 구호를 외칠 수 있게 되길 바란다.

당신은 사람이 아니다. '존 스미스'나 '메리 존스'라는 이름을 가진 사람이 아니다. 당신의 몸은 당신이 아니고, 당신의 마음도 당신이 아니다. 영혼도 당신이 아니다. 이런 것들은 당신이 가지고 있는 것이다. 자아에게 이 모든 것을 부여한 당신의 총체는 이 세 가지 중 그 어떤 것보다, 아니 이 세 가지를 모두 합한 것보다 더 크다.

당신은 특별한 형상의 신이다. 개별화된 신성이다. 신성함을 담고 있는 일면이다. 다른 모든 사람들 그리고 다른 모든 것들도 이와 같다.

이러한 점을 명상하라. 그러면 진실을 알게 될 뿐 아니라 경험하게 될 것이다. 그리고 당신의 삶 전체의 목적을 달성할 것이다. 또 한 번 완성의 순간에 도달하게 될 것이다.

❋❋❋

이제부터는 외부에서 보낸 것처럼 보이는 메시지를 소개하겠다. 수신하기만 한다면 어떻게 받든, 그 방법은 상관이 없다.

바로 오늘, 이 순간 당신이 직면하고 있는 것을 보라.
그것이 우연이라고 생각하는가?
이 모든 사건은 바로 지금, 여기에서
당신이 진정 누구인지를
표현하고 경험하끔 설계되었다.

❊❊❊

이 특별한 시간에 살고 있는 당신은
인류의 의식 혁명과
그 자체를 경험하는 일을 목격하고 있다.
사실, 당신이 창조하고 있다.

❊❊❊

내일의 도전에 맞서는 방법은
어제의 해결책을 사용하기보다
이전에는 생각하지 않았던 것을 감히 생각하고
이전에는 말하지 않았던 것을 담대하게 말하며
이전에는 말도 안 된다고 생각했던 일을 용감하게
시도해 보는 것일지도 모른다.

❊❊❊

변화는
계속해서 나아가겠다는
삶의 알림이다.

❋❋❋

두려움 없이 사는 방법은
당신이 가장 두려워하는 죽음이라는 결과를 포함해
삶의 모든 결과는
완전하다는 것을 아는 것이다.

❋❋❋

사람들은 삶이 현재 진행되고 있는 모습
그대로를 받아들일 수 없다고 생각해
자신을 불행하게 만든다.

❋❋❋

당신이 왜 살아 있는지 그 이유를 아는가?
신에게 목소리, 행동
그리고 물질적 에너지를 부여하기 위해서다.
그 나머지는 모두 본질에서 벗어난다.

❊❊❊

모든 일이 일어나고 있는 중에
어떻게 긍정적인 태도를 가질 수 있을까?
긍정적인 태도를 가지겠다는 의지를 가져야 한다.
일어나는 일 속에
숨겨진 선물을 봐야 한다.
항상 쉽지는 않지만 가능한 일이다.

❊❊❊

전 인류를 위한 사랑과 염려의 장소로 가는 가장 빠른 길은
전 인류를 당신의 가족으로 보는 것이다.

❊❊❊

오늘 하루 당신 삶의 임무가 얼마나 특별한지
다른 이가 주목하게 만들라.
말하고
말하고
또 말하라.
그들의 가슴은 자신에 대한 최고의 생각이

받아들여질 수 있다는 것을 알기를 고대하고 있다.

❊❊❊

한 사람이 다른 사람을 사랑하기로
결심하는 것을 바꿀 수 있는 것은 없다.
누가 뭐라고 해도.

❊❊❊

우리는 화학적 과정의 우연으로 만들어진 결과물이 아니다.
자신과 다른 존재에게 최소한의 해를 끼치며
세상을 헤쳐 나가려 애쓰는
단순한 생물학적 피조물이 아니다.
우리는 신성의 창조물이자,
성스러운 결과물이며 개별화된 신이다.
우리는 독특함의 특별한 표현이며
삶의 본질 중 가장 정수가 되는 요소다.

❊❊❊

몸은 스스로 중요한 의제를 가지고 있다고 생각하고

마음은 자신의 의제가 당신의 생존에 필수적이라고 여긴다.
그러나 나이가 들수록 당신은 영혼의 의제,
오로지 영혼의 의제가 중요하다가는 것을 깊이 깨닫게 된다.

❊❊❊

사랑에 '반대'하는 것은 없다.
우리 현실에서 사랑은 반대가 없는 유일한 에너지다.
사랑에 반대하는 것같이 보이지만
실은 사랑을 표현하는 것이 무수히 많다.
오로지 대가만이 그 무수한 것들이
모두 같다는 것을 알며
오로지 대가만이 이해할 수 있으므로
그들은 두려움의 이름으로 행해진 것을
용서할 필요가 없다.

❊❊❊

당신은 실수를 할 수 없다.
오직 그다음으로 중요한 단계를
결정할 수 있을 뿐이다.

✻✻✻

모든 도전은 영적 강인함을,
영혼이 움직일 준비가 되었음을
더욱 더 진화를 향해 나아간다는 것을 알려 주는 신호다.

이 책의 자료에 대한 추가 정보는 http://cwgtoday.com에서 찾아볼 수 있다. 이 사이트에서는 『신과 나눈 이야기』의 영감 넘치는 메시지를 포함해, 방대한 자료를 제공한다. 이 포탈을 통해 연결된 여러 사이트에서도 엄청난 양의 자료는 물론, 현실에서 중요한 단 하나를 표현하고 있는 세계 곳곳의 사람들과 함께하는 기회를 얻을 수 있다.

엠 클레어의 시는 www.EmClairePoet.com에서 찾아볼 수 있다. 이 책에 나온 시는 녹음 자료 증정본 「고요하고, 성스러우며, 경건하게 깊어지는 마음」에도 수록되어 있으며, 엠 클레어의 웹사이트에서도 볼 수 있다.

"밖으로 나가서 놀라!"
신이 말씀하셨습니다.
"자유롭게 뛰어놀 곳으로 네게 우주를 주었노라!
그리고 여기, 이것을 받아들이고
거기에 자신의 모습을 맞춰라.
그것은 바로 '사랑'이다.

사랑은 언제나, 항상 너를 따뜻하게 해 주리라.

별! 해, 달, 그리고 별!

자주 바라보라. 너의 빛을 상기시켜 주리니!

그리고 눈…….

아, 모든 연인들의 눈을 물끄러미 바라보라.

연인들의 눈을 찬찬히 바라보라.

그들의 우주, 자유롭게 뛰어다닐 들판을

그들은 너에게 주었다.

나는 네가 필요로 하는 모든 것을 주었다.

그러니 이제 가라. 밖으로 나가라.

그리고

놀라!"

—「밖으로 나가서 놀라」, 엠 클레어

옮긴이 | 조은경

성균관대학교 번역대학원 번역학 석사 과정을 졸업하고 전문번역가로 활동 중이다. 인문, 철학, 문학, 예술 분야를 비롯해 다양한 영역에 관심이 많고, 책과 함께하는 삶이 점점 더 즐겁다는 것을 느끼며 산다. 좋은 책을 발굴하고 기획하는 일에 역시 큰 관심을 두고 있다. 옮긴 책으로는 『생명전쟁』, 『융합하라!』, 『사람이 사람에게』, 『애플 스토어를 경험하라』, 『볼진: 호드의 그림자』, 『정의가 곧 법이라는 그럴듯한 착각』, 『삶의 모든 것을 바꾸는 9가지 의식 혁명』 등이 있다.

생의 2%

1판 1쇄 펴냄 2015년 12월 18일
1판 3쇄 펴냄 2024년 2월 15일

지은이 | 닐 도널드 월쉬
옮긴이 | 조은경
발행인 | 박근섭
펴낸곳 | 판미동

출판등록 | 2009. 10. 8 (제2009-000273호)
주소 | 06027 서울 강남구 도산대로 1길 62 강남출판문화센터 5층
전화 | **영업부** 515-2000 **편집부** 3446-8774 **팩시밀리** 515-2007
홈페이지 | panmidong.minumsa.com

도서 파본 등의 이유로 반송이 필요할 경우에는 구매처에서 교환하시고
출판사 교환이 필요할 경우에는 아래 주소로 반송 사유를 적어 도서와 함께 보내주세요.
06027 서울 강남구 도산대로 1길 62 강남출판문화센터 6층 민음인 마케팅부

ISBN 979-11-5888-025-5 03840

판미동은 민음사 출판 그룹의 자회사입니다.